Florian Höltgen

Kiss me, Teacher

Himmelstürmer Verlag

Für Finn und Volker, das Über-Paar
Vielen Dank für eure Geschichte!

I Whish You Well

Sämtliche Personen des Romans – mit Ausnahme dieser zwei oben – sind frei erfunden. Übereinstimmungen mit realen Personen sind daher rein zufällig und wurden weder vom Autor (noch von den zwei Ausnahmen) beabsichtigt.

Kapitel 1

SüßeSchnitte16: chattest du etwa nebenher noch mit wem anders?
LittleGaylien: nope
SüßeSchnitte16: mensch das dauert immer so lang bis du antwortest *grummel*

Finn fühlte sich ertappt. Entschlossen klickte er ein anderes Fenster weg. Irgendwie merkte Samara es immer, wenn er nicht ganz aufmerksam war. Schuldbewusst widmete er sich ihrem Chatfenster.

LittleGaylien: muss wohl die leitung sein
SüßeSchnitte16: verarsch mich nicht! *böse werd*
LittleGaylien: ehrenwort!
SüßeSchnitte16: und das von einem schwulen!!!
LittleGaylien: HALLO???

Plötzlich sprang das andere Fenster wieder auf.

Fickhengst20cm: wat is?

Finn klickte Fickhengst wieder weg. Es war zwar nicht die feine Art, einen Chat einfach so zu unterbrechen, aber Samara forderte seine Aufmerksamkeit – auch wenn sie gerade tierisch nervte.

SüßeSchnitte16: immerhin hast du es mir laaange laaaange verschwiegen *grins*
LittleGaylien: nicht schon wieder!
SüßeSchnitte16: is doch so *wein*
LittleGaylien: *tröööörst*

Immer wenn Samara mit dem Thema anfing, fragte sich Finn, ob er seiner besten Freundin nicht besser auch weiterhin sein Schwulsein verschwiegen hätte. Jedes Mal, wenn sie sich zurückgesetzt fühlte, fing sie mit dieser Leier an.

Fickhengst meldete sich in einem neuen Fenster zurück.

Fickhengst20cm: ey wat is?
LittleGaylien: hab grade ein prob
Fickhengst20cm: boh wat? bin kurz vor absprizzn
LittleGaylien: viel spaß

Für einen Moment tat sich in beiden Fenstern nichts. Finn wartete. Fickhengst hatte den Chat noch nicht beendet.

LittleGaylien: soll ich dir mal was sagen? ich bin eine frau, ha ha haaaa
Fickhengst20cm: FOTZE!!!!!!!!!!
Fickhengst20cm hat den privaten Chat beendet

Finn fand Fickhengst ohnehin ein wenig unterbelichtet. Irgendwie machte es absolut keinen Spaß, wenn das Gegenüber keinen einzigen vernünftigen Satz hinbekam. Aber momentan durfte man echt nicht wählerisch sein. Die meisten Schwulen waren wohl gerade beim CSD. Sogar seine Mutter war mit einer Freundin hingegangen! Das war auch der Grund, weshalb er völlig ungestört am PC sitzen konnte und ...

SüßeSchnitte16: und machts spaß?
LittleGaylien: was?
SüßeSchnitte16: mit dem kerl zu chatten. is doch ein kerl oder etwa nich??? *g*

Finn biss die Zähne zusammen.

LittleGaylien: ich chatte nur mit dir!!!!!!!!!!!!!!
SüßeSchnitte16: ja jetzt vielleicht ;-)
LittleGaylien: sam ich hab kein bock darauf okay?
SüßeSchnitte16: worauf?
LittleGaylien: hast du heute nix vor?
SüßeSchnitte16: störe ich dich etwa bei was? *kicher*
LittleGaylien: NEIN!!!!!!!!!!!
SüßeSchnitte16: deine mutter is nich da, tel? ich ruf an

LittleGaylien: lass mal
SüßeSchnitte16: warum?
LittleGaylien: kein bock

Genervt zog sich Finn wieder die Hose hoch. Der Chat mit Samara konnte wohl noch ein wenig dauern und da wollte er nicht, dass seine Mutter ihn mit heruntergelassenen Hosen vorfand, wenn sie von ihrem CSD nach Hause kam.

Wieder poppte ein neues Fenster auf. Finn vermutete schon fast, dass es wieder dieser dümmliche Fickhengst war.

VollKerL: Hallo du!

Den Namen hatte Finn noch nie im Chat gesehen. Dabei war er nun schon einige Zeit dabei und kannte die Stammchatter ganz gut.

LittleGaylien: selber hallo
VollKerL: Ich hoffe, ich störe dich nicht.

Finn runzelte die Stirn. Sein Interesse war geweckt. Wer nahm in einem Chat bitte Rücksicht darauf, ob er jemanden störte? Entweder war das einer dieser Typen, die endlos nervten, weil sie keine Ahnung hatten von irgendwas, oder aber endlich mal jemand, mit dem man sich auch normal unterhalten konnte.

SüßeSchnitte16: ich finde das scheiße von dir! *finger zeig*
LittleGaylien: ich hab dich gefragt, ob du heute was machst und du hast gesagt, dass du mit tina einkaufen bist und danach mit ihr weggehst
SüßeSchnitte16: die hat aber abgesagt *schmoll*
LittleGaylien: und wir sind nicht verabredet!
SüßeSchnitte16: na und???

Finn war kurz davor, den Chat einfach komplett zu beenden. Seit Samara wusste, dass er hier chattete, kam sie regelmäßig online, wenn ihr langweilig war und lauerte ihm auf. Im Grunde war das nicht weiter schlimm, wenn es Finn nicht so unangenehm wäre, dass er sich hier meist aus einem bestimmten Grund mit anderen Schwulen unterhielt.

Samara jedenfalls schien das besonders interessant zu finden ...

VollKerL: Ich glaube, du bist beschäftigt, da will ich nicht weiter stören.

VollKerL hat den privaten Chat beendet

„Verdammt!", flucht Finn und sucht den Nick VollKerL aus einer Liste von Usern, die gerade online sind, heraus.

SüßeSchnitte16: mit wem machst du denn gerade rum, du sau? *megagrins*

Finn ignorierte Samara und macht einen Doppelklick auf VollKerL. Der schien wirklich nett zu sein. Finn käme sich doof vor, wenn er da nicht zumindest kurz eine Rückmeldung geben würde. Leute, die wirklich in Ordnung waren, fand man im Chat höchst selten. Und Finn hatte trotz aller Warnungen noch immer den Traum, irgendwann jemanden Festes kennenzulernen.

LittleGaylien: sorry, meine freundin nervt gerade tierisch

VollKerL: Dann solltest du dich vielleicht um sie kümmern. Ich laufe nicht weg.

LittleGaylien: bist du öfter hier?

VollKerL: Heute zum ersten Mal. Ich recherchiere.

LittleGaylien: was denn?

VollKerL: Wie die Leute hier miteinander kommunizieren. Meine Schüler erzählen mir andauernd was vom Chatten, aber ich habe keine Ahnung davon. Das kann ja nicht sein.

Ach du Schande! VollKerL war Lehrer? Für einen Augenblick überlegte Finn, ob er sich verabschieden und den Chat beenden sollte. Aber dann spielte sich Samara wieder in den Vordergrund.

SüßeSchnitte16: und? ist er heiß?

LittleGaylien: das nervt

SüßeSchnitte16: dann unterhalt dich mit mir! *liebschau*

LittleGaylien: ich lese aber gerade was

SüßeSchnitte16: was denn?

Finn suchte in einem neuen Browser-Fenster eine Nachrichtenseite heraus. Ein Artikel über den CSD sprang ihm ins Auge.

LittleGaylien: was über den csd

SüßeSchnitte16: willst du nicht doch mit mir hin?

Mit einem Seufzen fragte sich Finn, warum eigentlich ausgerechnet er mit Samara befreundet sein musste.

VollKerL: Hallo, bist du noch da? Wenn du gerade keine Lust oder Zeit hast, ist das kein Problem für mich.

LittleGaylien: mombi

VollKerL: mombi?

LittleGaylien: moment bitte!

VollKerL: Ach so, klar.

Es war doch wirklich nicht mehr zum Aushalten! Wie oft hatte Finn jetzt schon gesagt, dass er niemals im Leben auf den CSD gehen würde? Samara wollte es wohl einfach nicht verstehen.

LittleGaylien: sam, ich werde auf keinen fall mit dir hingehen, das weißt du!

SüßeSchnitte16: aha, mit wem gehst du dann???

SüßeSchnitte16: und nenn mich nicht sam!!!!!!!!!!!!

LittleGaylien: ICH GEHE GAR NICHT

SüßeSchnitte16: aber selbst deine mutter geht, was ist schon dabei? außerdem ist mir langweilig

LittleGaylien: ich merke es

LittleGaylien: wie oft muss ich noch sagen: ich hab keinen bock auf den scheiß csd!

SüßeSchnitte16: aber vielleicht lernst du jemanden süßes kennen *kicher*

LittleGaylien: das kann ich auch hier, wenn du mich lässt

LittleGaylien: außerdem muss meine mutter nicht gleich dabei sein, wenn ich mich an typen ranmach

LittleGaylien: sieht einfach komisch aus, wenn ich auf den csd gehe, obwohl ich nicht schwul bin

SüßeSchnitte16: hey, du BIST schwul!!!!!!!!!!

LittleGaylien: aber nicht für meine mutter!!!!!!!!!!!

SüßeSchnitte16: dann sags ihr endlich *auf schulter klopf*

Finn ballte die Fäuste. Er hätte nich übel Lust, gleich hier und jetzt per Chat Samara die Freundschaft zu kündigen. Dieses Gedränge und Generve, nur weil ihr Abend nicht planmäßig verlief.

VollKerL: Ich glaube, ich habe für heute genug. Es würde mich aber freuen, wenn wir uns irgendwann wieder lesen könnten.

Entsetzt las Finn die Zeilen von VollKerL. Nein, verdammt! Er wollte sich doch mit ihm unterhalten!

SüßeSchnitte16: wird schon nicht so schlimm
LittleGaylien: WARTE!
LittleGaylien: ich bin gleich fertig, dann reden wir
SüßeSchnitte16: häääää???
SüßeSchnitte16: doch tel???

Zu spät sah Finn, dass Samaras Fenster wieder in den Vordergrund gesprungen war, weil sie ihm noch eine Nachricht geschrieben hatte.

„Scheiße, Scheiße, Megascheiße!", sagte er wütend und spürte, wie sein Gesicht rot anlief.

VollKerL: Ich hoffe, ihr zwei bekommt das geregelt. Vielleicht solltet ihr auch einfach miteinander sprechen. Das klappt oft besser.
VollKerL: Liebe Grüße, Volker.
LittleGaylien: HALT! bitte warte!!!

Finn schlug die Finger gehetzt in die Tasten. Er wollte auf keinen Fall, dass VollKerL jetzt einfach so für immer verschwand. Gleichzeitig wusste er aber, dass Samara ihm nun keine Ruhe mehr lassen würde.

SüßeSchnitte16: was meinst du???

Drohend stand diese Frage schwarz auf weiß im privaten Chatfenster. Finn verwünschte sich und seine Unaufmerksamkeit.

LittleGaylien: das war nicht für dich. ich wurde gerade von einem typen angesprochen

LittleGaylien: nix ernstes, scheint aber nett zu sein

SüßeSchnitte16: ALSO DOCH!!!

SüßeSchnitte16: ARSCHLOCH!!!!!!!!!!!!!!!!!!!

LittleGaylien: hey, wir sind nicht verabredet, schon vergessen? außerdem kann ich reden mit wem ich will!

SüßeSchnitte16: aber mich kannst du nicht anlügen wie du willst

SüßeSchnitte16 hat den privaten Chat beendet

Finn sah verwundert die Nachricht. Aber ein Blick in den allgemeinen Chat sagte ihm, dass Samara immer noch da war. Wahrscheinlich erwartete sie jetzt von ihm, dass er sich bei ihr entschuldigte. Das konnte allerdings dauern.

LittleGaylien: frauen!

LittleGaylien: sorry fürs warten

VollKerL: Kein Problem. Ich wollte aber wirklich nicht stören.

LittleGaylien: tust du nicht!!!

LittleGaylien: ich bin hier, um leute kennenzulernen, nicht um für meine freundin auf entertainer zu machen ;-)

VollKerL: Ist sie deine richtige Freundin?

LittleGaylien: na klar!!!

LittleGaylien: sonst braucht man doch gar nicht erst befreundet sein *kicher*

Finn schmunzelte. Es machte ihm immer Spaß, wenn er seine Chatpartner vollkommen wörtlich nahm.

Das alte Chatfenster von SüßeSchnitte16 klickte er weg. Fast zeitgleich meldete sich der Fickhengst zurück.

Fickhengst20cm: wieder klar drauf?

Fickhengst20cm: lass mal t6

LittleGaylien: hast du schrumpfgehirn oder was? ich bin fotze, schon vergessen?

Finn schüttelte den Kopf. Unter normalen Umständen hätte er dem Fickhengst vielleicht noch eine Chance gegeben, aber er wollte jetzt wirklich nicht gestört werden. Und mit solchen Wichsern schon mal gar kein Telefonsex! Schnell beendete er den Privatchat.

VollKerL: Ach so meinst du das. Ja, da ist natürlich was Wahres dran.

LittleGaylien: ich bin schlau *zwinker*

LittleGaylien: nee, im ernst, das ist doch ein gaychat. wenn du nicht gerade nen faker an der angel hast, sind die typen zumindest bi

VollKerL: Gut zu wissen. Dann lohnt es sich ja vielleicht, mit einem kleinen, schwulen Außerirdischen zu reden.

Grinsend machte sich Finn an eine Antwort. Jetzt wurde die Sache doch langsam interessant. Dann sah er aber, dass sich schon wieder ein anderes Chatfenster in den Vordergrund gedrängt hatte.

Fickhengst20cm: t6? büdde! bin heiß!!!!!!!!!!

LittleGaylien: stehste auf fotzenschleim? wenn du heiß bist, schieb ihn mir rein. hab aber meine tage. stehste auf blutige muschis?

Fickhengst20cm hat den privaten Chat beendet

Finn schüttelte den Kopf, dann widmete er sich wieder dem Fenster von VollKerL. Bevor er aber etwas schrieb, scrollte er noch mal nach oben. Er hatte den Namen vergessen in all der Hektik. Volker. Ob das sein echter Name war?

LittleGaylien: mit gayliens zu chatten lohnt sich immer *fg*

VollKerL: Was heißt *fg*?

LittleGaylien: steht für *frechgrins*

VollKerL: Danke.

LittleGaylien: brauchst dich nicht zu bedanken

LittleGaylien: erzähl mal lieber was von dir! *liebschau*

VollKerL: Na gut, dass ich Lehrer bin, weißt du ja jetzt schon.

LittleGaylien: merkt man auch ziemlich *fg*

VollKerL: Wirklich?

LittleGaylien: ja, du schreibst jedenfalls wie ein lehrer, voll auf rechtschreibung. bist du alt?

Eine Weile wartete Finn gebannt. Bislang hatte er sich in seiner

Fantasie einen jungen Lehrer ausgemalt, der gerade erst anfing. Aber wahrscheinlich würde er es hier mit einem richtig alten Knacker zu tun haben. Zumindest hatte er das Gefühl, dass VollKerL ihm die Wahrheit schreiben würde – wenn er denn noch mal schrieb ...

LittleGaylien: sorry, wenn das zu frech war

VollKerL: Nein, schon okay. Du bist sicher ein ganz junger Hüpfer, was? Ich bin jedenfalls zweiunddreißig.

Einerseits fühlte sich Finn erleichtert. Dieser Volker war doch nicht ganz so alt. Andererseits spürte er Enttäuschung darüber, dass seine Wunschvorstellung es nun doch nicht in die Realität geschafft hatte. Lehrer konnte man doch auch schon unter 30 sein, oder?

VollKerL: Bist du noch da?

LittleGaylien: türlich

VollKerL: Ich hoffe nicht, dass dich mein Alter jetzt abschreckt. Wie alt bist du denn?

LittleGaylien: rate doch mal. was mache ich für einen eindruck?

Dieses Spiel spielte Finn des Öfteren, wenn er sich nicht sicher war, was er für ein Alter angeben sollte. 32! Das war nicht wirklich alt, aber immer noch doppelt so alt wie er selbst. Und Finns Mutter war 38. Dieser Volker könnte rein technisch sogar sein Vater sein. Und trotzdem wollte Finn mit diesem Mann flirten. Besser als mit einem Fickhengst war es allemal. Nur, welches Alter würde ein 32jähriger Lehrer tolerieren?

VollKerL: Schwierig, ich weiß ja gar nichts über dich. Du weißt von mir zumindest, dass ich Lehrer bin – und jetzt mein Alter.

LittleGaylien: rat doch einfach :-)

VollKerL: Also wenn ich schon lehrerhaft schreibe, dann bist du sicher noch Schüler. Richtig?

LittleGaylien: jo

VollKerL: Berufsschüler?

Finn kaute an seinem linken Zeigefinger. Natürlich musste es so kommen, dass er ihm Fragen stellte. Er chattete mit einem Lehrer, nicht mit einem gehirnamputierten Sexproll.

Eilig suchte sich Finn einen Ausbildungsberuf aus dem Internet heraus. Bankkaufmann. Das würde sicherlich punkten.

LittleGaylien: genau *grins*

VollKerL: Na, und wenn du selbst sagst, dass du schlau bist, will ich dir das mal glauben. Dann hast du sicherlich dein Abitur in der Tasche.

VollKerL: Ich sage, du bist zwanzig.

LittleGaylien: danke

Aus zahlreichen anderen Chats mit ähnlichen Situationen wusste Finn, dass man sich bedankte, wenn das Alter zu niedrig geschätzt worden war. Nun musste er alles auf eine Karte setzen. 23 schien vernünftig. Dann wäre der Altersunterschied unter der Zehnjahresgrenze.

VollKerL: Also bist du älter?

LittleGaylien: 23, bin hängen geblieben und hab dann nach dem abi ziwi gemacht

LittleGaylien: ich hoffe, du findest mich jetzt nicht doof oder so

VollKerL: Warum das denn?

LittleGaylien: na weil ich ein jahr wiederholen musste. immerhin bist du ja lehrer

VollKerL: Aber wir sind hier doch nicht in der Schule.

LittleGaylien: stimmt auch wieder

LittleGaylien: ist volker dein echter name?

Finn freute sich diebisch, dass sein Plan aufgegangen war. Wenn der Lehrer wüsste, dass er mit einem 16jährigen chattete, dann würde der doch sicher niemals weiter gehen als harmloses Blabla. So aber versprach der Abend noch spannend zu werden.

VollKerL: Ja, ich heiße wirklich so. Wie heißt du denn?

LittleGaylien: Finn

Für einen Moment starrte Finn entsetzt auf den Bildschirm. Noch nie hatte er jemanden einfach so seinen echten Namen genannt. Und jetzt war es passiert. Ohne dass er eine Sekunde überlegt hatte.

VollKerL: Das ist einer der gerade populären Namen, die ich mal wirklich gelungen finde.

LittleGaylien: danke

VollKerL: Sonst heißen die Jungs gerade in meiner Unterstufe reihenweise Justin oder Dustin. Einfach nur schrecklich.

Finn musste sich noch immer von dem Schock erholen, dass er so völlig unbedarft seinen richtigen Namen herausgegeben hatte. Aber immerhin schien Volker wirklich nett zu sein. Das änderte aber nichts daran, dass er ihn ja bereits bezüglich seines Alters belogen hatte. Keine gute Basis. Entweder nur Lügen, oder die ganze Wahrheit. So Zwischendinger waren immer schlecht.

Er entschied sich dazu, erst mal ein wenig von der Namenskiste abzulenken.

LittleGaylien: was sagen deine schüler eigentlich dazu, dass du schwul bist? bist du doch, oder?

VollKerL: Ja, ich bin schwul, aber meine Schüler wissen das nicht.

LittleGaylien: oh, warum?

VollKerL: Nun ja, bis vor kurzem wusste ich es selbst nicht so genau. Ich war lange Zeit mit einer Frau zusammen. Außerdem möchte ich nicht, dass meine Schüler dadurch irgendwie beeinflusst werden.

LittleGaylien: wieso sollte es die beeinflussen? hast du angst, dass die auch schwul werden? *fg*

VollKerL: Nein, aber ich möchte nicht, dass irgendwann Gerüchte aufkommen, dass ich die Jungs in meiner Klasse bevorzuge.

LittleGaylien: schon klar. ist sicher nicht einfach als lehrer

VollKerL: Das kann ich dir versichern. Auch ohne Schwulsein ist es hart genug.

Finn verdrehte innerlich die Augen. Benahe jeder Lehrer schien sich nur noch zu beschweren, wie hart dieser Job doch war. Langsam konnte er es echt nicht mehr hören.

In diesem Moment sprang Samara wieder ins Bild.

SüßeSchnitte16: mir ist langweilig *schnüff*

LittleGaylien: geschieht dir ganz recht, so wie du mich genervt hast!
SüßeSchnitte16: SORRY!!!!!!!!!
LittleGaylien: *lol* so einfach ist das nicht!!!
SüßeSchnitte16: okay, was willst du? *gnarf*
LittleGaylien: dass du endlich mit dem theater aufhörst von wegen schwul ist cool und sag es jedem und ich bin so eine tolle freundin
LittleGaylien: nervt echt total

Eine Weile passierte in beiden Fenstern nichts. Samara musste wohl erst noch überlegen, was sie Finn darauf schreiben sollte, während Volker noch auf eine Antwort von ihm wartete. Finn entschied sich, ein wenig auf verständnisvoll zu machen, damit der Chat weitergehen konnte.

LittleGaylien: lehrer habens schon nicht leicht
LittleGaylien: wenn ich an meine klasse denke ...
VollKerL: Oh, ich hoffe nicht, dass das jetzt so rübergekommen ist, als würde mir meine Arbeit keinen Spaß machen. Ich liebe es, Lehrer zu sein! Es ist nur sehr einfach, diesen Job nicht gut zu machen.
LittleGaylien: schon klar

Etwas Besseres fiel ihm als Antwort darauf nicht ein. Langsam hatte er das Gefühl, dass dieser Lehrer ziemlich in Ordnung war.

SüßeSchnitte16: ich geb mir mühe, okay?
LittleGaylien: wie immer
SüßeSchnitte16: na hallo??? versprechen kann ich nix!!! *liebschau* kennst mich doch
LittleGaylien: leider
SüßeSchnitte16: hey!

Damit war bei Samara vorerst wieder alles im Lot. Obwohl Finn noch immer keine große Lust hatte, mit ihr nebenher zu chatten, fühlte er sich erleichtert.

VollKerL: Hoffentlich habe ich dich jetzt nicht mit Schulkram gelangweilt.
LittleGaylien: schon okay

LittleGaylien: was unterrichtest du denn so?
VollKerL: Deutsch und Englisch. Ab und zu auch Geschichte.
LittleGaylien: au backe, in geschichte bin ich der looser
VollKerL: Du hast Geschichte an der Berufsschule?

Finn biss sich auf die Lippe. Verdammt! Gab es in der Berufsschule kein Geschichte? Wirklich Ahnung hatte er da nicht. Aber offenbar war seine Lüge kurz davor, aufzufliegen, wenn er nicht schnell eine passende Antwort schrieb.

SüßeSchnitte16: biste noch immer beschäftigt? *gg*
LittleGaylien: ja verdammt!!!!!!!!!!!
SüßeSchnitte16: hey hey, mal schön lieb bleiben, ja?
LittleGaylien: hat deine schwester eigentlich geschichte an der berufsschule??? sag schnell!!!
SüßeSchnitte16: die is nich da. aber ich glaub nicht. so was haben die da nicht
SüßeSchnitte16: is auch besser so *lach*
SüßeSchnitte16: warum?

Finn holte Volkers Fenster wieder hoch.

LittleGaylien: nein, hab kein geschichte. meinte, dass ich immer der looser WAR *lach*
VollKerL: Aber Deutsch müsstest du haben und Englisch, oder?
LittleGaylien: yep
VollKerL: Wenn du Nachhilfe brauchst, weißt du ja jetzt, wen du fragen kannst ...
LittleGaylien: cool. privatunterricht ;-)

Offenbar hatte Volker die nachträgliche Verbesserung ohne Weiteres geschluckt. Jetzt musste Finn ihn nur irgendwie vom Thema Schule wegbekommen. Dabei fand er die Tatsache, mit einem echten Lehrer zu chatten und vielleicht irgendwas Versautes anzustellen, mal wirklich heiß.

SüßeSchnitte16: WARUUUM???
LittleGaylien: hab geschrieben, dass ich ne ausbildung mache

LittleGaylien: ich chatte gerade mit nem lehrer *lol*
SüßeSchnitte16: WAAAAAAS?????????????
SüßeSchnitte16: ist ja wohl nicht dein ernst *umfall*
SüßeSchnitte16: wer ist es????????????????

Finn grinste zufrieden. Auch wenn nichts aus dem Chat werden sollte, zumindest hatte er Samara ein wenig heiß gemacht. Natürlich würde er ihr aber den Chatnamen nicht verraten. Vorerst wollte er den Lehrer Volker ganz für sich allein haben.

VollKerL: Was soll denn der Smiley? Das war ein ernstes Angebot! Vollkommen seriös!

LittleGaylien: klar, und was lerne ich außer deutsch und englisch sonst noch? französisch? *kicher*

Gebannt wartete Finn auf eine Antwort. Er hoffte, dass er es nicht zu weit getrieben hatte. Aber wenn dieser Lehrer wirklich schwul war, würde er doch sicherlich darauf anspringen, oder?

SüßeSchnitte16: komm, sag schon!!!

SüßeSchnitte16: ich muss es wissen!!! ist es etwa dieser SklavenDaddy45??? OMG *kreisch*

LittleGaylien: quatsch! ich sags nich

SüßeSchnitte16: BITTEEE!!! ich muss doch wissen, von wem du dich entjungfern lässt!!!

LittleGaylien: wenn du mich weiter störst, wird es dazu sicher niemals kommen

SüßeSchnitte16: brauchst nur den nick sagen, dann geb ich ruhe *breitgrins*

LittleGaylien: damit du mir den kerl ausspannen kannst, was? NIEMALS!!!

Volker hatte noch immer nicht auf die Anmache reagiert. Finn wurde langsam ungeduldig. Irgendwie machte ihn die Vorstellung total an, mit einem Lehrer zu flirten. Ein erwachsener Mann, der sich für ihn interessierte. Wie es wohl wäre, von jemanden unterrichtet zu werden, mit dem man nach der Schule in die Kiste stieg?

Finn musste ihn irgendwie aus der Reserve locken.

LittleGaylien: du warst wirklich mit einer frau zusammen?
VollKerL: Jawohl – oder yep, wie du das so schön schreibst.
LittleGaylien: hey! du lernst!
VollKerL: Das will ich aber hoffen. Achtung! → :-)
LittleGaylien: dann bist du ja bald ein richtiger chatter! willkommen in der community!
VollKerL: Na, ich bezweifle ja, dass es dazu kommt ...
LittleGaylien: jetzt sag nicht, dass du mit mir schluss machst!!!!!!

Mit einem Grinsen im Gesicht sah Finn kurz bei Samara vorbei.

SüßeSchnitte16: los sag schon! *liebschau*
SüßeSchnitte16: büddebüddebüddebüdde!!!!!!!!
SüßeSchnitte16: SAG ES!!!!!!!!!!!!!!
LittleGaylien: hab ich doch schon *fg*
SüßeSchnitte16: wann? wo? hä???
LittleGaylien: jetzt gerade
SüßeSchnitte16: verarsch mich nicht, du sack!!!
LittleGaylien: habs gerade schon wieder GESAGT. laut und deutlich. aber du kannst mich wohl nicht hören *lol*
SüßeSchnitte16: du bist so fies!!! schreib es mir bitte :-(
LittleGaylien: du wolltest, dass ich es sage und das hab ich getan. jetzt nerv nicht!

Finn lachte laut. Er konnte sich Samara gut vorstellen, wie sie gerade vollkommen zerknirscht an ihrem Rechner saß und schmollte. Dann klickte er wieder das andere Fenster an und sah erleichtert, dass Volker sich auf das Spiel einließ.

VollKerL: Weshalb sollte ich mit dir Schluss machen?
LittleGaylien: das bedeutet dann wohl, dass du ab sofort öfter hier bist? *freu*
VollKerL: Schon möglich :-)
VollKerL: Ich kann ja nicht zulassen, dass meine Schüler mir etwas voraus haben, oder?
LittleGaylien: genau! *hüpf hüpf*
VollKerL: Also, in den Sternchen steht immer, was du gerade so machst *überleg* Richtig?

LittleGaylien: ich bin so stolz auf dich!!!
LittleGaylien: du hast dir nen kuss verdient!!! *g*

Finns Herz klopfte, als er das schrieb. Vielleicht konnte er ja so langsam das Eis brechen.

Im anderen Fenster wollte Samara einfach nicht aufgeben. Wenn Finn ehrlich war, dann wollte er das auch gar nicht. So konnte er sie zumindest ein wenig mit seinem Lehrer-Flirt neidisch machen.

SüßeSchnitte16: wie kann man nur so sein? :-P
SüßeSchnitte16: dann sag mir wenigstens, was ihr treibt!!!
LittleGaylien: ich versuch ihn rumzukriegen
SüßeSchnitte16: und das ist bei schwulen etwa schwierig?
LittleGaylien: er ist immerhin lehrer und ich bin schüler
SüßeSchnitte16: na wenn das ein hindernis ist ...
LittleGaylien: der scheint wirklich in ordnung zu sein. bislang ist er noch nicht drauf eingestiegen
SüßeSchnitte16: das kommt noch ;-)
LittleGaylien: ich hoffe!!!
SüßeSchnitte16: sag mal, wie alt ist der eigentlich??? *augen aufreiß* nicht dass du noch salmonellen kriegst wegen alte eier *fg*
LittleGaylien: *lachwech*
LittleGaylien: 32

Im anderen Fenster hatte sich noch nichts getan. Finn hasste dieses Ungewisse. Er spürte, dass er diesem Volker zu eilig war, aber wenn das heute noch was geben sollte, dann mussten sie sich ranhalten!

LittleGaylien: hey, was ist mit dir?
LittleGaylien: willste deinen kuss nicht? hast du dir doch verdient! darfst dir auch aussuchen, wohin *gg*
VollKerL: Du bist ja ganz schön frech für dein Alter.
LittleGaylien: und du ganz schön verklemmt für deins *duck*
VollKerL: Autsch!!! *heul*
LittleGaylien: DAS IST FIES!!!
VollKerL: Was?
LittleGaylien: ich muss doch immer mitheulen, wenn jemand flennt!!!

VollKerL: Das musst du dir dann vorher überlegen, bevor du dich über mein Alter lustig machst.

LittleGaylien: ich konnte ja nicht wissen, dass du da so empfindlich bist

VollKerL: Dass kostet dich dann wohl noch einen zweiten Kuss *grins*

Finn las die Zeile und spürte wieder sein Herz klopfen. Endlich biss er an. Das musste er unbedingt Samara schreiben.

SüßeSchnitte16: 32??????????

SüßeSchnitte16: das ist aber aaaaaaaaaaalt!!!!!!!!!!!

LittleGaylien: gar nicht so

LittleGaylien: außerdem sind wir schon beim knutschen

SüßeSchnitte16: lass dir mal lieber vorher nen bild schicken, damit du weißt, was du da so knutscht

LittleGaylien: spielverderber!

LittleGaylien: bist ja nur neidisch

SüßeSchnitte16: hab ich auch allen grund zu. wer nimmt mir denn hier die tollen kerle weg? *schmoll*

LittleGaylien: *lol*

Samara sah den Lehrer also als tollen Kerl an. Mit einem Gefühl von Genugtuung wechselte Finn das Fenster. Natürlich war nicht er es, der in Wirklichkeit die Männer abbekam, sondern Samara selbst. Während er noch jungfräulich war, hatte sie schon regelmäßig Sex mit ihren jeweiligen Freunden. Finn hatte lediglich kleine Rollenspiele online oder höchstens mal eine kurze Stöhnerei am Telefon.

LittleGaylien: geht klar @ kuss

LittleGaylien: und wo willst du sie hinhaben? oder darf ich mir das selbst aussuchen? *fg*

VollKerL: Gut, von mir aus darfst du entscheiden :-)

LittleGaylien: dann nähern sich meine lippen jetzt deinen. wir sind uns so nah, dass ich deinen atem spüre

LittleGaylien: hast du eigentlich einen bart??? *augen aufreiß*

VollKerL: *lach* Nein. Gut?

LittleGaylien: sehr gut

LittleGaylien: meine lippen berühren vorsichtig deine

VollKerL: Oh, das ist aber ein romantischer Kuss. Danke.

LittleGaylien: öhm, eigentlich bin ich ja noch nicht fertig. das war doch noch kein kuss!!!

VollKerL: Für mich reicht das :-)

LittleGaylien: bist du etwa einer von diesen selbstsüchtigen machotypen???

VollKerL: *lach* oder *lol* ;-)

Finn hatte noch die Fantasie des Kusses im Kopf, den er eigentlich beschreiben wollte. Mit Zunge natürlich und vollkommen heiß. Aber der Lehrer war wohl noch immer der Meinung, dass man sich nicht mit einem Schüler einlassen durfte – auch wenn er schon 23 war.

SüßeSchnitte16: und was geht ab? *neugier*

LittleGaylien: nicht viel. der ziert sich ganz schön

SüßeSchnitte16: ist doch süß

LittleGaylien: ich glaub, ich bin dem zu jung. dabei hab ich schon auf 23 geschummelt *grummel*

SüßeSchnitte16: dann ist er in ordnung

LittleGaylien: ich will sagen können, dass ich mit einem LEHRER sex hatte!!!

SüßeSchnitte16: im chat!!! *pah*

SüßeSchnitte16: wenn dann wenigstens mit cam!!!

LittleGaylien: ich hab keine. glaub auch nicht, dass der eine hat. voll der anfänger

SüßeSchnitte16: lass dir ein bild schicken

LittleGaylien: ach, der ist doch schon mit einem onlinekuss total überfordert *grummel*

SüßeSchnitte16: lass deinen charme spielen. wird schon

LittleGaylien: du hast leicht reden

SüßeSchnitte16: tja, du willst ja unbedingt einen opa verführen

LittleGaylien: sooo alt ist der nun auch nicht

LittleGaylien: bist ja nur neidisch :-P

Finn wusste genau, dass Samara nicht auf Bubis stand. Für sie kamen nur echte Männer infrage. Also ab 20 aufwärts. 32 war eigentlich richtig gut. Vorausgesetzt, dass der Lehrer ein Clooney-Verschnitt war, besser aber noch ein Pitt-Typ. Das galt es herauszufinden.

VollKerL: Und was ist mit meinem zweiten Kuss?
LittleGaylien: ich kann mich nicht entscheiden wohin
VollKerL: Ganz schön wenig Fantasie für dein Alter ;-)
LittleGaylien: du kannst mir ja mit nem pic auf die sprünge helfen *fg*
VollKerL: Da müsste ich erst eines einscannen lassen. Ich habe leider keinen Scanner.
LittleGaylien: also werde ich die tage ein pic von dir bekommen? *freu*
VollKerL: Das habe ich nicht gesagt.
LittleGaylien: kannst es dir ja überlegen
LittleGaylien: bis dahin reicht mir dann eine beschreibung

Finn klickte schnell zu Samara rüber.

SüßeSchnitte16: ich bin überhaupt nicht neidisch!!! ARSCH!!!
SüßeSchnitte16: hauptsache du erzählst mir immer, was bei euch abgeht
LittleGaylien: er hat kein pic. hab ich mir schon gedacht. ich glaub, ich bekomm auch keins. mal sehen, ob er mir überhaupt ne beschreibung gibt
SüßeSchnitte16: sag mal, wie lang chattest du schon mit dem? und noch keine beschreibung??? du hast keine ahnung, wie der kerl aussieht, mit dem du gerade rumflirtest????? *umfall*
LittleGaylien: wenn man es genau nimmt, hat man nie eine ahnung davon, es sei denn, man hat ne cam
SüßeSchnitte16: stimmt auch wieder
SüßeSchnitte16: ist ja gruselig!!!
SüßeSchnitte16: kauf dir ne cam!!!!!!!!!!!!!

Schon ein paar Mal war Finn kurz davor gewesen, sich tatsächlich eine Webcam zuzulegen. Doch im letzten Moment hatte er immer gekniffen. Was sollte er seiner Mutter sagen? Dass er sich ganz gern anderen Jungs nackt im Internet zeigen wollte?

VollKerL: Gar nicht so einfach. Mein Alter kennst du ja. Dann habe ich noch braune Haare und Augen, keinen Bart, wie du schon weißt. Ab und zu trage ich eine Brille, wie sich das für einen Lehrer gehört. Ich denke, dass ich noch ganz fit bin für mein Alter. Zumindest gehe ich zwei Mal die Woche aufs Laufband. Ich bin humorvoll und wohl insgesamt viel zu nett. Sagen meine Kollegen jedenfalls, wenn mir die Schüler wieder auf der Nase herumtanzen.

Finn las mit großen Augen die Selbstbeschreibung. Dann kopierte er den Text per Tastenkombination und fügte ihn in Samaras Chatfenster ein.

LittleGaylien: lies das!!!
SüßeSchnitte16: *lol* ist doch süß *wegschmeiß*
LittleGaylien: ich glaub ich geb auf
SüßeSchnitte16: warum? nur weil der keine ahnung vom chatten hat? und was ist, wenn der im bett die granate ist??? erfahrene männer sind absolut spitze, vertrau mir da einfach mal ;-)

Finn biss die Zähne zusammen. Er musste diesen Kerl einfach rumkriegen. Allein, um es Samara unter die Nase reiben zu können.

LittleGaylien: mmh, ich dachte eigentlich eher an die typischen chatangaben *smile*
VollKerL: Aha?
LittleGaylien: 23/178/65/17*5 dunkle Haare, braune Augen, unbehaart :-)
VollKerL: Das sagt aber doch nicht viel über dich aus, außer, dass du eine Bohnenstange bist ;-)
LittleGaylien: damit hast du aber schon eine vorstellung und kannst von mir träumen heute nacht *fg*
VollKerL: Das werde ich ohnehin tun, wenn wir noch länger chatten.
LittleGaylien: willst du etwa aufhören?
VollKerL: Noch nicht sofort.
LittleGaylien: gut, weil noch kann ich ja nicht von dir träumen
VollKerL: Wenn es denn sein muss: 32/189/87
LittleGaylien: ein paar angaben fehlen aber!!!

VollKerL: Na gut, ich bin rasiert. Habe immer ein ganz glattes Kinn.

LittleGaylien: bist du stark behaart?

VollKerL: Wie sich das für einen VollKerL gehört, habe ich auch Haare auf der Brust.

LittleGaylien: und wie groß bist du?

VollKerL: 189cm, siehe oben

LittleGaylien: das meine ich nicht. schau mal meine angaben an *hinstups*

Finn war enttäuscht. Irgendwie kam der Chat nicht wirklich in Gang. Und gleich würde dieser Volker ihn auch noch allein lassen.

Frustriert nahm er sich das andere Chatfenster vor.

SüßeSchnitte16: treibt ihr es schon? *g*

LittleGaylien: weit davon entfernt. ich muss dem alles aus der nase ziehen

SüßeSchnitte16: zieh ihm doch einfach was aus der hose *lol*

LittleGaylien: *lach* da bin ich gerade bei. aber der herr lehrer ist wohl ein wenig verklemmt. wo ist das problem, seine schwanzgröße anzugeben? sind doch nur ein paar zahlen!

SüßeSchnitte16: wie groß ist denn dein dödel? *neugier*

LittleGaylien: das geht dich gar nichts an!!!

SüßeSchnitte16: warum? sind doch nur ein paar zahlen *kicher*

LittleGaylien: wir kennen uns, das ist was anderes!

SüßeSchnitte16: vielleicht hat er ja vor, dich kennenzulernen und rückt deshalb nicht mit den daten raus? *lach*

Genervt schaltete Finn wieder um. Zu seiner Überraschung sah er die gewünschten Zahlen.

VollKerL: 19,5*5

LittleGaylien: na endlich ;-)

VollKerL: Sei nicht so frech, ich musste erst mal nachmessen! Das dauert nun mal seine Zeit *fg*

LittleGaylien: du hast jetzt extra für mich nachgemessen???

LittleGaylien: dann bist du ja jetzt nackt!!!

LittleGaylien: und du hast nen steifen *grins* dann weiß ich ja jetzt, wohin mit dem zweiten kuss ;-)

VollKerL: Eigentlich war das ein Scherz mit dem Nachmessen.

LittleGaylien: du kannst aber auch jede spannende situation kaputt machen!!! *böseguck*

VollKerL: Tut mir leid.

LittleGaylien: macht nichts, ich kann deinen schwanz ja einfach auspacken. ich weiß ja jetzt, wonach ich suchen muss *kicher*

VollKerL: Oder wir sparen uns den Kuss für ein anderes Mal auf. Ich muss langsam wirklich raus.

Finn fluchte leise vor sich hin.

LittleGaylien: ich glaub ich hab übertrieben

LittleGaylien: er muss weg! *heul*

SüßeSchnitte16: frag nach seiner mail oder handynummer

LittleGaylien: der ist bestimmt genervt von mir

SüßeSchnitte16: oder er muss sich erst noch an dich gewöhnen. gib doch nicht so schnell auf, mann!!!

LittleGaylien: *seufz*

Kurz überlegte Finn, ob es sich wirklich lohnen würde, nach der Telefonnummer zu fragen. Der Chat war im Grunde ganz okay gewesen. Aber die Ablehnung schwebte ein wenig düster über allem.

LittleGaylien: sorry, wenn ich dich genervt haben sollte

VollKerL: Wie kommst du denn darauf?

LittleGaylien: hab ich so im gefühl. von wegen sex und so.

VollKerL: Vielleicht hätte ich dir sagen sollen, dass ich nicht in der richtigen Stimmung bin. Mein Freund kommt gleich vorbei und holt seine Sachen ab.

LittleGaylien: du hast einen freund???

VollKerL: Neuerdings nicht mehr. Leider.

LittleGaylien: was ist denn passiert?

VollKerL: Wenn du magst, erzähle ich dir das ein anderes Mal. Ich muss jetzt wirklich aufhören.

LittleGaylien: okay

LittleGaylien: schreib mir einfach eine mail, wann du online bist: finnyboy@schoolboys.de

VollKerL: Das mache ich. Danke.

LittleGaylien: gut, dann bis bald

LittleGaylien drückt VollKerL einen wilden Abschiedskuss auf

VollKerL: *lach*

LittleGaylien: das ist der zweite kuss, für den fall, dass du dich doch nicht bei mir meldest und wir uns nie wieder sehen

VollKerL: Du bist süß!

LittleGaylien: cu

VollKerL hat den privaten Chat beendet

Finn sah noch eine Weile das Chatfenster an. Warum war es ihm nur so wichtig, dass ausgerechnet dieser Lehrer Interesse an ihm hatte? Wenn sich der dämliche Fickhengst von vorhin nicht so saudumm angestellt hätte, wäre Finn nicht mal so lange im Chat geblieben und hätte wahrscheinlich mit diesem vollkommen Fremden ein kurzes, heißes Telefonat geführt. Dann hätte er Volker alias VollKerL niemals kennengelernt.

Widerstrebend klickte er auf das kleine X in der rechten Ecke. Damit war der Lehrer vollends verschwunden. Jetzt gab es nur noch Samaras Fenster.

LittleGaylien: er ist weg

SüßeSchnitte16: oops

LittleGaylien: ich hab nicht mal seine addy bekommen. wahrscheinlich wird der sich niemals bei mir melden *heul*

SüßeSchnitte16: der war eh zu alt für dich *tröst*

LittleGaylien: stimmt

SüßeSchnitte16: na, vielleicht meldet er sich ja doch. abwarten

LittleGaylien: ich will aber nicht abwarten!

SüßeSchnitte16: dann musst du dich ablenken

LittleGaylien: keine lust

SüßeSchnitte16: komm, andere männer haben auch schöne schwänze *lol*

Finn war nicht zum Lachen zumute. Ob er dem Lehrer doch zu sehr auf die Pelle gerückt war?

„Scheiße!", fluchte er und schlug mit der Hand auf die Tastatur. Im gleichen Moment ging ein Fenster auf.

GaymeBoy: hi

LittleGaylien: hi, woher?
GaymeBoy: köln und du?
LittleGaylien: ich auch, was suchst du?
GaymeBoy: t6 / treffen
LittleGaylien: stats?
GaymeBoy: 17/185/75/22*6 rasiert
LittleGaylien: cool! ich 16/178/65/17*5 unbehaart
GaymeBoy: kleiner schwanz, oder?
LittleGaylien: tja, zahlen kann sich jeder ausdenken, arschloch!!!
LittleGaylien hat den privaten Chat beendet

Wütend klickte Finn das Fenster weg. Pah! Als wenn der Kerl tatsächlich 22 Zentimeter in der Hose hätte! Gab es denn im Chat nur Spinner?

LittleGaylien: ich glaub ich geh raus
SüßeSchnitte16: warum?????
LittleGaylien: die kotzen mich alle an!!!!!!!!!!!
SüßeSchnitte16: komm, da wird schon noch ein netter bei sein

Wie auf Kommando sprang ein neues Chatfenster auf.
GaymeBoy: das war doch nur ein scherz!
LittleGaylien: wie lustig
GaymeBoy: sorry

Finn hatte im Grunde keine Lust mehr, mit diesem Typen weiterzuchatten. Das war doch garantiert ein Faker. Er beschloss, einfach nicht mehr zu antworten.

LittleGaylien: hier sind wirklich nur schwachmaten!!!
SüßeSchnitte16: na, dein lehrer hat dich aber ganz schön verwöhnt, was? *lach*
LittleGaylien: damit hat das garnix zu tun!!!!!!!!!!!
SüßeSchnitte16: bleib einfach und reagier dich ab
SüßeSchnitte16: oder ich komm dich besuchen, was hältst du davon? *liebschau*
LittleGaylien: lass mal

Irgendwie war die Luft jetzt raus. Finn konnte sich nicht erklären, wie dieser Lehrer das geschafft hatte. Eigentlich war der Chat doch vollkommen langweilig verlaufen – bis auf die Fantasie. Vielleicht hatte Samara ja Recht und er brauchte einfach nur eine Ablenkung. Auf jeden Fall besser, als sie gleich hier zu Besuch zu haben.

GaymeBoy: SORRY!!!!!!!!!!!!!!!

GaymeBoy: hey, tut mir wirklich leid!!!!!

GaymeBoy: hallo???

LittleGaylien: geht in ordnung

GaymeBoy: uff, dachte schon, du wärst beleidigt

LittleGaylien: warum? weil du besser lügen kannst, bei deiner schwanzgröße?

GaymeBoy: die ist nicht gelogen!!!

LittleGaylien: und was sagst du mir dann, wenn wir uns treffen? dass du dich vermessen hast? *lol*

GaymeBoy: also treffen?

LittleGaylien: klar

GaymeBoy: wann? wo? hast du handy?

Finn fühlte sich plötzlich unwohl. Er hätte nicht gedacht, dass der Typ wirklich auf ein Treffen eingehen würde bei den Angaben. Für einen Moment stellte er sich diesen Schwanz vor. 22 Zentimeter!!!

LittleGaylien: hier will sich einer mit mir treffen!

SüßeSchnitte16: wow, das ging schnell *augen aufreiß*

LittleGaylien: ich glaub das ist ein faker

SüßeSchnitte16: woher willst du das wissen???

LittleGaylien: wegen der schwanzgröße 22*6

SüßeSchnitte16: zu groß?

LittleGaylien: aber sicher *lol*

SüßeSchnitte16: soll aber auch jungs geben mit großen pimmeln

LittleGaylien: aber nicht im chat ;-)

SüßeSchnitte16: triffst du dich mit ihm?

LittleGaylien: quatsch

SüßeSchnitte16: warum nicht?

LittleGaylien: hab keinen bock für nix durch die gegend zu latschen

SüßeSchnitte16: und wenn er kein faker ist?

LittleGaylien: ist er aber

SüßeSchnitte16: sag doch einen treffpunkt in deiner nähe! wenn er auftaucht hast du ein date und wenn nicht, dann ist es nicht so schlimm

Irgendwie wurde Finn skeptisch. Sonst war Samara doch so gegen Treffen mit Chattern. Davon mal abgesehen, dass Finn ihr da voll und ganz zustimmte. Man konnte sich nicht auf den Chat und seine zahlreichen Faker verlassen. Aber das, was sie sagte, klang für ihn plötzlich so, als ob sie ein Treffen gut fände. Ja, sie gab ihm sogar Tipps. Wenn Finn wirklich ein Café in der Nähe nannte, dann würde er nichts verlieren. Wenn der Typ ihm nicht gefiel, brauchte er sich gar nicht erst zu erkennen geben und ... Natürlich, wenn es nicht klappte, war er einmal unterwegs und könnte Samara besuchen. Darauf wollte sie also hinaus. Finn lachte.

GaymeBoy: kein bock mehr?
LittleGaylien: sorry
LittleGaylien: klar doch!
LittleGaylien: wann hast du zeit?
GaymeBoy: sofort
LittleGaylien: luisencafé? kennst du das?
GaymeBoy: logisch. ist aber ne halbe stunde von mir
LittleGaylien: und was machen wir dann?
GaymeBoy: worauf du bock hast!
LittleGaylien: gut
GaymeBoy: dann also in einer halben stunde?
LittleGaylien: geht klar
GaymeBoy: cu
GaymeBoy hat den privaten Chat beendet

Ungläubig sah Finn auf die Verabredung. Er hatte sich tatsächlich mit einem Chatter verabredet! Plötzlich fühlte er Hitze in sein Gesicht steigen. Wie würde das wohl ablaufen? Sie trafen sich ja für Sex! Würde der Typ sauer sein, wenn Finn am Ende doch nicht wollte? So sicher war er sich da nämlich nicht. Es war eine Sache, mit Unbekannten online rumzumachen oder mit ihnen zu telefonieren, aber eine ganz andere, wenn es tatsächlich zur Sache gehen sollte. Das musste er unbedingt Samara erzählen!

LittleGaylien: ICH BIN VERABREDET!!!!!!!!!!!

SüßeSchnitte16: glückwunsch, wurde ja auch mal zeit

LittleGaylien: OMG, hoffentlich ist der auch nett

SüßeSchnitte16: wenn nicht, dann gehst du einfach wieder und kommst zu mir ;-)

LittleGaylien: das könnt dir passen

SüßeSchnitte16: türlich *breitgrins*

LittleGaylien: verdammt!!!

SüßeSchnitte16: was ist?

LittleGaylien: wie soll ich den denn erkennen?

SüßeSchnitte16: ihr erkennt euch schon *beruhig*

LittleGaylien: woher willst du das wissen?

SüßeSchnitte16: na, zwei sexgierige boys ...

LittleGaylien: meinst du wirklich ich soll hingehen?

SüßeSchnitte16: auf jeden fall, oder willst DU jetzt der faker sein?

LittleGaylien: nee, hast recht

SüßeSchnitte16: mein vater meckert, ich muss raus *heul*

LittleGaylien: shit

SüßeSchnitte16: cu

LittleGaylien: cu

SüßeSchnitte16 hat den privaten Chat beendet

Eine Weile blieb Finn noch im allgemeinen Chat und las den üblichen Mist, den irgendwelche gelangweilten Jungs und Männer schrieben. Wenn man so ihre Nicknamen las, konnte man schnell vergessen, dass da wirklich echte Menschen hintersteckten: DevBoy_79, CoolerStecher, Sackratte20x7.

Dagegen fand er LittleGaylien richtig stark. Das sagte doch aus, dass er jung war und ein bisschen anders. Samara hatte sich dagegen für einen recht belanglosen Nick entschieden. SüßeSchnitte16. Jeder Chatter der sie ansprach, hatte gleich das Bild eines ziemlich weibischen Jungen vor Augen. Niemand ahnte, dass tatsächlich ein Mädchen an den Tasten saß.

Dann dachte Finn über den Nick GaymeBoy nach. Irgendwie war das kein Name für einen Faker. Viel zu prägnant ohne irgendwelche Zahlen. Ein junger Typ, der Sex suchte. Und so wie es den Anschein machte, hatte er Sinn für Wortspielereien.

Finn erhob sich. Er wollte noch kurz duschen gehen. Noch immer war ihm bei dem Gedanken an realem Sex unwohl. Aber er hatte sich entschieden – oder vielmehr Samara.

Bis zum Treffen jedenfalls war noch genügend Zeit. Das Luisencafé lag ja gleich um die Ecke. Er ließ den Computer vorsichtshalber an, als er das Zimmer verließ. Bevor er ging, konnte er ja noch mal ein wenig surfen, um sich abzulenken. Und Ablenkung brauchte er definitiv, so nervös wie er war. Er hatte ein Sex-Date!

Kapitel 2

Volker fühlte sich ein wenig seltsam. Da war mit Rick Schluss und er stürzte sich gleich ins schwule Chatleben. Dabei war es ihm nicht neu, dass solche Onlinechats fast ausschließlich zur Stillung der sexuellen Bedürfnisse genutzt wurden. Selbst seine Fünft- und Sechstklässler sprachen davon, als sei es das Normalste der Welt, dass sich Kinder um die 12 da betätigten. Ein Beweis, dass die Eltern heutzutage mit der Erziehung ihrer Brut vollkommen überfordert waren. Und was die Kleinen für Schimpfworte kannten ...

Dave (12): Hau ab du Wichser!
Justin (11): Was willst du Hurensohn?
Britney (14): Hört auf damit, ihr kleinen Schwuchteln!
Dave (12): Zieh Leine blöde Fotze!
Justin (11): Selber Schwuchtel!
Britney (14): Ach, steckt euch eure Schwänze doch ...

So oder so ähnlich lief es heute auf dem Schulhof ab. Und wenn Volker bedachte, wie ihn der Junge gerade im Chat angemacht hatte, dann wunderte ihn das auch nicht mehr. Was die Kinder heute schon im Grundschulalter lernten, hatten manche Erwachsene noch nicht drauf. Zum Beispiel die Sache mit dem Chat. Volker war ganz sicher nicht der Einzige in seinem Alter, der sich mit diesem Onlinekram nicht wirklich auskannte. Und auch, wenn ihm durchaus bewusst war, dass man sich vom Fortschritt nicht abhängen lassen durfte, fehlte ihm oftmals einfach die Zeit, sich solchen Dingen zu widmen.

Nur heute nicht. Heute brauchte er Ablenkung.

Jetzt kannte er zumindest schon mal Finn – oder LittleGaylien. Zu seinem Entsetzen musste er sich eingestehen, dass es ihm gefallen hatte, mit diesem Jungen zu flirten. Es tat seinem Ego gut, von einem solchen Jüngling angemacht zu werden, auch wenn das alles nichts weiter als ein Onlinespiel gewesen war. Der Gedanke, dass da draußen wirklich ein Junge vor seinem Computer saß und nicht die so genannten Boys in seinem Alter suchte, sondern sich auf einen mittelreifen Lehrer einlassen wollte, war eine wunderbare Bestätigung. Auch wenn Rick sich mit seinen 28 Jahren von ihm trennte, weil er nicht auf andere Kerle verzichten konnte, weil er nicht das Leben eines Langweilers führen wollte, hieß das noch lange nicht, dass nun in Volkers Leben Erotik keine Rolle mehr spielte. Verdammt, er war gerade mal 32 Jahre alt! Das Leben hatte doch gerade erst begonnen – auch wenn es ihm seit der Trennung von Rick eher den Anschein machte, als hätte es gerade aufgehört ...

finnyboy@schoolboys.de

Volker betrachtete die E-Mail-Adresse, die er sich vom Chatfenster abgeschrieben hatte. Nein, sein Leben war definitiv noch nicht vorbei. Dieser 23-jährige schien es wirklich ernst zu meinen. Warum sonst hätte er seine *Addy* angeben sollen, wie die Kids es immer so cool sagten?

Vielleicht hatte Volker den Chat doch ein wenig voreilig abgebrochen. Es kam ihm nicht ganz geheuer vor, mit einem Schüler zu flirten, auch wenn der schon volljährig war und sie in keinem Verhältnis zueinander standen.

Spontan öffnete Volker sein Mail-Programm.

An: finnyboy@schoolboys.de
Von: volker1975@styx.de
Datum: 07.06.2008
Uhrzeit: 18:19
Betreff: Unser Chat

Hallo Finn,

ich weiß gar nicht, wie ich anfangen soll. Mir geht momentan einfach viel zu viel durch den Kopf. Wahrscheinlich war ich auch deshalb nicht wirklich in Laune heute. Ich wollte mich ein wenig ablenken, weil ich auf Rick warten muss. Aber irgendwie war das wohl keine gute Idee.

Rick ist übrigens derjenige, der mit mir Schluss gemacht hat. Er kommt vorbei, um seine Sachen abzuholen. Der Gedanke, dass er sie womöglich gleich in die Wohnung seines neuen Freundes schleppt, macht mich ganz fertig.

Aber damit möchte ich dich jetzt nicht belästigen. Ich wollte mich einfach nur entschuldigen, dass ich dich so hab ins Leere laufen lassen. Heute ist kein guter Tag für mich.

Um so mehr freue ich mich aber, dass du mir deine E-Mail-Adresse gegeben hast, damit ich mich bei dir melden kann. Vielleicht bekomme ich ja die Chance, den heutigen Patzer wieder gutzumachen?

Liebe Grüße,
Volker oder VollKerL

Zufrieden sah sich Volker die Mail noch mal durch und schickte sie mit einem Klick auf *senden* ab. Die Nachricht war nun unwiderruflich über die Datenautobahn zu einem Berufsschüler namens Finn unterwegs, der sich nicht mal von 32-jährigen Lehrern abschrecken ließ.

Es klingelte. Volker drückte auf. Er hörte die lustlosen Schritte seines ehemaligen Freundes heraufkommen. Dann sah er ihn auch. Einen Karton mit Kram in den Händen.

„Dein Zeug", sagte er lediglich. Keine Begrüßung, kein Zeichen von Zuneigung, nicht mal ein Lächeln in seinem Gesicht.

„Rick ..." Weiter kam Volker nicht. Überrumpelt nahm er die Sachen an, die ihm lieblos in die Hände gedrückt wurden.

„Wo ist mein Zeug?", fragte Rick.

„Ich – ich habe nichts zusammengepackt von dir. Ich dachte – du wolltest ..."

„Versteh schon." Rick drängte sich mürrisch an Volker vorbei in die Wohnung.

„Willst du was trinken?", fragte Volker mehr aus Verlegenheit denn aus Höflichkeit und stellte den Karton auf den kleinen Schuhschrank in der Diele.

„Nein", kam es aus dem Bad zurück.

Volker schluckte schwer. Hilflos stand er im Flur herum, bevor er sich entschied, einfach wieder an seinem Schreibtisch Platz zu nehmen. Für einen Moment überlegte er, ob er sich wieder in den Gay-Chat einloggen sollte. Vielleicht war dieser Finn ja noch online und sie konnten sich weiter über das Netz hinweg anflirten. Rick würde es bestimmt nicht mehr interessieren, zumindest das war mittlerweile völlig klar.

„Weißt du wo mein Boss ist?", fragte Rick in den Flur.

Volker runzelte die Stirn. „Woher soll ich das denn wissen? Ich dachte, du bist Student!"

„Sehr witzig!", kam es zurück.

„So ist das wohl, wenn man sich auseinandergelebt hat, was?" Volker versuchte sich möglichst schlau aus diesem peinlichen Missverständnis hinauszumanövrieren.

„Ich meine es ernst!", sagte Rick und erschien nun im Türrahmen.

Volker entschied sich, weiter auf dumm zu stellen. „Seit wann gehst du denn für dein Geld arbeiten?"

„Bist du so blöd oder tust du nur so? Ich will mein Parfüm haben!"

„Im Bad ist es nicht?" Volker spürte eine diebische Freude, seinen Ex auf die Schippe zu nehmen.

„Sonst hätt ich wohl kaum gefragt, oder?"

„Hast du auch vernünftig gesucht?"

„Wann bist du eigentlich so ein verdammtes Arschloch geworden?"

„Vielleicht in dem Moment, als du mich aufgrund vermeintlicher Altersermüdung ausrangiert hast?"

Rick schnaubte. Das schien für ihn Antwort genug zu sein.

„Vielleicht hast du es ja schon mitgenommen zu deinem Neuen", sagte Volker resigniert. „Mir jedenfalls liegt nichts an deinem Boss." Er kicherte. „Ich weiß ja nicht mal wie alt der ist."

Zu Volkers Überraschung regte sich Rick nicht über diese Scherzerei auf. Mit rotem Gesicht wandte er sich ab und ging ins Bad zurück.

„Aha", machte Volker und spürte den Schmerz in seiner Brust. „Das war wohl ein Treffer ins Schwarze."

„Ach, leck mich doch!"

„Komm her!", rief Volker. Er schaffte es nicht, Rick das letzte Wort zu lassen, egal wie albern es auch war.

Augenblicklich tauchte Rick wieder im Flur auf. „Ich soll herkommen?", fragte er provozierend. „Hast wohl Notstand, was?"

„Du bist derjenige, der geleckt werden wollte", gab Volker zurück, obwohl er wusste, dass er Rick besser ignorieren sollte.

„Natürlich", sagte Rick auch sofort, „jetzt bin ich für alles verantwortlich! Du hast ja schon immer die Heilige Mutter gespielt."

„Immerhin schien dich das eine ganze Zeit lang anzumachen."

„Ach, hör doch auf! Wen bitte macht es denn an, mit einem Heiligen in die Kiste zu springen?"

„Dich offenbar."

„Träum weiter! Ich hab mich nur drauf eingelassen, weil du mir leid tatest."

„Oh, die Mitleidsnummer, wie einfallsreich!"

„Besser, als dem Ex hinterherzuhecheln."

Volker biss die Zähne zusammen. Trotzdem kamen die Worte unaufhaltsam heraus: „Das ist also dein Verständnis von Liebe?"

Für einen Moment schwieg Rick. Volker wusste kaum, wo er hinsehen sollte. Überall stand er, überall blickte er geradewegs in Ricks Gesicht.

„Was ist jetzt mit lecken?", fragte der schließlich und zerstörte damit diesen unangenehmen, aber doch wahrhaften Moment.

„Ich kann auf deinen Mitleidsfick verzichten", sagte Volker.

„Das tut mir aber leid." Rick machte eine Pause, dann fuhr er mit sanfterer Stimme fort: „Ich wollte das so doch nicht ..."

„Ist gut, ich bin schon – alt, ich komme drüber hinweg." Volker hielt sich an der Tischplatte fest. Obwohl er fest auf seinem Bürostuhl saß, fühlte er sich, als könne er jeden Moment umkippen.

„Du bist nicht alt", sagte Rick und kam näher, „du bist nur nicht der Richtige für mich, okay?"

„Was kommt jetzt?", fragte Volker.

„Ich weiß es nicht."

„Gut, ich dachte schon, wir müssten uns jetzt versprechen, Freunde zu bleiben."

„Wäre das denn so schlecht?"

Volker schwieg. Dann spürte er Ricks Hand auf seiner Schulter. Beinahe automatisch zog Volker seinen Ex an sich heran, drückte sein Gesicht gegen dessen T-Shirt und spürte den flachen Bauch darunter.

„Es wäre immerhin besser, als sich ständig zu streiten", gab Volker nach einer Weile zu.

„Wenn du etwas – brauchst", sagte Rick, „dann ruf mich an, okay?"

„Was soll ich brauchen?"

„Sex?"

Plötzlich spürte Volker das erigierte Glied an seinem Kinn, das sich durch Ricks Hose drückte.

„Ich glaube, das ist keine gute Idee", wehrte er ab. Doch Ricks Hände hielten seinen Kopf fest.

„Wer sagt, dass ich nur gute Ideen habe?"

„Und wer sagt, dass ich bei deinen schlechten mitspielen muss?" Volkers Stimme war zu einem Flüstern verkommen. Sein Verstand wusste genau, wie man sich in einer solchen Situation verhalten musste, doch seine Hände gehorchten einer anderen Instanz, die weit tiefer lag.

Volker knotete das Kondom zu und warf es in den Papierkorb neben dem Schreibtisch. Sein Blick glitt über Ricks Kehrseite, die soeben in der verwaschenen Jeans verschwand. Dann drehte sich sein Ex um und grinste.

„Das war gut, oder?"

„Ja", antwortete Volker. Für ein paar Minuten hatte er seine Trauer über die zerbrochene Beziehung tatsächlich vergessen. Doch nun kam dieses elende Gefühl zurück.

„Was ist?", fragte Rick. „Das war doch jetzt hoffentlich nicht mehr für dich, als nur ..."

„... als nur ein Fick?" Volker spuckte die Worte zwischen sie aufs Laminat.

„Ja", sagte Rick. „Ja, nur ein Fick."

„So einfach ist das leider nicht."

„Da sollten wir aber dran arbeiten", sagte Rick und ging ins Schlafzimmer, um sich dort nach seinen Sachen umzusehen.

Volkers Blick hing an der Schreibtischplatte fest. Keine fünf Minuten zuvor hatte Rick da gelegen, seine Beine über Volkers Schultern, willig, sich der Lust mit dem Ex hinzugeben. Sex mit dem Ex. Volker lachte schmerzlich auf. Wie hatte er sich nur dazu hinreißen lassen können? Jetzt lebten sie das volle Programm aller Klischees. Erst scheiterte die Beziehung, weil es angeblich nicht genug Freiraum gab, weil nicht genug Abwechslung den Alltag interessant machte, dann stritten sie sich wie zwei Supertunten, nur um kurz danach übereinander herzufallen und – ja, wahrhaft guten Sex zu haben. Gab es überhaupt Klischees? War nicht vielmehr alles wahr?

„Darf ich das T-Shirt behalten?", fragte Rick plötzlich und schwenkte einen dunkelblauen Baumwollstoff durch den Türrahmen.

„Das ist eins meiner Lieblings-Shirts", sagte Volker.

„Ja, ich weiß, von mir auch", antwortete Rick. „Ich dachte als Andenken."

„Damit du an mich denken kannst, wenn du bei deinem Neuen in der Kiste liegst?"

„So in etwa", sagte Rick und grinste frech.

„Hör mal, das ist alles noch viel zu frisch, um ..." Volker brach ab. War es nicht besser, wenn sie Scherze über ihre gescheiterte Beziehung machten und es ab und zu miteinander trieben, als sich in erbittertem Zank zu ergehen?

„Um was?", fragte Rick. Mittlerweile sah er doch tatsächlich wieder wie der ganz normale Rick aus. Keine Arroganz, keine Kälte, nur der nette Student, der sich noch nicht in eine feste Beziehung fügen konnte.

„Ach nichts", sagte Volker. „Du kannst das Shirt haben."

„Danke."

War es am Ende nicht besser, sich mit einem Bisschen zu begnügen, anstatt alles zu verlangen – oder nichts? Volker musste sich lediglich von seinen konservativen Vorstellungen einer Beziehung trennen. Konservativ war doch eh nichts für Schwule.

„Weißt du was? Für den Rest komm ich später noch mal, wenn's dir nichts ausmacht."

Volker nickte.

„Wie wär's nächste Woche, gleicher Ort, selbe Zeit?"

„Selber Ort, gleiche Zeit", korrigierte Volker.

Rick nahm das als Zustimmung. „Gut, dann bis dann", sagte er und verschwand.

Volker kam es vor, als hätte es *Plopp!* gemacht und sein Ex wäre verschwunden. Überhaupt erschien ihm das alles eher wie ein seltsamer Traum. An diese neue Art von Beziehung würde er sich erst noch gewöhnen müssen. Der Schmerz blieb. Sein traditionelles Ich wünschte sich immer noch ein ruhiges und beschauliches Leben. Da passten keine Abenteuer hinein.

Seine Gedanken wanderten wieder zum Gay-Chat. Dieser Chatter Finn schien wirklich nett zu sein, doch Volker fühlte sich zu alt dafür. Ein Onlinechat erschien ihm nicht das Medium eines 32-jährigen Lehrers zu sein.

Bevor er seinen Computer aber hinunterfuhr, rief er noch seine Mails ab. Mit einem *Pling!* erschien tatsächlich eine Nachricht.

finnyboy@schoolboys.de

Volker starrte auf die Mail-Adresse. Der Junge hatte ihm zurückgeschrieben! Plötzlich begann sein Herz zu klopfen und die Handflächen wurden feucht. Eine dämliche Mail von einem unbekannten Jungen aus dem Chat, und doch fühlte sich Volker, als ginge es hier um ... Ja, um was ging es überhaupt? Wieso reagierte er so? Dafür gab es doch keinen vernünftigen Grund!

Widerstrebend öffnete Volker die Nachricht.

An: volker1975@styx.de
Von: finnyboy@schoolboys.de
Datum: 07.06.2008
Uhrzeit: 18:32
Betreff: AW: Unser Chat

hey volker, cool dass du schreibst. ich antworte nur kurz, weil ich gleich ein date habe. bin total aufgeregt. mit nem typ aus dem chat. werde dir berichten. wenn du bock hast, schreib mal ne sms 0174 445211 dann sag ich dir wie es läuft.

ach ja, mit deinem freund tut mir leid. aber dann hat der dich auch nicht verdient. ich hoffe du schreibst mir und vergiss den arsch! finn

Erleichterung machte sich breit. Volker ließ sich in seinen Bürostuhl zurücksinken. Warum überhaupt Erleichterung? Es hatte doch im Grunde gar nichts auf dem Spiel gestanden. Volker schloss die Augen. Der Student Rick ging und der Schüler Finn kam. War es etwa das, was ihn so nervös gemacht hatte? Wollte er nicht, dass dieser fremde Junge ihm ebenfalls wie Rick eine Abfuhr erteilte?

Er öffnete die Augen wieder und las die Mail noch mal. Und dann fing er laut an zu lachen. ... *und vergiss den arsch!* Zwar kannte er diesen

Finn überhaupt nicht, doch der Junge gefiel ihm. Für einen 28-jährigen Studenten war er vielleicht zu spießig, aber ein 23-jähriger Berufsschüler stand ihm bei. Wenn das mal nicht Ironie des Schicksals war.

Volker schüttelte den Kopf. Ernst nehmen durfte er diese Flirterei dennoch nicht. Der Junge war neun Jahre jünger als er! Und knackig ... Wilde Fantasien stürmten plötzlich seinen Kopf. Dabei hatte er doch gerade erst seine Triebe ausgelebt.

Mit diesem Gedanken im Kopf las er die Mail nochmals und blieb nun gleich zu Anfang an einer Information hängen, die er noch nicht realisiert hatte. Finn hatte ein Date mit jemanden aus dem Chat? Volker schluckte. Sofort nahm er sein Mobiltelefon und speicherte Finns Nummer ein. Dann hielt er inne. Was hatte er erwartet? Finn war im Chat unterwegs, um ein bisschen mehr zu erleben, als einen spröden Flirt mit einem alternden Lehrer. Wenn Volker sich nicht so geziert hätte, dann wäre der Junge sicher nicht zu diesem Date ...

Es war müßig, sich jetzt Gedanken darüber zu machen. Der Junge war 23. Kein Alter, in dem man brav zu Hause blieb. Und dennoch ließ die Unruhe ihn nicht los. Finn traf sich also mit Wildfremden für – anonymen Sex? Oder suchte er einen Freund? Warum hatte er ihm seine Telefonnummer geschickt? War das vielleicht ein Hinweis darauf, dass er gerade noch rechtzeitig gestoppt werden wollte?

Alberne Gedankenspiele. Ganz sicher machte Finn das nicht zum ersten Mal. Der ganze Chat mit ihm war vornehmlich darauf ausgelegt gewesen, seinen Partner zu sexuellen Handlungen zu bewegen. Der Junge war spitz und versuchte, seine Geilheit irgendwo loszuwerden. Und Volker war nicht sein Vater – und er wollte auch auf keinen Fall die Heilige Mutter spielen, obwohl es ihn noch so sehr dazu drängte.

Nein, keine SMS! Entschlossen legte Volker das Mobiltelefon beiseite und rief die Website eines Onlinebuchhändlers auf. Mürrisch dachte er an das Wort Frustkauf. Wieder so ein lebendiges Klischee.

Das Handy lockte dennoch.

Kapitel 3

Mit einem schummrigen Gefühl im Bauch verließ Finn das Haus. Innerlich dankte er Samara, dass sie ihn auf die Idee gebracht hatte, das Treffen gleich in der Nähe stattfinden zu lassen. Damit konnte er nichts verlieren, falls dieser GaymeBoy nicht auftauchte. Und falls doch, dann hatte Finn einen Grund, Samara zu verfluchen. Niemals hätte er sich allein dazu durchringen können, diesen Chatter zu treffen. Dabei war es nichts weiter als die logische Konsequenz. Er hatte Cybersex mit fremden Leuten, spielte mit ihnen Rollenspiele, ließ sich auf seinem Handy anrufen, um ihr Stöhnen zu hören, während er ebenfalls stöhnte. Warum also die Zurückhaltung, wenn es um ein Live-Date ging? Er war ein gutaussehender 16-jähriger Junge, der das Jungfrausein satt hatte. Finn wollte endlich wissen, wie sich Sex anfühlte. Nicht länger diese tausendfach gesehenen Pornobildchen und Handbetrieb. Er wollte einen Menschen küssen, einen echten Jungen, und ...

Er dachte an seinen Chat mit dem Lehrer. Der war kein Junge mehr, definitiv nicht. Und trotzdem fühlte sich Finn bei dem Gedanken wohler, sich einem echten Mann hinzugeben, als einem Chatter in seinem Alter. Dabei fiel ihm ein, dass er das Alter von GaymeBoy schon wieder vergessen hatte. 18? Dann waren es zwei Jahre Unterschied. Der Altersunterschied zu Volker betrug 16 Jahre! Himmelarsch ... Und doch, der Kerl würde wissen, was er wie tun musste. Finn hatte das Gefühl, dass er bei einem Lehrer keine Sorgen haben brauchte, dass man ihn verletzte. Außerdem war er der Überzeugung, dass Volker ihn auch nicht nur für Sex kennenlernen wollte – immerhin hatte er sich ja die ganze Zeit über geweigert, überhaupt mal erotisch zu werden. Das wäre doch eine ganz andere Basis, als ein anonymer One-Night-Stand.

Zweifelnd blieb Finn stehen. Noch hatte er die Möglichkeit, wieder umzudrehen und nach Hause zu gehen. Er könnte es sich vor dem Fernseher gemütlich machen oder sich mit einem Buch ins Bett verkriechen. Keine Gefahr sich zu blamieren.

Ja, vielleicht war es das, was ihn so beschäftigte. Wenn er an die Jungs aus seiner Klasse dachte, dann war er zwar hübsch, aber noch lange nicht so sportlich und männlich, wie manch andere. Und bei Volker müsste er vielleicht nicht solche Gedanken haben, weil der ja eh in einer ganz anderen Liga spielte. Zumindest war das die Auffassung, wie er sie im Gay-Chat kennengelernt hat: Schönheit gab es in jeder Altersklasse, doch Jugend war immer noch wertvoller. Im Chat gab es einen 18-jährigen, der es angeblich mit einem Opa von über 50 trieb. Und der Junge sah alles andere als gut aus, wie man dem Chatterportrait entnehmen konnte. Aber er war jung. Das zählte.

Finn versuchte diese Gedanken abzuschütteln. Er wollte nicht so über Volker denken. Der Lehrer war nett. Kein lästiges Anbaggern, vollkommen sympathisch und offenbar menschlich genug für seine eigenen Probleme. Allgemein taten Lehrer ja immer so, als wären sie nicht von dieser Welt. Finn dachte an seine Antwortmail, die er vor etwa einer Viertelstunde noch abgeschickt hatte. Vielleicht war sie ein wenig zu ruppig gewesen? Hätte er mehr auf die gescheiterte Beziehung eingehen sollen?

Finn ertappte sich dabei, wie er die nächsten Gedankenspiele anfing. Dabei ging es hier und jetzt weder um Volker noch um andere Jungen, die weit weniger gut aussahen als er selbst, sondern allein um sein Date im Luisencafé.

Sollte er oder sollte er nicht? Das war die Frage, die es zu beantworten galt.

Finn holte sein Handy hervor und tippte eine Kurzmitteilung für Samara.

BIN AUF DEM WEG. HAB RICHTIG SCHISS. SOLL ICH WIRKLICH?

Er schickte die SMS ab und ging weiter. Wie kompliziert die Welt doch war. Samara war längst keine Jungfrau mehr. Sie hatte ihr erstes Mal mit 15 hinter sich gebracht. Und er selbst, als Schwuler, war mit 16 immer noch unschuldig. Dabei sagte man den Schwulen doch nach, dass sie in Sachen Sex wahre Meister und vor allem Frühstarter waren. Heterojungs mussten ja immer erst noch ein Mädchen finden, das mitmachte. Schwule dagegen brauchten sich lediglich im Gay-Chat verabreden und schon konnte es losgehen.

Das Handy piepste. Eine Nachricht! Hastig sah Finn auf das Display. Eine unbekannte Nummer. 0177 565611. Wer konnte das wohl sein.

BIST DU DIR SICHER, DASS DU DAS TUN WILLST? WENN DU MAGST, KÖNNEN WIR VORHER DRÜBER SPRECHEN. VOLKER

Finn hielt die Luft an und las die SMS noch mal. Volker hatte ihm tatsächlich geschrieben! Klar, Finn hatte es ihm in seiner Mail ja auch gesagt. Aber er hatte nicht damit gerechnet ...

Sein Herz machte einen Sprung. Offenbar schien sich der Lehrer Gedanken über ihn zu machen. Nachdem der Chat eher unbefriedigend geblieben war, verstand Finn nach Volkers Mail nun auch den Grund. Selbst Lehrer blieben vor so alltäglichen Problemen wie Liebeskummer und Beziehungskrisen nicht verschont. Und nun schrieb Volker ihm tatsächlich im übertragenen Sinne, dass er nicht zu diesem Date gehen sollte! Also lag ihm etwas an Finn!

Schnell schrieb er an Volker zurück.

ICH BIN SCHON UNTERWEGS. KANN DOCH JETZT NICHT KNEIFEN! WOLLEN WIR HEUTE ABEND CHATTEN?

Wenn er das Samara erzählte! Damit war doch alles wieder offen.

Dabei musste Finn sich eingestehen, dass er es auch ein wenig darauf angelegt hatte. Absichtlich hatte er in seiner Mail dieses Treffen erwähnt, um dem Lehrer ein bisschen die Nase langzumachen. So wie es aussah, ging sein Plan auf.

Das Handy piepste erneut. Diesmal stand Samara auf dem Display.

SEI NICHT SO EIN ANGSTHASE! DU GEHST DA JETZT HIN! UND WEHE NICHT!

Finn runzelte die Stirn. Das war mal eine Ansage. Unsicher sah er auf die Uhr. Er war schon fünf Minuten überfällig. Und das Luisencafé war vielleicht noch zwei Fußminuten entfernt. Wahrscheinlich hatte dieser GaymeBoy eh schon die Geduld verloren und hatte sich wieder davongemacht. Ein alberner Beruhigungsversuch, aber irgendwie wirkte es.

Wenig später sah Finn das Luisencafé vor sich. Das seltsame

Gefühl in seinem Bauch nahm dramatisch zu.

Dann wieder eine SMS von 0177 565611.

WENN DER TYP DIR NICHT GEFÄLLT, LASS IHN SITZEN! ANSONSTEN DENK AN SAFERSEX! SCHICK MIR EINE SMS, WENN DU IM CHAT BIST. VOLKER

Plötzlich erschien Finn das Date nicht mehr so aufregend. Volker machte sich wirklich Sorgen um ihn! Und er wollte noch heute abend mit ihm chatten!

Ein breites Grinsen stahl sich auf sein Gesicht. Dann speicherte er endlich Volkers Nummer unter dessen Namen ab und betrat das Café. Egal was passierte, er hatte immer noch den Lehrer, mit dem er sich heute abend unterhalten konnte.

Das Café war ungewöhnlich leer. Wahrscheinlich hatten heute die Schwulenbars Hochkonjunktur und zogen das Publikum vom Stadtrand ab. Gleich am Eingang saßen drei ältere Damen, die sich über Krankheiten unterhielten – worüber auch sonst? Ein alter Herr las Zeitung und schien von dem Geschnatter um ihn herum nichts mitzubekommen. Oder vielleicht war er genau deshalb hier? Etwas weiter scharte sich eine Frauengruppe um zwei Tische. Sie hatten alle Regenbogenanstecker und Aidsschleifen an der Brust.

Finn ging nach hinten durch. Er sah eine blonde Frau, die mit dem Rücken zu ihm saß und einen jungen Kerl, der sich ganz in die Ecke verzogen hatte und an einem Milchshake schlürfte. Wie alt sollte dieser GaymeBoy noch mal sein? Der Typ vor ihm war doch sicher schon 25. Zu seinen Füßen lag eine Trainingstasche. Ob er wohl gerade vom Sport kam? Oder hatte er vielleicht gleich sein ganzes Sexspielzeug mitgebracht?

Finn schluckte. Der Fremde sah von seinem Milchshake auf. Er hatte ihn entdeckt. Für einen Augenblick dachte Finn an Flucht. War doch nichts dabei, der Kerl kannte ihn nicht und im Chat konnte man sich rasend schnell einen anderen Namen und somit eine andere Identität geben.

„Kann ich dir helfen?", fragte der Fremde plötzlich.

Finn zuckte zusammen. Er hatte den Kerl doch tatsächlich die ganze Zeit über angestarrt – wie das Reh den Scheinwerfer. Und nun fühlte er sich ein wenig überfahren.

„Ich – ähm – ich bin Finn", sagte Finn und ging zu dem Fremden hinüber, um ihm die Hand zu geben.

Die blonde Frau, die sich nun in seinem Rücken befand, kicherte. Am liebsten würde Finn sich umdrehen, aber er spürte, wie die Röte in sein Gesicht stieg. Peinliche Situationen vermeiden!

„Aha", machte der Fremde. „Ich bin Rick. Wie komme ich denn zu der Ehre?"

Finns Gedanken rasten. Hatte er diesem GaymeBoy überhaupt seinen echten Namen geschrieben?

„Also – ich bin der aus dem Chat – LittleGaylien", sagte Finn leise, damit die Frau hinter ihm es nicht mitbekam. Doch vergeblich, sie kicherte wieder.

„Ist ja süß", sagte Rick und grinste breit. „Und wer soll ich deiner Meinung nach sein?"

Finn spürte seine Beine weich werden. „GaymeBoy?", fragte er verunsichert.

„GäymeBoooy!", wiederholte die Frau hinter ihm mit näselnder Stimme. „Hach wie süüüß."

Finn wurde knallrot.

„Tut mir leid, dass ich dich enttäuschen muss, aber da musst du mich verwechseln", sagte Rick und sah ihn mitleidig an. „Vielleicht kommt er ja noch, dein Chatter-Date."

„Oder er ist schon da", näselte die Frau hinter ihm.

Finn biss die Zähne zusammen. Was für eine Situation! Er blamierte sich hier vollends vor einem ziemlich gutaussehenden Kerl namens Rick und hinter ihm saß ein blödes Weib und machte sich einen Spaß daraus!

Entschlossen drehte er sich um. „Hören Sie mal ...", fing er an, kam dann aber ins Stocken.

„Jaaa?", quäkte die Blonde und grinste breit. „Känn ich Ihnen behälfläsch sein?"

Blonde Haare, große Sonnenbrille, nuttiger Lippenstift, mindestens 20 Regenbogenbuttons. Aber das Lächeln, das kannte Finn!

„Samara?", fragte er entgeistert.

„Gott, äs ist ja so häll hier dränne!" Samara zog ihre Sonnenbrille ab und grinste von einem Ohr zum anderen. „Na? Näsch ärkannt?"

Jetzt war es dieser fremde Rick, der hinter ihm kicherte.

„Was soll der Scheiß?", fragte Finn und spürte Wut in sich aufsteigen.

„Sätz däsch!", befahl sie ihm und zeigte auf den Platz gegenüber. „Dann erzähl äsch dir alläs!"

„Hör mit dem Scheiß auf!", fauchte Finn und ließ sich auf den Stuhl sinken. Dieser Rick hinter ihm amüsierte sich noch immer.

„Jetzt sei mal nicht so spröde", sagte Samara endlich wieder mit normaler Stimme. „Du wärst doch nie aus dem Haus gegangen, wenn ich dich nicht ein wenig gelockt hätte!"

„Du hast mich nicht gelockt, du hast mich verarscht!"

In seinem Rücken schlürfte Rick geräuschvoll seinen Milchshake leer.

„Was heißt hier verarscht?", fragte Samara mit Unschuldsblick. „Ich wollte doch nur wissen, ob du bereit bist für ein Blind-Date."

Finn blieben die Worte im Hals stecken. Erst jetzt wurde ihm klar, was das alles bedeutete. Samara hatte sich als GaymeBoy ausgegeben und von ihm sogar seine echte Schwanzgröße erfahren! Selbst hatte sie natürlich gnadenlos übertrieben und ihn zu diesem Treffen überredet – einmal als GaymeBoy und dann auch als sie selbst. Darum hatte sie nichts dagegen gehabt und ihn regelrecht hierher gezwungen!

„Du bist eine echte ...", Finn brach ab. Die Worte, die er gerade im Kopf hatte, waren allesamt zu schlimm. Auch wenn er nicht übel Lust hatte, die Freundschaft mit Samara auf diese Weise zu gefährden ...

Rick erhob sich und kam um Finn herum. Er hielt seine Sporttasche in der Hand und grinste breit.

„Sei doch nicht sauer", sagte er. „Sie hat sich doch wirklich Mühe gegeben mit ihrem Scherz." Dann wurde Ricks Grinsen noch eine Spur breiter und er legte eine Serviette mit einer Telefonnummer auf den Tisch. „Außerdem wären wir uns nie begegnet. Wenn du also noch mal Lust auf ein Treffen hast – wie ich aussehe, weißt du ja jetzt."

Das war alles. Finn brachte kein Wort heraus und sah diesem fremden Rick hinterher, wie er an den Tresen ging, bezahlte und darauf dann das Café verließ.

„Machst du den Mund auch noch mal wieder zu?", fragte Samara schließlich.

„Ich ..." Finn blinzelte und sah seine Freundin an. „Ich – hast du das gerade mitbekommen?"

„Für solche Momente habe ich meine Sonnenbrille abgenommen", antwortete Samara lässig. „Was ist? Hast du noch nie eine Telefonnummer zugesteckt bekommen?"

„Nein", sagte Finn. „Bist du jetzt enttäuscht von mir?"

Samara lachte. „Ich bin froh, dass du mich nicht versetzt hast."

„Verdient hättest du es! Faker!" Dann schlich sich ein Lächeln auf Finns Gesicht. „Aber für den Aufzug war es schon wert herzukommen!"

„Ich hatte gehofft, dass dich das wieder besänftigt. So, was bestellen wir? Ich hab ja Lust auf Eis."

„Hört sich nicht schlecht an."

„Für däsch ein Bananen-Splätt?", fragte Samara und knickte die Hand wieder ab.

„Mach so weiter und für dich gibt es Eis im Beutel für die Beule an deinem Kopf!"

„Sei lieb zu mir, sonst verrate ich jedem deine Schwanzgröße!"

„Du bist so eine ekelhafte Mistsau, weißt du das?"

„Tja, man gibt doch keine persönlichen Daten im Chat heraus. Man weiß doch nie, wer auf der anderen Seite mitliest. Kannst froh sein, dass ich kein Psychopath bin!"

„Ganz sicher bin ich mir da aber nicht", gab Finn zurück. „Und wieso hast du eigentlich mit deiner Schwanzgröße so übertrieben?"

Samara druckste herum. Und plötzlich traf es Finn wie aus heiterem Himmel. Natürlich! Samara hatte keinerlei Ahnung!

„Sag mal, hast du mich etwa nicht nur heute verarscht?", fragte er entsetzt.

Samara setzte wieder ihren unschuldigen Blick auf.

„Du bist noch Jungfrau!", rief Finn und klatschte vor Begeisterung in die Hände.

„Hallo? Geht's noch lauter?"

Kurz darauf kam die Bedienung und sie wählten beide ein Spaghetti-Eis, wie immer. Dann piepste Finns Handy.

ALLES IN ORDNUNG? VOLKER

„Von wem?", fragte Samara neugierig.

„Das geht dich überhaupt nichts an!", sagte Finn. Dann fügte er etwas ruhiger hinzu: „Von Volker, dem Lehrer."

„Das ist jetzt nicht dein Ernst, oder?" Samaras Augen waren tellergroß.

„Doch." Finn grinste gewinnend. „Er hat mir eine Mail geschrieben und ich habe ihm meine Handy-Nummer zurückgeschickt. Und jetzt fragt er, ob mit meinem Date alles in Ordnung ist. Ich glaub, der macht sich Sorgen."

„Ich fass es ja nicht, mein bester Freund macht sich an einen Lehrer ran!"

„Gönn mir auch mal was!"

Finn tippte schnell eine Antwort.

ALLES KLAR. MEINE FREUNDIN HAT MICH VERARSCHT, ZUM DANK ESS ICH JETZT MIT IHR EIS!

„Zwei Spaghetti-Eis", sagte die Bedienung und servierte die Bestellung. Dann verschwand sie so unauffällig, wie sie gekommen war.

„Daraus wird doch nie was", sagte Samara, als Finn sein Handy wieder wegsteckte.

„Warum nicht?"

„Na, weil du das alles schon auf einer Lüge aufbaust. Was willst du ihm denn sagen, wenn ihr euch trefft? Dass du nur ein bisschen jung aussiehst für deine 23 Jahre?"

„Aber wenn ich ihm die Wahrheit gesagt hätte, würde er jetzt garantiert nicht schreiben, oder?"

„Aha, verstehe", sagte Samara. „Wir schieben die Probleme also vor uns her und warten erst mal ab, bis alles zu spät ist."

„Spiel hier bloß nicht die Allwissende", gab Finn zurück. „Von wegen mehr Erfahrung und so!"

„Hey, dass ich dich über mein Sexleben angelogen habe, heißt doch nicht, dass alles Schwachsinn ist, was ich so sage!"

„Warum lügst du mich überhaupt an?", fragte Finn.

Samara betrachtete eine Weile ihr Eis. „Fast alle Mädels aus der Klasse haben schon. Ich wollte nicht – na ja, dumm dastehen."

Finn musste plötzlich grinsen. „Den Jungs erzähle ich auch immer, dass ich mal mit nem Mädchen hab. Das wirkt irgendwie beruhigend auf die."

„Sind schon irgendwie alle schwachsinnig, was?"

„Allen voran du!"

„Und du!"
Finns Handy meldete sich wieder.

ICH BIN FROH. VIEL SPAß EUCH BEIDEN UND EINEN LIEBEN GRUSS AN DIE FREUNDIN. VOLKER

Finn reichte sein Telefon zu Samara rüber, damit sie die Nachricht lesen konnte.

„Also ich glaube, wenn der das mit deinem Alter schluckt, hast du einen echt coolen Freund." Ihre Augen funkelten vor Begeisterung.

„Und du findest ihn wirklich nicht zu alt?"

„Ein wenig vielleicht", gab Samara zu, „aber glaub mir, ältere Männer sind die besseren Liebhaber."

Finn verdrehte die Augen. „Woher willst du das denn wissen?"

„Ich lese Bücher", sagte Samara stolz. „Erotische Bücher!"

Kapitel 4

Jetzt war schon fast eine halbe Stunde vergangen, seit Volker die letzte SMS geschickt hatte. Ungehalten tigerte er durch die Wohnung. Im Grunde total bekloppt! Er kannte diesen Jungen ja nicht mal, warum machte er sich dann solche Gedanken? Schüler hin, Schüler her, Finn war 23 Jahre alt! Natürlich hatte man da schon Sex. Und es war ganz sicher keine Seltenheit, dass man sich diesen anonym im Netz besorgte. Ganz abgesehen davon, dass Finn jetzt gerade laut seiner eigenen Nachricht überhaupt keinen Sex hatte, sondern mit seiner besten Freundin in einem Eiscafé saß. Es gab überhaupt keine Veranlassung, sich Sorgen zu machen! Und doch wurde Volker die Gedanken nicht los. Ein junger Mann von 23 Jahren hatte es doch nicht nötig, mit dem Erstbesten in die Kiste zu hüpfen, oder?

Volker fuhr sich nervös durchs Haar. Unschlüssig stand er in der Küche herum, machte einen Schrank auf, sah Teller und Tassen, klappte ihn wieder zu. Im nächsten Schrank hatte er die Gewürze. Irgendwie kam ihm das neu vor. Hatte er sie etwa schon immer hier drin? Dann schüttelte er den Kopf und knallte die Schranktür zu. Was tat er hier?

Unwirsch nahm er sich zwei Aufbackbrötchen aus dem Gefrierfach und warf sie in den Backofen. 200°C, 10 Minuten, Butter bei, Käse zu, fertig. Immerhin hätte er dann etwas Vernünftiges getan und schon mal zu Abend gegessen. Obwohl Brötchen ja eher etwas fürs Frühstück waren. Gottverdammt, was machte das schon für einen Unterschied? Wer legte hier eigentlich die Regeln fest?

Irritiert wurde ihm klar, dass er selbst es war. Er war doch derjenige, der es 23jährigen Berufsschülern absprechen wollte, sich mit irgendwelchen unbekannten Chattern zu vereinigen. Er selbst stellte hier Regeln auf für andere – und natürlich für sich. Und weil er selbst erst spät entdeckt hatte, was er eigentlich wollte – nämlich Männer – machte es ihn fuchsig, wenn andere ihrem Ziel ohne Umwege nachgingen. War es etwa das? War er letztlich nur neidisch, dass ein Junge wie Finn kein Problem damit hatte, sich seinen Sex zu holen, während er hier mit 32 wieder mal allein dastand und sich ein ausschweifendes Sexleben versagte – aus Anstand natürlich. Oder war es doch eher Unsicherheit?

Schokolade! Er brauchte jetzt unbedingt Schokolade! Oder Eis! Noch ein Grund, auf Finn neidisch zu sein. Der hatte jetzt nämlich gerade Eis. Oder Sex? Volker riss das Gefrierfach wieder auf. Kein Eis. Also Schokolade. Wo hatte er gottverdammt nur die Schokolade? Dann fiel es ihm ein. Sie lag noch im Laden gleich um die Ecke. Nachdem Rick ihm eröffnet hatte, dass er ihn verließ, war Volker auf die Idee gekommen, ab sofort peinlichst auf seine Figur zu achten. Er wollte Rick zeigen, dass er noch lange nicht zum oft zitierten alten Eisen gehörte. Und deshalb gab es im Moment keine Schokolade in diesem Haushalt!

Frustriert stapfte Volker wieder zu seinem Schreibtisch. Auf dem Bildschirm lief der Gay-Chat ab, ohne dass auch nur eine einzige Nachricht für ihn kam. Er hatte sich Lehrer_32 genannt. Das schien wohl nicht gerade die Verlockung zu sein. Um es sich zu beweisen, loggte er sich aus und betrat den Chat mit dem Namen JungerBoy_23. Es dauerte keine Minute, bis sich das erste private Chatfenster öffnete.

SpermaPimmel: hi was geht?
SpermaPimmel: beschäftigt?
SpermaPimmel: hallo?????

SpermaPimmel hat den privaten Chat beendet

Volker betrachtete noch immer das Fenster, ohne sich zu rühren. So was hatte es früher nicht gegeben. Aber auch wenn, er selbst wäre niemals auf die Idee gekommen, sich nach anderen Männern umzusehen. Sein Leben als Schwuler hatte eher zufällig angefangen.

Mit einem *Pling!* ging schon wieder ein Fenster auf.

DaddyLove35: hi mein süßer
DaddyLove35: lust auf ein heißen chat?
DaddyLove35: live mit taschegeld!!!

Volker lachte auf. Was war das denn bitte für eine Anmache? Und dann auch noch diese Grammatik! DaddyLove sollte vielleicht mal einen Deutschkurs ... Das Lachen blieb Volker im Hals stecken. Wenn man dem Nick trauen konnte, dann war dieser Kerl 35 Jahre alt. Gerade mal 3 Jahre älter als Volker selbst. Gehörte man in diesem Alter etwa schon zu den Daddys? Hatte man da schon keine andere Wahl mehr, als sich an Jünglinge heranzumachen, indem man ihnen Geld versprach?

DaddyLove35: zahl auch gut!!!
JungerBoy_23: Hallo
JungerBoy_23: Was zahlen Sie denn so?
DaddyLove35: kommt drauf an was machst du mit?
JungerBoy_23: Normaler Sex?
DaddyLove35: ich gebe dir ein taschegeld für ficken 50€
JungerBoy_23: Und das machen hier Jungen mit?
DaddyLove35: du kannst mich bare ficken ist gut

Volker runzelte die Stirn. Offenbar schien sein Chatpartner ein Ausländer zu sein, so seltsam wie er schrieb. Dann gab er schnell *bare* in eine Suchmaschine ein und fand heraus, dass der Kerl es ohne Gummi treiben wollte.

DaddyLove35: ich geb 75€ gut?
JungerBoy_23: Woher kommen Sie eigentlich?
DaddyLove35: köln du auch?

JungerBoy_23: Nein, ich möchte wissen, aus welchem Land Sie ursprünglich stammen.

DaddyLove35: deutschland kommst du aus köln?

JungerBoy_23: Ja.

DaddyLove35: gut wir können uns treffen am bahnhof wenn du willst 75€

JungerBoy_23: Ich habe keinen Sex ohne Kondom.

DaddyLove35: ich bin gesund ehrlich

JungerBoy_23 hat den privaten Chat beendet

Volker rieb sich die Stirn. Bitte was war das denn für ein Spinner? Für ihn als Deutschlehrer war es natürlich nicht verwunderlich, dass ein Großteil der Deutschen schlechter schrieb als ausländische Mitbürger, doch geschockt war er immer wieder aufs Neue. Und da hatte er sich heute doch tatsächlich mal in einen Chat-Raum begeben, weil er der Meinung war, dass diese Art von schriftlicher Kommunikation vielleicht sogar einen Lern- oder zumindest einen Übungseffekt für junge Leute haben könnte. Aber hiermit konnte er seine Vorstellung von Onlinechats als Nutzen für schriftliche Sprachkompetenzen wohl als gescheitert ansehen. Ein Medium, das offensichtlich ausschließlich zur Herstellung sexueller Kontakte genutzt wurde und noch dazu wohl vollkommen ohne sprachliche Regeln auskam – wenn man mal von diesen Smileys und Abkürzungen absah – konnte er auf keinen Fall seinen Schülern empfehlen. Im Gegenteil! Jetzt musste er sich wohl eher Sorgen um das geistige Wohl seiner Schützlinge machen, wenn es schon nicht die Eltern taten.

SpermaPimmel: hi was geht?

SpermaPimmel: beschäftigt?

SpermaPimmel: hallo?????????

SpermaPimmel hat den privaten Chat beendet

Volker runzelte die Stirn. Hatte er das Fenster nicht weggeklickt? Er tippte mit der Maus auf das X rechts oben. Darunter befand sich noch mal das gleiche Fenster. Also hatte dieser SpermaPimmel noch mal haargenau die gleiche Meldung geschickt. Volker schüttelte den Kopf.

Dann dachte er wieder an Finn. Jetzt war es bereits fast eine

Stunde her, seit er dem Jungen eine SMS geschickt hatte. Und noch immer keine Antwort. Ob er noch mit seiner Freundin zusammen weggegangen war?

Volker drehte das Handy in der Hand. Nein, er durfte nicht noch eine Kurzmitteilung schreiben. Er wollte nicht aufdringlich sein. Finn würde sich schon melden, wenn er wieder zu Hause war. Warum sonst hätte er die ganze Zeit mit ihm kommunizieren sollen, wenn er vorhatte, sich heute Abend doch nicht mit ihm im Chat zu unterhalten.

Gott, wie verdammt albern das doch alles war! Volker rieb sich zur Abwechslung mal nicht die Stirn sondern die Schläfen. Sicherlich lag es an seinem angeknacksten Selbstbewusstsein, dass er nun auf einmal so viel Wert auf diesen jungen Burschen legte.

Pling!
SpermaPimmel: hi was geht?

Volker glaubte seinen Augen nicht zu trauen. Was war das denn für ein kaputter Mensch? Ging der tatsächlich sämtliche Chatter durch und tippte immer wieder seinen Standardtext, bis irgendwer sich erbarmte und endlich eine Antwort schrieb? Unglaublich!

Das Handy blieb still. Keine Nachricht von Finn. Irgendwie musste sich Volker ja die Zeit vertreiben.

SpermaPimmel: beschäftigt?
JungerBoy_23: Nein.
SpermaPimmel: hallo??????
JungerBoy_23: Bist du noch ganz dicht?
SpermaPimmel: hi was geht?
JungerBoy_23: Bei mir ist alles in Ordnung und bei dir?
SpermaPimmel: IN ORDNUNG??? wie bist du den drauf alter???
JungerBoy_23: Nicht so gut, würde ich sagen.
SpermaPimmel: brauchst ne ladung innen arsch???

Volker lachte laut los. Ob diese Leute sich selbst überhaupt ernst nahmen? Und ob es wohl Menschen gab, die das taten?

SpermaPimmel: hi was geht?
JungerBoy_23: Das fragtest du bereits.

SpermaPimmel: sorry fc

JungerBoy_23: Was bedeutet fc?

SpermaPimmel: falscher channel mann

JungerBoy_23: Schreibst du eigentlich überall immer nur den gleichen Mist?

SpermaPimmel: brauchst ne ladung innen arsch???

SpermaPimmel: sag schon!!!

JungerBoy_23: Klar.

SpermaPimmel: geil mann

JungerBoy_23: Total.

SpermaPimmel: echt schwul?

JungerBoy_23: Sonst wäre ich nicht hier, oder?

SpermaPimmel: schwuchtel

SpermaPimmel hat den privaten Chat beendet

Volker schlug sich mit der flachen Hand vor die Stirn. Was gab es doch für kranke Menschen auf dieser Welt. Er dachte einen Augenblick nach. Wahrscheinlich irgendein armer Heterojunge, der noch nicht wusste, an welches Ufer er gehörte. Also verplemperte er hier seine Zeit im Internet, indem er eine Standardanmache quasi automatisierte und darauf wartete, dass ihm echte Schwule ins Netz gingen. Und wenn er sie dann hatte, die Schwulen, dann wurde die Sache schnell zu heiß. Damit konnte man sicher Wochen oder Monate zubringen. Volker schüttelte wieder den Kopf. Dann sah er plötzlich Finns Nick. Er schluckte. Ein Blick auf sein Handy sagte ihm, dass er noch immer keine SMS bekommen hatte. Aber LittleGaylien war nun online!

Fast hätte Volker den Fehler gemacht, Finn unter dem falschen Namen anzuschreiben. Das wäre sicher nicht so gut angekommen. Und dann hielt er inne. Warum hatte Finn ihm noch keine SMS geschickt? War sein Guthaben vielleicht aufgebraucht? Oder wollte er womöglich nicht mit einem alten Lehrer chatten und suchte sich nun lieber einen neuen Gesprächspartner in seinem Alter?

Volker erlag dem Reiz. Mit seinem falschen Namen schrieb er LittleGaylien an. Aber auf keinen Fall auffällig werden. Vielleicht kopierte er am besten den Text von SpermaPimmel.

JungerBoy_23: hi was geht?

LittleGaylien: nix, ich warte hier auf wen

JungerBoy_23: dein freund?
LittleGaylien: so ähnlich, cu
LittleGaylien hat den privaten Chat beendet

Ganz schön komisch, so falsch zu schreiben. Aber wenn Volker normal geschrieben hätte, dann wäre er vielleicht aufgeflogen. So aber wusste er jetzt zumindest, dass Finn wartete. Nur auf wen, das hatte er nicht erfahren.

Im selben Moment piepste das Handy.

HEY! ICH BIN ON, KOMMST DU? DEIN FINNYBOY

Unglaublich, welche Macht diese paar Worte doch hatten. Volker fühlte sich augenblicklich, als würde er mitsamt seinem Bürostuhl gen Decke schweben.

Hastig loggte er seinen JungerBoy_23 aus und ging mit VollKerL online. Fast gleichzeitig öffnete sich das private Chatfenster.

LittleGaylien: hi
VollKerL: Hallo du.
LittleGaylien: selber hallo!
VollKerL: Das hast du vorhin auch schon geschrieben *lach*
LittleGaylien: oops i did it again *sing*
VollKerL: Was singst du denn da?
LittleGaylien: sag bloß du kennst britney spears nicht?!?!?
VollKerL: Natürlich kenne ich die, aber das heißt nicht, dass ich ihre Liedtexte erkennen muss ;-)
LittleGaylien: dann muss ich dir das wohl mal live vorsingen. wenn du magst, tanz ich auch für dich *fg*
VollKerL: Das klingt verlockend.
LittleGaylien singt britney und schwingt dabei seinen hintern
VollKerL: Sexy.
LittleGaylien: aber ich hoffe nicht zu sehr *rotwerd*
VollKerL: Auf einmal so prüde? Was ist denn vorhin in der Eisdiele passiert?
LittleGaylien: nichts spannendes, das versprech ich dir
LittleGaylien: ich mein ja nur, weil du nicht so gut drauf bist
VollKerL: Wir müssen nicht darüber reden.

LittleGaylien: würd ich aber gern

LittleGaylien: also wenn du nichts dagegen hast

VollKerL: Na gut. Mein Freund ist fünf Jahre jünger als ich und hat mich verlassen, weil ich ihm wohl zu alt bin.

LittleGaylien: wegen 5 jahren??? der hat sie doch nicht alle

VollKerL: *lol*

LittleGaylien: jetzt musst du dir schnell einen neuen freund suchen, ums ihm zu zeigen! *fg*

VollKerL: Das ist leicht gesagt.

Volker lehnte sich in seinen Bürostuhl zurück. Das war die Jugend. Die konnten alles so einfach sehen. Wenn der eine Freund ging, dann kam halt der nächste. Nur dass man ab einem gewissen Alter – muss ja nicht mal wirklich alt sein – auch gern etwas mit Bestand hätte, davon haben sie noch keine Ahnung.

Irgendwie roch es verbrannt.

LittleGaylien: ja so einfach ist das alles nicht, ich weiß

VollKerL: Woher?

LittleGaylien: wenn ich ehrlich bin, war das heute mein erstes date aus dem chat – eigentlich überhaupt

VollKerL: Es kam irgendwie so rüber, als würdest du das öfter machen.

LittleGaylien: chatten, ja, oder telefonieren ;-) aber bisher nie live. bin wohl schüchtern *seufz*

VollKerL: Und du hast keinen Freund?

Verdammt, der Brandgeruch nahm zu. Volker sah irritiert auf. Und dann fiel es ihm wieder ein: Die Brötchen! Ach du Scheiße!

Hastig sprang er auf und lief zur Küche. Der schwarzgraue Rauch drückte sich von innen gegen die Glastür. Mist! Jetzt nur die Ruhe bewahren! Eilig lief er ins Bad und nahm sich ein Handtuch vom Haken. Das hielt er sich vor Mund und Nase, als er in die Küche vordrang. Der Rauch war so dicht, dass er kaum sah, wo er hin musste. Er tastete sich zum Backofen vor und schaltete ihn aus. Dann taumelte er zum Fenster und riss es auf. Ein paar Bewegungen, um den Rauch besser abziehen zu lassen. Doch dann kam der beißende Gestank auch schon durch das Handtuch. Volker trat den Rückzug an. Der Backofen entließ noch immer dicke Rauchschwaden, die sich zur Decke wölkten. Es würde eine Ewigkeit dauern, bis der Geruch draußen war! Schnell schloss er die Glastür hinter sich und sah von der Diele aus zu, wie der Rauch sich langsam durchs Fenster nach draußen schob.

„Verdammte Scheiße!", schrie er. Aber das machte die Sache natürlich auch nicht besser.

Fluchend sperrte er die Tür zum Schlafzimmer zu. Wenigstens dieser Raum sollte von seiner Vergesslichkeit verschont bleiben. Das Wohn- und Arbeitszimmer würde er aber notgedrungen opfern müssen. Missmutig öffnete er auch hier das Fenster, um daraufhin die Küchentür wieder aufzumachen. Der Durchzug trug den Rauch schnell nach draußen. Und jetzt konnte sich Volker auch dem Backofen nähern. Als er die Klappe aufzog, stob noch mal eine richtige Qualmwolke heraus.

„Wie kann man nur so blöd sein?", fluchte er. „Die schönen Brötchen!" Dann lachte er los. Wenn er schon unbedingt auf seine Linie achten wollte, dann machte diese radikale Methode der Speisenzubereitung natürlich Sinn.

Irgendwann fiel ihm Finn wieder ein. Wirklich etwas tun konnte er eh nicht, außer dem grauen Dampf zuzusehen, wie er allmählich aus dem Fenster verschwand. Also setzte sich Volker zurück an den Computer.

LittleGaylien: nee, hat sich irgendwie noch nicht ergeben mit nem freund

LittleGaylien: meine mutter weiß auch nicht bescheid

LittleGaylien: hab irgendwie schiss, es ihr zu sagen

LittleGaylien: bist du noch da?

LittleGaylien: haaallooooooo!!!

LittleGaylien schickt mal einen suchtrupp los

LittleGaylien: öhm, langsam mach ich mir gedanken ...

Volker sah auf die Uhr, über eine Viertelstunde hatte er nichts mehr geschrieben. Logisch, dass Finn da nervös wurde. Aber er hatte den Chat nicht beendet.

VolKerL: Tut mir leid, ich wollte dich nicht hängen lassen, aber ich habe hier gerade ziemlich Mist gemacht.

LittleGaylien: mist gemacht? was hast du angestellt?

VollKerL: Ich hätte fast meine Wohnung in Brand gesteckt *lach* Habe vergessen, dass ich noch Aufbackbrötchen im Ofen hatte.

LittleGaylien: so spät noch brötchen? *kopfkratz*

VollKerL: Na, jetzt ja nicht mehr ;-)

LittleGaylien: hab ich dich etwa abgelenkt? *fg*

VollKerL: Natürlich! Oder glaubst du etwa, dass ich altersbedingt so vergesslich bin?

LittleGaylien: hab ich nicht gesagt ;-)

VollKerL: Ich ärgere mich trotzdem, jetzt stinkt die Wohnung sicher zwei Wochen lang.

LittleGaylien: musst du zwiebelhälften in die Ecken legen

VollKerL: Wie kommst du denn darauf?

LittleGaylien: ich bin der sohn einer alleinerziehenden mutter. glaub mir, hier brennt täglich was an *lol*

VollKerL: Und das hilft? Interessant.

LittleGaylien: wenn nicht, dann hast du was bei mir gut

VollKerL: Was denn?

LittleGaylien: werden wir dann schon sehen. ich kann ja schlecht prüfen, wie groß der schaden ist und was ein falsches versprechen am ende wert ist

VollKerL: Da musst du mir wohl oder übel vertrauen.

LittleGaylien: oder ich schicke einen gutachter vorbei. das macht man doch in einem solchen fall, oder nicht?

VollKerL: Ich glaube kaum, dass sich das rentiert ;-)

LittleGaylien: dann muss ich das wohl selbst in die hand nehmen *vorbeikomm*

Volker starrte einen Moment lang auf den letzten Satz. Es machte Spaß, sich mit dem Jungen im Chat zu unterhalten. Doch wie ernst war das wirklich? Das Spiel mit den Möglichkeiten verursachte jedenfalls ein angenehmes Kribbeln. Anders verhielt es sich, wenn man die Sache mal ernst nahm. Würde er sich wirklich mit einem 23-jährigen Berufsschüler einlassen? Wohl kaum. Und Finn sah das umgekehrt sicher genauso. Das hier im Chat war alles ein Spiel, nichts Ernstes. Nichts, worüber man sich Gedanken machen musste.

LittleGaylien: biste jetzt sprachlos?

VollKerL: Natürlich. Ich denke, du bist schüchtern.

LittleGaylien: bin ich ja auch! *nick*

VollKerL: Schüchterne Menschen laden sich aber nicht so einfach bei anderen ein ;-)

LittleGaylien: selbsteinladung und schadensbegutachtung sind aber zwei unterschiedliche dinge! *gg*

VollKerL: Woher kommst du eigentlich?

LittleGaylien: ich hab schon gedacht du fragst nie!

LittleGaylien: bin aus köln

LittleGaylien: hoffentlich sagst du jetzt nicht, dass du aus berlin kommst oder münchen ODER DÜSSELDORF!!!

Volkers Herz schlug schneller. Er lachte über Finns freche Antwort. Aber konnte er dem Jungen jetzt wirklich sagen, dass er ebenfalls in Köln wohnte? Was war, wenn Finn ihn tatsächlich besuchen wollte? Wäre das so schlimm? Rick jedenfalls würden die Augen aus dem Kopf fallen, wenn er ihn mit einem 23-jährigen Liebhaber sah.

LittleGaylien: oh gott, dein schweigen kann doch nichts gutes bedeuten! WIRKLICH DÜSSELDORF???

VollKerL: Und wenn es so wäre?

LittleGaylien: dann müsste ich mein angebot zurücknehmen ;-)

VollKerL: das würdest du tun?

LittleGaylien: bei ddoof hört der spaß auf *lach*

VollKerL: Da habe ich dann ja noch mal Glück gehabt.

LittleGaylien: du kommst auch aus köln, richtig?

Volker klappte der Mund auf. Was sollte er darauf jetzt antworten? Er wollte den Jungen doch nicht anlügen! Und wie kam der überhaupt darauf?

VollKerL: Woher weißt du das denn jetzt?

LittleGaylien: *kicher*

LittleGaylien: ich weiß so manches, ich komm ja aus dem all ;-)

VollKerL: Zumindest bist du pfiffig.

LittleGaylien: na ja, auch meine weitsicht hat irgendwo grenzen. ich habe nur mitbekommen, dass du vorhin vom köln-chat rübergewechselt bist

VollKerL: Du bist ziemlich aufmerksam. Da werde ich wohl ab jetzt aufpassen müssen.

LittleGaylien: jedenfalls führe ich bei netten kölnern gerne schadensbegutachtungen durch

VollKerL: Das ist lieb.

LittleGaylien: vielleicht schaff ich es ja sogar, dich ein bisschen abzulenken. dann musst du nicht deine bude in brand stecken ;-)

VollKerL: Wenn der Service inklusive ist.

LittleGaylien: ist bei übernachtung und frühstück mit drin, hehe

VollKerL: Du und schüchtern! Das war eine ganz gemeine Irreführung! *lach*

Der Kleine ging ganz schön ran. Aber das waren nichts weiter als die flotten Sprüche eines Jungen, der gerade nichts Besseres zu tun hatte, oder nicht?

LittleGaylien: das kommt dir nur so vor, weil du noch schüchterner bist als ich! *fg*

VollKerL: Und was hast du dann hier vor, nachdem du den Schaden begutachtet hast?

LittleGaylien: dann unterhalten wir uns?

VollKerL: Oh, mit einer solch vernünftigen Antwort habe ich nun gar nicht gerechnet. Klingt gut :-)

LittleGaylien: meine mutter ist gerade zurückgekommen

LittleGaylien: ich muss mal off

VollKerL: Kein Problem.

LittleGaylien: ich schick dir eine sms, wenn du mich anrufen kannst, okay?

LittleGaylien hat den privaten Chat beendet

Noch bevor Volker antworten konnte, war Finn auch schon aus dem Gay-Chat verschwunden. War das wirklich noch ein Spiel, oder hatte er nun schon eine Art Verabredung mit dem Jungen? Volker war sich nicht sicher. Offenbar hatte er überhaupt keine Ahnung, wie das heute so ablief bei den jungen Schwulen. Da reichte es schon, wenn man sich mal mehr oder weniger nett unterhielt und schon sah man sich verpflichtet, miteinander ins Bett zu gehen.

Volker schaltete den Computer aus. Wenigstens war der Junge volljährig. Das nahm dem Ganzen ein bisschen die Brisanz.

Kapitel 5

Finn fühlte sich seltsam, weil er Volker einfach so hängen ließ. Aber seine Mutter hatte ohnehin etwas gegen die Surferei und erst recht gegen das Chatten. Und wenn er heute tatsächlich noch weg wollte, dann war es wohl besser ...

„Fihinn", rief sie auch schon und steckte kurz darauf ihre Nase zur Tür herein. „Was machst du?", fragte sie und legte die Stirn in Falten.

„Ich habe an einem Aufsatz für Englisch gearbeitet", log Finn. Vorsorglich hatte er für solche Fälle immer einen ziemlich alten Aufsatz auf der Festplatte, denn er jetzt schnell öffnete.

Tatsächlich kam seine Mutter auch um seinen Schreibtisch herum und sah auf den Bildschirm.

„Ich muss ihn nur noch drucken", sagte Finn mit gespieltem Stolz. „Samara hat ihren auch schon fertig. Deshalb wollte sie sich heute nicht mit mir treffen."

„Es geschehen noch Zeichen und Wunder", sagte sie, nicht ohne einen Funken Misstrauen in der Stimme. „Seit wann macht ihr am Wochenende freiwillig Hausaufgaben?"

Finn überlegte kurz, dann sagte er: „Wir wollten heute abend Filme gucken bei ihr. Aber wenn wir zusammen sind, dann kriegen wir eh nix hin. Also haben wir beschlossen, dass wir erst unsere Aufsätze ..."

„Ach Finn!", unterbrach ihn seine Mutter.

„Was denn?", fragte Finn empört. „Glaubst du mir etwa nicht?"

Er bestätigte den Druckvorgang und ließ sich den uralten Aufsatz ausdrucken. Der Drucker murrte los und zapfte geräuschvoll Tinte.

„Du gehst also heute zu Samara?"

„Klar, warum nicht?" Finn sah seine Mutter unschuldig an. „Unsere Hausaufgaben haben wir ja gemacht, jetzt kommt der Spaß."

Sie lachte. „Irgendwie kommt mir das ja schon ziemlich seltsam vor. Mein Sohn macht freiwillig Hausaufgaben! Ich hätte ja wetten können, dass du dich wieder den ganzen Abend mit irgendwelchen Leuten im Internet unterhältst."

„Chatten nennt man das, Ma", sagte Finn. „Wenn ich ehrlich bin, habe ich mich zwischendurch auch mit Samara unterhalten. Wir mussten uns ja ein wenig absprechen und helfen."

„Aha", machte sie und grinste.

Dann legte Finn ein ernsthaftes Gesicht auf. „Die Hausaufgabe ist wichtig", sagte er. „Der Neuhaus ist ziemlich angefressen, weil Samara und ich die letzten Aufgaben nicht gemacht haben. Also mussten wir uns jetzt mal richtig Mühe geben."

In den Augen seiner Mutter blitzte Verstehen. „Daher weht also der Wind."

Finn senkte den Blick. Er wollte möglichst schuldig aussehen.

„Na, wenigstens wisst ihr beide, wann es Zeit ist, die Kurve zu kriegen", sagte sie und verließ das Zimmer.

„Ma?", rief Finn hinterher.

„Was ist denn noch?"

„Das mit dem Filmabend geht also klar?"

Sie tauchte wieder im Türrahmen auf. „Na, dafür habt ihr doch gearbeitet, oder?"

Finn grinste. „Ich komme irgendwann morgen wieder." Hastig begann er seinen Rucksack zu packen, während seine Mutter wieder verschwand. Er war froh, dass sie ihm nichts vom CSD erzählt hatte. Die Tatsache, dass er etwas für die Schule tat, erschien ihr wohl noch exotischer, als halbnackte Männer mit rosa Puscheln und Federboas. Finn würde sie jedenfalls nicht darauf ansprechen. Die Gefahr, dass er im Verlauf ihrer Schilderungen verräterisch rot wurde, war zu groß. Wenigstens sah sie – glücklich aus.

Als er sie wenig später im Badezimmer hantieren hörte, drückte Finn leise seine Zimmertür zu. Eilig schnappte er sich das Handy und schrieb an Volker.

KANNST ANRUFEN!

Das war alles. Er fühlte sich irgendwie wie ein Spion dabei. Agent 69. Er kicherte. Dann schnappte er sich das Festnetztelefon und rief Samara an.

„Hey", sagte er, als sie abnahm, „ich brauche ein Alibi!"

„Hallo Finn", antwortete sie gemütlich. „Worum geht es denn?"

„Ich bin verabredet mit ihm!", erzählte Finn aufgeregt. „Er ruft mich jeden Moment auf dem Handy an und dann machen wir was aus, glaub ich."

„Glaubst du?"

„Ja, man, ich weiß es doch noch nicht. Aber meine Mutter denkt, dass ich bei dir übernachte, weil wir einen Filmabend machen. Gott, ich hab extra eine uralte Deutschhausaufgabe ausgedruckt, damit sie mir glaubt, dass wir erst was für die Schule gemacht ..."

„Moooment!", unterbrach ihn Samara. „Du willst dich wirklich mit diesem Lehrer treffen?" Jetzt klang ihre Stimme alles andere als ruhig. Eher alarmiert.

„Warum nicht?", fragte Finn. „Du hast doch gesagt, dass es okay ist, mit einem älteren ..."

Das Handy klingelte.

„Verdammt, das ist er", sagte Finn aufgeregt. „Bleib dran, ja?"

Ohne auf eine Antwort zu warten, knallte er das Telefon auf seinen Schreibtisch und schnappte sich sein Handy.

Ruhig atmen! 21, 22 ...

„Ja?", fragte er ein wenig zu hoch, als er den Anruf annahm.

„Hallo, hier ist Volker", meldete sich eine sanfte Stimme. Finn fiel sofort auf, wie angenehm sie klang.

„Hi", sagte Finn und wusste nicht recht, was er noch sagen sollte. Er war tierisch nervös.

„Ich sollte dich ja anrufen." Volkers Stimme klang erwartungsvoll.

„Ja", presste Finn hervor. „Wegen dem Schaden ..."

Volker lachte. „Ja, genau."

Irgendwie hatte dieses Lachen etwas Beruhigendes an sich. Finn musste sich wieder in Erinnerung rufen, dass dieser Lehrer bislang ziemlich locker gewesen war. Kein Grund, jetzt plötzlich etwas anderes von ihm zu erwarten. Er gab sich einen Ruck.

„Tja, wo muss ich denn da hin, um mir den Schaden anzugucken?"

Volker lachte wieder. „Du willst mich also wirklich noch besuchen heute?"

„Warum nicht? Oder ist dir das zu spät?"

„Nein. Ich bin zwar schon etwas älter, aber ich habe noch keine festen Bettzeiten."

„Das spricht für dich." Finn fühlte sich irgendwie unbeholfen.

„Danke", sagte Volker.

Finn schloss die Augen und sagte mit möglichst fester Stimme: „Also, wo muss ich hin?"

Am anderen Ende ein Zögern. Doch dann kam die Antwort: „Hubertusallee 43. Ganz oben, Sorg."

„Sorg?", fragte Finn überrascht.

„Ja, warum?"

„Nichts, ich – wollte mich nur noch mal – vergewissern."

„Möchtest du vielleicht etwas essen, während du den Schaden begutachtest?", fragte Volker. „Ich verspreche auch, dass ich nicht den Backofen bemühen werde."

Finn lachte verhalten. „Nein danke."

„Wie lange brauchst du ungefähr?"

„Ich – also – eine halbe Stunde etwa, denke ich."

„Gut, dann bis gleich, Finn", sagte Volker.

„Ja", antwortete Finn, „bis gleich."

Dann wurde die Leitung unterbrochen.

Finn fühlte sich als schwebten seine Füße über den Boden. Wie in einem Traum griff er nach dem Telefon auf seinem Schreibtisch.

„Verdammt, was quatscht du denn so lange?", maulte Samara. „Hättest mich ja wenigstens mal dranhalten können, damit ich auch was mitbekomme!"

„Sam?", sagte Finn atemlos.

„Was denn?"

„Der Typ heißt Volker Sorg!"

Samara schwieg eine Weile. Dann sagte sie endlich: „Nee, das kann nicht sein!" Sie lachte schrill. „Du glaubst doch nicht wirklich, dass das dieser geile Typ ist, der bei Silke Englisch unterrichtet?"

Finn schluckte. „Nee", sagte er. Aber er konnte nicht mehr verhindern, dass sein Kopf die Puzzlesteine zusammenlegte. Er war Lehrer – Deutsch und Englisch. Er wohnte nicht weit von der Schule. Hubertusallee. Er hieß Sorg!

„Heißt der Typ wirklich Sorg?", fragte Finn zweifelnd.

Samara schien zu überlegen. „Oder Borg?"

„Aber er wohnt in der Hubertusallee. Das muss er sein!"

„Oh", machte Samara. „Ich meine, das muss ja nix heißen ..."

„Nicht?" Finns Herz tat einen Sprung. Er wünschte sich, dass es nicht dieser Sorgborg war, den er im Verdacht hatte.

„Doch", gab Samara schließlich zu. „Das sind ein paar Zufälle zu viel, oder?"

„Und was jetzt?", fragte Finn beinahe panisch.

„Jetzt lässt du ihn sausen, wo ist das Problem?"

„Aber ..." Finn brach ab. Wie sollte er das nur erklären? Oder sollte er es vielleicht gar nicht erklären, sondern einfach den Kontakt abbrechen? Immerhin war es ein Lehrer seiner Schule – vielleicht. Die Gefahr, dass er an einen Irren geriet, schien damit doch schon mal ausgeräumt.

„Oder du gehst einfach hin", sagte Samara fröhlich. „Das wird bestimmt cool."

„Wieso cool?"

„Na in etwa so: ›Ähm, kenn ich dich nicht von der Schule? Ich dachte, du bist 23?‹ und so weiter. Wird sicher ein Mordsspaß." Samara lachte.

„Ha-ha", machte Finn. „Wenn der mich wirklich erkennt, bin ich im Arsch."

„Wolltest du nicht genau da hin?"

Finn brach in Lachen aus. „Du bist echt ne Sau!"

„Nee, jetzt mal ernst, wieso solltest du im Arsch sein? Wenn es echt der Typ von unserer Schule ist, dann will der sicher nicht, dass jemand erfährt, dass er schwul ist, oder?"

„Nein, will er nicht. Hat er mir zumindest im Chat verraten."

„Na also. Dann kannst du doch gefahrlos hingehen und die Sache checken", sagte Samara vergnügt. „Wenn er dich wirklich als einen Schüler erkennen sollte, dann habt ihr halt ein gemeinsames Geheimnis. Aber überleg doch mal: Wie wahrscheinlich ist das? Der kam einmal zu uns in die Klasse, als der Fassbinder ihn als neuen Lehrer vorgestellt hat. Und danach hatte der doch nie was mit uns zu tun!"

„Ja", antwortete Finn. Aber wohl fühlte er sich auf keinen Fall. Die Vorstellung, dass wirklich ein Lehrer seiner Schule ... Obwohl, als er letztes Jahr mal die fünf in Latein bekommen hatte, da spukte ihm eine Zeit lang der Gedanke im Kopf herum, dass er sich dem Lehrer ja anbieten könnte – immerhin trug der Willach einen Ohrring! Aber das war nur eine Fantasie! Hier ging es um die Realität!

„Und? Gehst du hin?", fragte Samara und ihre Stimme überschlug sich fast vor Erwartung.

„Ich weiß nicht ...", wehrte Finn ab.

„Ach komm, ich bin neugierig!", sagte Samara. „Außerdem bist du doch jetzt eh mit dem verabredet."

„Heißt doch nix."

„Ich dachte, du wolltest nicht den Kontakt abbrechen?"

„Hab ich nicht gesagt!"

„Aber stimmt doch, oder?"

Finn konnte das Grinsen seiner Freundin förmlich durchs Telefon sehen. Manchmal war sie ein richtiges Aas!

„Er muss es ja nicht sein", sagte sie jetzt, „immerhin gibt es genügend Leute, die Sorg oder Borg heißen und ..."

„Er heißt Sorg. Volker Sorg."

„Schön", sagte Samara, „davon gibt es sicher auch genug."

„Aber was ist wenn?"

„Das haben wir doch jetzt schon durchgekaut. Was soll er deiner Meinung nach tun?"

Finn überlegte. Samara hatte recht. Wenn er selbst schwul war – und das stand außer Frage –, dann hatten sie ein Patt. Keiner von ihnen würde den anderen verraten, weil er selbst dann seine Deckung riskieren würde. Und wenn Volker wirklich der Borgsorg von ihrer Schule war, dann hatte Finn ohnehin nichts mit ihm zu tun.

„Und?", fragte Samara. „Gehste hin?"

„Ja", sagte Finn spontan. Es fühlte sich seltsam an, das so bestimmt festzulegen.

„Hey!", rief Samara fröhlich. „Und wenn's wirklich dieser Sorgborg ist, wie wir vermuten, dann hast du echt Glück verdammt!"

Finn versuchte sich den Lehrer ins Gedächtnis zu rufen. Rektor Fassbinder hatte ihn lediglich kurz vorgestellt vor etwa einem halben Jahr. Unscharf sah Finn einen jungen, schlanken Mann vor sich. Allein der Gedanke, mit diesem Typen vielleicht Sex zu haben, ließ sein Herz schneller pumpen.

„Sehe ich eigentlich älter aus?", fragte Finn unvermittelt.

„Wie, älter?"

„Na, ob man mich für 23 halten kann?"

Samara lachte auf. „Nee!"

„Danke, mach mir ruhig Mut!"

„Soll ich lügen, oder was?"

„Nein."

„Na also!" Sie schnaubte verächtlich. „Aber wenn du dich ein wenig zurecht machst, könntest du schon älter wirken als vierzehn."

„Leck mich!"

Samara kicherte. „War nur 'n Joke!"

„Ach nein, fast hätte ich dir geglaubt."

„Sei nicht so zickig, blöde Schwuppe!"

„Wer ist denn von uns beiden die Arschgeige?"

„Mach so weiter und du kannst dir jemand anderen suchen, der dir hilft."

„Weiber!", sagte Finn und verdrehte die Augen.

Im selben Moment ging die Zimmertür auf und seine Mutter sah erstaunt herein. „Du bist ja noch immer da!"

„Ja", grummelte Finn. „Wir können uns nicht entscheiden, welchen Film wir sehen wollen."

„Es wird langsam spät."

„Ich fahr gleich los", gab Finn zurück. Auffordernd sah er seine Mutter an.

„Du weißt, dass ich nicht mag, wenn du so spät draußen rumlungerst!"

„Ma! Ich gehe zu Samara!"

„Ist ja schon gut." Sie hob abwehrend die Hände und schloss die Tür wieder hinter sich.

„Verdammt", flüsterte Finn ins Telefon, „ich muss los, sonst bekommt die noch nen Anfall."

„Du hast doch dieses Rollkragen-Shirt noch, oder?"

„Das Schwarze?"

„Ja, zieh das an und eine Jeans. Aber keine Turnschuhe!"

„Aber ich hab doch sonst nur diese braunen Dinger!"

„Genau die ziehst du an! Das sind so typische Studentendinger."

„Baah. Die zieh ich sonst nur an, wenn ich mich schick machen muss für meine Mutter ..."

„Laber nicht, tu was ich sage! Und dann pack dir noch Gel in die Haare. Ein bisschen strubbelig machen, fertig."

„Meinste echt?"

„Glaubst du, ich rede hier zum Spaß, Arschbacke?"

Finn kicherte. „Schon gut."

„Und dann gib mir die Adresse!"

„Warum?"

„Für den Notfall, du Trottel! Am Ende ist es doch nicht der süße Lehrer, sondern irgendein perverser Killer und keiner weiß, wo du steckst!"

Finn schluckte. „Hubertusallee 43, Sorg."

„Ist notiert", sagte Samara, „und jetzt viel Spaß!"

„Ich schreib dir von unterwegs!"

„Laber keinen Scheiß, du bist doch in zehn Minuten da!"

„Hab gesagt, dass es ne halbe Stunde dauert."

„Tricky."

„Tja, von wem hab ich das wohl?"

„So, Zeit zum Fertigmachen!"

Sie verabschiedeten sich und plötzlich stand Finn ganz allein in seinem Zimmer. Er hatte bislang frische Socken, Unterwäsche und eines seiner Lieblings-T-Shirts in den Rucksack geworfen. Tief durchatmend zog er die Schreibtischschublade auf und holte ein paar Kondome heraus. Allein der Gedanke war schon absurd, dass er es mit einem echten Lehrer treiben könnte. Trotzdem ließ er die Gummis in seinen Rucksack fallen. Mehr würde er nicht brauchen. Viel wahrscheinlicher war es wohl, dass er überhaupt nichts von alledem brauchte. Bestimmt würde er die Nacht tatsächlich bei Samara verbringen ...

Und wenn nicht? Im Chat und auch am Telefon war Volker sehr sympathisch gewesen. Vielleicht würden sie sich einfach nur gut unterhalten und Finn könnte anschließend bei ihm schlafen.

Aufgeregt lief er ins Bad, um Samaras Anweisungen nachzukommen. Er benutzte nur selten Gel für die Haare, weil er das Klebrige nicht leiden konnte. Aber wenn es ihm bessere Chancen versprach ...

Bestimmt zehn Minuten frisierte er an sich herum, bevor er das Bad wieder verließ und die entsprechenden Kleidungsstücke überstreifte. Eine schicke Unterhose hatte er ja schon vorhin für sein vermeintliches Date angezogen. Jetzt sprang er in eine enge Jeans, die er normalerweise auch nur zu besonderen Anlässen anzog. Dazu die blöden Schuhe, die seine Mutter mal ausgesucht hatte. Der Rollkragen drückte ein wenig am Hals. Aber ansonsten saß das Shirt gut. Glatt hing es über die Hose. Es war schon Ewigkeiten her, dass er diese Klamotten zuletzt angezogen hatte.

Im Flur betrachtete er sich noch mal im Spiegel. Ungewohnt. Für normal trug er schlabberige Jeans, T-Shirts und vor allem Sneaker. So aber sah er wirklich irgendwie älter aus. Anständig. Ab einem gewissen Alter schienen die Leute das wohl toll zu finden. Finn fühlte sich aber eher wie ein Model aus dem Katalog, dem einfach irgendwas angezogen worden war.

Plötzlich kam seine Mutter aus dem Wohnzimmer. Mit großen Augen sah sie ihn an.

„Für wen machst du dich denn zurecht?"

Finn stockte der Atem.

„Wohin gehst du wirklich?", fragte sie jetzt und sah ihn durchdringend an.

„Noch immer zu Samara", gab Finn patzig zurück. „Warum?"

„Das ziehst du doch nicht freiwillig an!", sagte sie und schüttelte den Kopf.

„Samara hat mich gefragt, ob ich morgen mit ihr auf einen Geburtstag gehe." Finn überlegte schnell. „Ihr Onkel ..."

Seine Mutter zog eine Augenbraue hoch. „Langsam wundert mich aber nichts mehr."

„Tja, ich kann nicht immer ein Kind bleiben, was?", sagte Finn und grinste frech.

Sie lachte. „Von mir aus schon."

„Den Gefallen kann ich dir aber leider nicht tun."

„Das geht schon in Ordnung", sagte sie und gab ihm einen Kuss auf die Wange. Sie roch nach verschiedenen Cremes und Puder und was noch alles.

„Gut riechst du", sagte Finn.

„Du auch", gab sie zurück. „Wenn du morgen kein Parfüm mehr drauftust, dürfte es sogar die richtige Dosierung sein."

„Ha-ha", machte Finn, nahm seinen Rucksack und ging zur Tür.

„Mach keinen Unfug!", mahnte seine Mutter noch.

„Klar", sagte Finn und verließ die Wohnung. Mit klopfendem Herzen ging er die Treppe hinunter. Die Schuhe verursachten ungewohnt klackende Geräusche. Vielleicht hätte er sich doch noch ein paar Sneaker in den Rucksack packen sollen?

Draußen war es angenehm. Nicht mehr so heiß wie noch vorhin. Tagsüber wäre er in diesem Rollkragen-Shirt mit den langen Ärmeln sicher gestorben. Gott sei Dank hatte er für morgen ein T-Shirt dabei.

Plötzlich piepte sein Handy. Sofort dachte er an Volker. Doch es war nur Samara.

BISTE SCHON DA? SEID IHR SCHON AM POPPEN IHR SCHWEINE???

Finn lachte.

WAS DENKST DU EIGENTLICH VON MIR??? GEHE GERADE LOS

Er war kaum zur nächsten Straßenecke gekommen, als Samara ihm auch schon antwortete.

ICH DENKE NUR DIE WAHRHEIT!!! UND JETZT BEEIL DICH, SONST KOMMST DU NOCH ZU SPÄT!!!

Ja, dachte Finn, langsam wurde es wirklich knapp mit der Zeit. Eilig bog er in die nächste Straße und sah von Weitem schon die Bahn ankommen. Na, das passte doch wie die Faust ...

Finn lief locker los, um die Haltestelle noch rechtzeitig zu erreichen. Wenig später ertönte das typische Fiepen und die Falttüren schlossen sich hinter ihm. Die Bahn zog an.

OMG!!! BIN GLEICH DA!!! UND DIESMAL IST ES EIN ECHTES DATE!!! MIR IST SCHLECHT

Er schickte Samara die SMS zu und sah dann wibbelig aus dem Fenster. An der nächsten Haltestelle stiegen ein paar Jugendliche ein, die sich gegenseitig anblafften und auf die Oberarme boxten. Finn fühlte sich äußerst unwohl in seinen Klamotten. An seiner Schule wäre er in dem Aufzug das perfekte Ziel für Pöbeleien. Aber als er wenig später an der Gruppe vorbeiging, sahen sie ihn kaum an. Er wartete, dass sich die Türen öffneten und er an die frische Luft konnte. Erleichtert atmete er auf.

Keine fünfzig Meter entfernt ging es schon in die Hubertusallee. Finn setzte sich in Bewegung. Sein Handy piepste.

MACH DICH NICHT VERRÜCKT! WIRD BESTIMMT NETT! UND WENN NICHT, KOMMSTE ZU MIR, HEHE

Samara hatte gut Reden, aber auch wieder mal recht.

BIN JETZT DA, SENDEPAUSE

Irgendwie machte ihn diese ganze Texterei zusätzlich nervös, also unterband er das mit seiner letzten Nachricht mal geschickt.

Kurz darauf stand er vor Hausnummer 43 und sah das Namensschild *Sorg*. Seine Hände waren ganz feucht vor Aufregung. Aber es stimmte, er hatte keinen Grund, Angst zu haben. Volker war schwul, und als Schwuler hatte er natürlich auch Verständnis für andere Schwule. Und wenn es wirklich nicht passte, dann konnte Finn jederzeit gehen.

Vorsichtig legte er einen Finger auf den Klingelknopf und stellte sich vor, ihn zu drücken. Volker würde ihm öffnen und warten, bis er die Treppen hinaufgekommen wäre. Dann die Begrüßung. Was sollte Finn bloß sagen?

„Verdammt", murmelte er und drückte den Knopf. Mit zusammengepressten Lippen wartete er. Noch konnte er weglaufen. Dann summte der Türöffner. Finn schob die Haustür auf und trat in den Flur. Einen Moment blieb er stehen und wartete, dass die Tür hinter ihm wieder ins Schloss fiel. Sein Herz pumpte wie wild. Dann ging er zur Treppe und stieg vorsichtig eine Stufe nach der anderen hinauf.

Kapitel 6

Volker ging noch mal durch die ganze Wohnung. Alles war aufgeräumt, nichts lag herum. Natürlich stank es noch immer ziemlich verbrannt, aber daran konnte er eh nichts ändern auf die Schnelle. Wenn man es so wollte, war das ja schließlich der Grund, weshalb Finn ihn überhaupt besuchte. Er grinste. Irgendwie war er schon ziemlich neugierig auf den Jungen. Schien ein aufgeweckter Kerl zu sein, auch wenn er sich am Telefon tatsächlich ein wenig schüchtern angehört hatte. Aber das war wohl normal, immerhin kannten sie sich ja noch nicht richtig.

Schnell sah Volker im Badezimmer nach dem Rechten. Er hatte natürlich noch geduscht. Der Boden war noch ein wenig nass. Nicht wirklich tragisch. Die Zähne hatte er auch geputzt. Keine Zahncreme im Waschbecken? Perfekt.

Dann ging er zur Wohnungstür. Erwartungsvoll sah er in den Flur und erblickte einen Jungen, der gerade die letzten paar Stufen hinaufstieg.

„Hallo", sagte Volker und reichte Finn die Hand.

„Hi", antwortete Finn nervös. Er schien sich irgendwie unwohl zu fühlen. Seine Hand war feucht und kühl, als hätte er gerade ein Gespenst gesehen.

„Komm rein!" Volker trat zurück und ließ den Jungen in seine Wohnung. Wie alt mochte er bloß sein? 23? Erschien Volker, jetzt da er ihn sah, ein wenig zu hoch gegriffen. Aber es sollte ja auch Menschen geben, die von der Natur in dieser Hinsicht vorteilig behandelt wurden. Er selbst sah auch nicht unbedingt aus wie 32 – wenn er sich Mühe gab zumindest.

Finn schaute sich zurückhaltend um. Noch immer schien er mit der Situation sichtlich Probleme zu haben.

„Was willst du trinken?", fragte Volker locker und ging in die Küche.

„Wasser?"

Volker grinste über die als Frage verpackte Antwort. Ein Phänomen, das er immer wieder bei seinen Schülern feststellte. Nur ja keine feste Aussage treffen.

„Wenn du was anderes willst, sagst du einfach Bescheid, okay?", sagte Volker und reichte Finn das Glas. Beinahe katzenartig war der Junge hereingeschlichen.

„Ja, danke", sagte Finn. „Kann ich – meinen Rucksack irgendwo abstellen?"

„Klar, gib her, ich hänge ihn in den Flur." Volker nahm den tarnfarbenen Eastpack entgegen und ging in die Diele, um ihn an die Garderobe zu hängen. Irgendwie machte der Junge auch vom Verhalten her einen deutlich jüngeren Eindruck. Ob er ihn nach seinem richtigen Alter fragen sollte?

Als Volker wieder die Küche betrat, entschied er sich dagegen. Es würde so aussehen, als ob er Finn nicht traute. Vielleicht musste der Kleine ja auch erst noch auftauen.

Finn lächelte. „Das ist also der Ort des Geschehens?", sagte er und deutete auf den Backofen.

„Ja", knurrte Volker und zog die Klappe auf, um die verkohlten Brötchen zu zeigen.

Finn lachte. „Vielleicht solltest du anderen den Herd überlassen?"

„Leider gibt es da seit Neuestem keinen mehr, der für die Aufgabe infrage käme", sagte Volker und beobachtete, wie Finn rot wurde.

„Sorry."

„Ach, kein Grund dich zu entschuldigen", wiegelte Volker ab, „du warst es ja nicht, der mich verlassen hat."

Für einen Moment sah Finn erschrocken aus, doch dann stufte er den Spruch wohl als Scherz ein und entspannte sich wieder.

„Hast du die Zwiebeln schon ausgelegt?", fragte er.

„Ich dachte, dafür bist du zuständig!"

Finn nickte und stellte sein Glas ab. „Dann gib mal her."

Volker holte ein paar Zwiebeln aus dem Kühlschrank und legte sie auf die Anrichte. „Brettchen und Messer findest du in der Schublade."

Finn machte sich daran, die Zwiebeln zu halbieren, während Volker ihm dabei zusah. Jung, sehr jung, sah dieser LittleGaylien im realen Leben aus. Aber auch sehr hübsch. Und die Klamotten entsprachen wirklich eher einem Studenten. Schicke Halbschuhe aus braunem Leder, Jeans, ein schön körperbetontes Langarm-Shirt mit Rollkragen, schwarz, blonde Haare, wuschelig gegelt, ein wenig blass die Haut, aber blaue Augen, die im Dunkeln sicher leuchteten.

„Ist was?", fragte Finn plötzlich.

Volker bemerkte, dass er den Jungen angestarrt hatte. „Nein", sagte er schnell, „ich – ich habe mich nur gewundert – also, du siehst ziemlich jung aus."

Finn wurde jetzt knallrot. Noch so eine Sache, die ihn jünger erscheinen ließ.

„Das sagt man mir immer", gab er zurück und senkte den Blick. Wortlos nahm er die Zwiebelhälften und begann, sie in der Küche zu verteilen. Volker sah, dass die Jeans des Jungen ziemlich eng saß. Angestrengt riss er seine Augen von dem Hintern los.

„Stinkts in den anderen Zimmern auch so?", fragte Finn als er sich wieder zu ihm umdrehte.

„Nicht so doll", antwortete Volker.

„Gut", sagte Finn und legte die letzen beiden Zwiebelhälften auf den Küchenblock. Dann sah er sich verlegen in der Küche um.

Volker runzelte die Stirn. Irgendwie hatte er das Gefühl, dass etwas mit dem Jungen nicht stimmte. Gerade war es ihm noch so vorgekommen, als verhielte er sich ganz natürlich und locker, und jetzt wurde er plötzlich den Verdacht nicht los, dass Finn ihm mehr verschwieg, als sein wahres Alter.

„Wo gehst du eigentlich zur Schule?", fragte Volker ruhig.

Finn hielt sichtbar die Luft an.

Kapitel 7

Verdammt! Es war doch klar, dass er irgendwann danach fragen würde, oder? Finns Gedanken rasten durcheinander. Schon die ganze Zeit befürchtete er, dass Volker ihn erkennen würde. Er selbst hatte ihn immerhin sofort erkannt. Natürlich war Volker der neue Lehrer, den der Fassbinder damals vorgestellt hatte! Und jetzt wollte er wissen, auf welche Berufsschule Finn ging. Es gab sicher einige Schulen, die er selbst als Lehrer nicht kannte, aber das Problem war, dass Finn sie ebenfalls nicht kannte.

„Lass uns bitte nicht über Schule sprechen!", sagte Finn schließlich. Gerade noch rechtzeitig, wie er fand, um nicht auffällig zu werden. Oder ob Volker schon Verdacht schöpfte?

„Natürlich", sagte Volker und lächelte seltsam. „Im Chat bist du irgendwie lockerer."

„Ich mach das nicht oft, also – eigentlich habe ich mich noch nie wirklich mit jemandem aus dem Chat getroffen", erzählte Finn und hatte endlich wieder das Gefühl, auf sicherem Boden zu stehen.

„Sollen wir uns nicht ins Wohnzimmer setzen?", fragte Volker.

„Klar."

Finn folgte dem Lehrer. Nervös hielt er das Wasserglas in den Händen, das er wieder vom Tisch genommen hatte. Eigentlich hatte er überhaupt keinen Grund, so aufgewühlt zu sein. Wenn Volker ihn wirklich erkannt hätte, würde er wohl kaum, ohne etwas zu sagen, mitspielen, oder?

Als er wenig später auf einer schwarzen Ledercouch saß, entspannte er sich langsam. Er war nicht aufgeflogen!

„Du willst wirklich nichts anderes trinken?", fragte Volker. „Wein?"

Finn grinste. „Das hättest du mir vorher sagen sollen."

„Gut", lachte Volker, „das ist zumindest schon mal eine Aussage."

Finn sah sich in dem Raum um, während der Lehrer in der Küche hantierte. Der Raum diente als Wohn- und Arbeitszimmer. Gemütlich, aber ohne den Schnickschnack, welchen man den Klischees nach in einer schwulen Wohnung erwarten würde.

Als Volker wieder reinkam, war er mit einer offenen Weinflasche, Gläsern und Erdnussflips sowie Salzstangen beladen.

„Soll ich dir helfen?", fragte Finn und sprang auf.

„Das ist – nett", antwortete Volker, dem gerade die Erdnussflipstüte aus der Hand rutschte. Reflexartig trat er mit dem Fuß darunter und schoss sie auf die Couch.

„Biste Fußballer?", fragte Finn kichernd.

„Nee, nur ungeschickt."

Finn nahm ihm die Gläser aus der Hand und stelle sie auf den Couchtisch. Dann ließ er sich wieder auf seinen Platz nieder. Volker stand unschlüssig im Raum.

„Irgendwas fehlt noch", sagte er. „Kerzenlicht, oder?"

Finn nickte. Er beobachtete Volker. Schon damals war ihm aufgefallen, wie gut der Lehrer aussah. Nun saß er in seiner Wohnung und duzte ihn, weil sie sich nicht als Schüler und Lehrer gegenüberstanden, sondern als schwule Chatter. Niemals hätte er sich das träumen lassen!

Endlich setzte sich Volker auch auf die Couch. Lässig zündete er die Kerze an und schenkte dann den Wein ein.

„Ich hoffe, du darfst schon Alkohol trinken", sagte er und zwinkerte.

Finn zwang sich zu einem Lächeln. „Aber hallo!", antwortete er.

„Ich muss ja sagen, wie 23 siehst du nicht aus."

„Und du nicht wie 32", konterte Finn sofort.

Volker lachte auf. „Danke." Dann hielt er Finn sein Glas hin. Sie stießen an und tranken.

Finn spürte ein leichtes Brennen in seinem Hals. Der Wein war süß.

„Und jetzt?", fragte Volker, während er sein Glas abstellte.

„Keine Ahnung", gab Finn zu.

„Ich bin nicht wirklich gut in solchen Dingen", fing Volker an. „Ich habe erst mit etwa 25 herausgefunden, dass ich schwul bin. Da war ich Referendar und habe mich ziemlich in einen Lehrer verknallt. Aber ich war damals noch mit meiner Freundin zusammen. Ich glaube auch nicht, dass der Lehrer etwas von mir gewollt hätte."

„Und dann bist du weiter mit deiner Freundin zusammengeblieben?"

„Ja, etwa noch drei Jahre, bis sie heiraten und Kinder haben wollte. Das war dann der Auslöser, endlich die Notbremse zu ziehen. Ich denke, bei dir ist das alles anders gelaufen, oder?"

Finn schluckte. Noch nie hatte er sich mit jemanden unbefangen über sein Schwulsein unterhalten können – außer halt mit Samara. Es kam ihm irgendwie komisch vor, jetzt einem erwachsenen Mann seine Lebensgeschichte zu erzählen.

„Ich hab's schon immer gewusst", sagte er deshalb lapidar.

„Aber deine Eltern wissen nicht Bescheid?"

„Nee, meine Mutter weiß nix davon. Meinen Vater sehe ich ohnehin kaum, der lebt in München mit einer anderen zusammen."

„Oh", machte Volker.

„Ist nicht wirklich schlimm. Dann muss ich mich nur mit meiner Mutter rumschlagen und nicht gleich mit zwei Elternteilen." Finn grinste. Aber Volker runzelte die Stirn.

„Du wohnst noch zu Hause, richtig?"

„Ja", sagte Finn vorsichtig.

„Na, während der Ausbildung ist es auch nicht so einfach, eine eigene Wohnung zu unterhalten."

Finn nickte. Irgendwie hatte er das Gefühl, dass er aufpassen musste, nichts Falsches zu sagen. Aber das musste er sowieso.

„Hattest du denn schon was mit Männern?", fragte Volker und trank wieder von seinem Wein.

Finn tat es ihm gleich. So musste er wenigstens nicht sofort auf diese Frage antworten. Natürlich hatte er noch nichts mit Typen gehabt. Aber war es jetzt gut, das zuzugeben?

„Hmm", machte er unschlüssig.

„Was soll das denn heißen?" Volker zog ein witziges Gesicht. „Für mich brauchst du jedenfalls nicht schummeln. Oder musst du deine Liebhaber schon zählen?"

Finn lachte. „Schön wär's ..." Dann entschied er sich für die Wahrheit: „Ich bin halt ziemlich schüchtern. Merkste ja."

Volker nickte verständnisvoll. „Hast du aber keinen Grund zu, das kannst du mir glauben."

„Im Internet jedenfalls lernt man eigentlich nur solche Typen kennen, die man im realen Leben lieber nicht treffen will."

„Da sagst du was!", stimmte Volker zu.

Kapitel 8

Etwa eine Stunde später erhob sich Volker wieder und ging in die Küche. Finn war inzwischen wirklich aufgetaut und sie hatten sich über alles mögliche unterhalten. Nur eben nicht über Schule. Natürlich konnte Volker verstehen, dass der Junge in seiner Freizeit nicht über solche Dinge sprechen wollte. Trotzdem machte ihn noch immer diese ausweichende Reaktion von vorhin misstrauisch. Volker war sich sicher, dass der kleine Kerl nicht nur sein wahres Alter verschwieg.

Während er eine weitere Flasche Wein öffnete, versuchte er das wahre Alter zu schätzen. Die Klamotten zeugten eindeutig von einem reiferen Geschmack, das Verhalten dagegen wies doch ziemlich auf ein jüngeres Semester hin. Vom Aussehen würde Volker spontan unter die 20 gehen. Aber dafür hatte er vielleicht zu reine Haut. Die meisten Schüler der Oberstufe hatten noch mit Pickeln zu kämpfen. Ebenfalls dagegen sprach Finns Möglichkeit sich auszudrücken. Wenn Volker das wieder mit seiner zwölften Klasse verglich, fielen ihm sofort etliche schlechtere Kandidaten ein.

Der Korken sprang mit einem Plopp aus dem Flaschenhals. 20. Volker entschied sich für 20. Er selbst wurde meist auch für 3 bis 4 Jahre jünger geschätzt. Dann passte es doch.

Grinsend ging er ins Wohnzimmer zurück. Vielleicht sollte er einfach nach dem Ausweis fragen?

„Hast du eigentlich was dagegen, wenn ich heute bei dir übernachte?", fragte Finn, noch bevor Volker sich setzen konnte.

„Ähm", machte Volker. „Musst du denn nicht nach Hause?"

Finn lachte. „Hallo? Meine Mutter wartet sicher seit fünf Jahren nicht mehr darauf, dass ich nach Hause komme."

Volker nickte. Wieder so eine Aussage, die eindeutig darauf hinweisen sollte, dass er schon längst erwachsen war. Verdächtig irgendwie, oder nicht?

„Von mir aus", gab Volker nach. Er mochte den Jungen wirklich gern und er gab eine prima Ablenkung zu seinen Sorgen mit Rick. „Wenn es dir nichts ausmacht, hier auf der Couch zu schlafen."

„Oh", machte Finn und sah plötzlich enttäuscht aus.

„Was ist?"

„Nichts, ich – also, nichts ..."

Volker grinste. „Du hast dir wohl was anderes vorgestellt, was?" Er schenkte ihnen beiden noch Wein nach.

„Na ja", sagte Finn, „irgendwie schon. Aber ..."

„Aber?"

„Ist nicht so schlimm."

„Ich kann nicht einfach so mit jemanden ins Bett gehen", sagte Volker ernst. „Ich würde mir total dämlich dabei vorkommen."

„Ich ja auch", antwortete Finn, „deshalb hab ich's ja bisher nicht gemacht."

„Und trotzdem würdest du mit mir schlafen?", fragte Volker irritiert. Die Vorstellung selbst reizte ihn natürlich schon. Finn war ein äußerst gutaussehender Junge. Aber das konnte er nicht machen! Nicht, solange da noch all diese Ungereimtheiten zwischen ihnen standen. Er wollte diesen Jungen erstmal kennenlernen.

„Ja", antwortete Finn und senkte den Blick in sein Weinglas.

„Warum?" Volker versuchte das Kribbeln in seiner Hose zu ignorieren. Der Alkohol ließ seine Vorstellungen ein wenig ausufern. Es imponierte ihm, dass Finn mit seinen 20 Jahren offenbar auf ihn abfuhr. Könnte er sich mit einem solch jungen Partner eine Beziehung vorstellen?

„Ich find dich einfach sympathisch", sagte Finn und sah ihn wieder an.

Volker grunzte belustigt. „Wenn ich mit allen ins Bett wollte, die mir sympathisch sind ..."

„Nee, so mein ich das nicht", widersprach Finn sofort. „Ich glaube, dass du nett bist – im Bett. Und sonst natürlich auch."

„Du bist wirklich noch Jungfrau, was?" Volker biss sich auf die Zunge. Das war ein wenig zu direkt, aber nun schon raus.

Finn nickte.

„Und jetzt suchst du jemanden, der ein wenig Erfahrung hat, damit du deine Unschuld verlieren kannst", stellte Volker fest. Er spürte die Enttäuschung. Es ging also nicht um ihn als Menschen, sondern lediglich um eine fachmännische Defloration. Herber Rückschlag.

„Na ja, nicht nur", sagte Finn nach einer Weile. „Außer meiner besten Freundin habe ich niemanden, mit dem ich über – solche Dinge reden kann."

„Dafür bin ich also auch noch gut", sagte Volker und kippte den Rest Wein hinunter.

„Suchst du wieder einen festen Freund?", fragte Finn plötzlich.

Volker wiegte den Kopf hin und her. „Ich weiß es nicht. Schon möglich, dass ich jetzt die Augen offen halte. Aber ich würde nicht sagen, dass ich gezielt suche. Man findet ja nicht einfach so einen Partner. Das muss sich erst mal entwickeln."

Volker ließ sich von Finn nachschenken.

„Wenn du keinen festen Freund hast, bist du nicht so gebunden", sagte der Junge und grinste.

„Ist nur die Frage, ob man das überhaupt möchte. Ich bin gewiss nicht der Typ, der jetzt durch die Sex-Kinos hetzt."

„Also ist dir eine feste Beziehung schon lieber."

„Was heißt lieber? Im Grunde ist das doch das einzig Wahre. Ich will jemandem vertrauen können, ich will jemanden, der mit mir gemeinsam lebt, keinen, der nach dem Sex verschwindet ..."

„Ich würde nicht verschwinden", sagte Finn und grinste frech. „Wir können morgen zusammen frühstücken. Ich bediene auch den Backofen!"

Volker lachte.

Kapitel 9

Finn spürte den Wein ganz schön. Er hatte heute noch nicht viel gegessen. Aber die zweite Weinflasche hatte Volker fast allein leer gemacht. Er sprach schon etwas schwerfällig. Auf die Idee war Finn erst recht spät gekommen, dass er den Lehrer ja abfüllen konnte. Und tatsächlich hatte Volker immer mehr getrunken, je heikler das Thema wurde. Finn war in der letzten Stunde richtig locker geworden. Er fühlte sich wohl bei Volker. Langsam wurde es aber an der Zeit, auch mal ein wenig aneinanderzurücken.

„Sollen wir noch einen Film gucken?", fragte Finn.

Volker grinste. „Von mir aus gern." Er schnappte sich die Erdnussflips und griff beherzt zu. „Läuft denn heute was Gutes?"

„Hast du keine DVDs?"

„Doch, da vorn im Schrank, aber ich fürchte, die Auswahl ist nicht berauschend."

Finn stand auf. Jetzt machte sich der Alkohol deutlich bemerkbar. Er griff sich an den Kopf.

„Alles in Ordnung?", fragte Volker.

„Ich glaube, ich krieg von dem Zeug Kopfschmerzen."

„Jetzt schon?"

„Scheint so."

„Komm mal her!"

Finn blinzelte zu Volker rüber, der ihn zu sich winkte.

„Komm schon, ich beiße nicht. Ich massiere dir nur ein wenig den Kopf."

Ein wenig unbeholfen ließ sich Finn neben Volker auf die Couch fallen. Dann spürte er auch schon dessen Finger, die seinen Kopf zu sich heranzogen. Vorsichtig rieben sie über Finns Schläfen und Stirn.

„Wo tut's denn weh?", fragte Volker.

„Hier vorn", sagte Finn. Dann spürte er das Bein des Lehrers, das sich plötzlich unter ihm wegzog und neben ihm auftauchte.

„Kannst dich ruhig anlehnen."

Finn gehorchte. Immer wieder dachte er darüber nach, dass er sich gerade in Volkers Schritt legte. Wenn das nicht als enormer Fortschritt zu werten war! Damit hätte er nun wirklich die absolute Geschichte für Samara.

„Gut so?", fragte Volker.

„Ja", hauchte Finn und genoss die Berührung. Sein Kopf lag an der harten Brust des Lehrers. Offenbar trainierte er wirklich.

„Mein Nacken tut auch irgendwie weh", sagte Finn nach einer Weile.

„Da kann ich dich jetzt aber schlecht massieren", sagte Volker.

Finn erhob sich. „Ist nicht so schlimm. Ich bin ja nicht hergekommen, damit du mich stundenlang massierst."

„Ach, das macht mir nichts aus." Volker gähnte herzhaft.

Finn grinste. „Nee, das kann ich nicht verlangen, du pennst ja jetzt schon fast ein."

„Tut mir leid", sagte Volker. „Es ist ja auch ..." Er kniff die Augen zusammen und linste auf seine Armbanduhr. „Was? Halb eins?"

„Das ging flott", gab Finn zu und war selbst ein wenig überrascht. Hatten sie wirklich so lange gequatscht?

Volker sah ihn eine Weile zögernd an.

„Du willst ins Bett, was?", fragte Finn schließlich.

„Wenn es in Ordnung ist. Ich fürchte, ich bin nichts Gutes mehr gewöhnt."

„Klar ist das in Ordnung." Finn spürte die Aufregung wieder in sich aufkeimen. Die ganze Zeit über hatte er immer wieder drüber nachgedacht, wie es wohl wäre, Volker zu küssen und an seiner nackten Haut zu liegen und ...

„Dann wollen wir mal", sagte Volker und erhob sich schwerfällig. Unbeholfen stakste er aus dem Zimmer und kam kurz darauf mit Decke und Kopfkissen wieder zurück.

„Warte, ich bring dir auch noch ein Bettlaken." Er warf die Klamotten auf die Couch und torkelte wieder raus.

Finn fummelte sein Handy aus der Hose. Samara hatte doch wirklich kein einziges Mal dazwischengefunkt.

ALLES IN ORDNUNG, ICH BLEIB ÜBER NACHT HIER!

Er schickte die Nachricht schnell ab. Volker kam wieder rein.

„So", sagte er, „das müsste doch gehen, oder?"

„Logisch", antwortete Finn und konnte seine Enttäuschung nicht ganz verbergen. Doch Volker bekam davon nichts mehr mit. Er schien wirklich hundemüde zu sein.

Das Handy piepste.

„Hast du was dagegen, wenn ich noch ein paar SMS schreibe?", fragte Finn.

„Nein, aber du kannst das Ding ruhig leise stellen dafür." Volker grinste. „Berichterstattung?"

Finn nickte.

„Na, dann mach mal. Wenn du dir die Zähne putzen willst, ich lege dir eine frische Zahnbürste aufs Waschbecken."

„Danke." Finn sah Volker hinterher, wie er das Zimmer verließ. Er hielt sich am Türrahmen fest. Dann hörte Finn das Wasser im Badezimmer. Volker putzte sich die Zähne.

Samaras Antwort, durchfuhr es ihn da und er sah wieder auf sein Handy.

UND? LÄUFT WAS?

Schön wär's, dachte Finn und begann seine Antwort zu tippen.

ER GEHT GRAD INS BETT, ICH SCHLAF AUFM SOFA! SHIT!!! ABER ER IST VOLL LIEB FÜRN LEHRER AN UNSERER SCHULE!

Diese Information war er Samara ja noch schuldig, auch wenn er ihr lieber geschrieben hätte, dass er mit einem Lehrer ihrer Schule ins Bett ging. Aber dieser Abend war im Grunde auch schon spektakulär genug. Was war, wenn Volker und er sich am Montag in der Schule begegneten?

WAS? DAS IST DOCH DER HAMMER! IST VIELLEICHT BESSER, WENN IHRS NICHT TREIBT ;-) PENNST DU JETZT AUCH?

Für einen Moment dachte Finn darüber nach, dass er ja von Volkers Computer aus ins Internet gehen könnte. Wäre auf jeden Fall einfacher und vor allem günstiger. Dann entschied er sich aber dagegen. Das war vielleicht doch zu dreist. Er würde ein braver Schüler bleiben und auf der Couch schlafen und nichts anfassen.

„Gute Nacht", sagte Volker und sah noch mal ins Wohnzimmer. „Vergiss bitte nicht, die Kerze auszumachen, okay?"

„Nee, mach ich", antwortete Finn. „Gute Nacht."

Volker lächelte ihm zu. Irgendwie hatte das was ziemlich Vertrautes. Finn spürte, wie ihm warm wurde. Dann verschwand der Lehrer in sein Schlafzimmer.

Finn leckte sich über die Finger und drückte den Docht der Kerze aus. Das Display seines Handys gab genügend Licht ab. Außerdem stand Volker sicher früh auf morgen – wie alle Erwachsenen. Also Schlafenszeit.

Bevor er sich aber auszog und hinlegte, schrieb er Samara noch zurück.

ALLES ANSTÄNDIG, LEIDER! ICH PENN JETZT AUF DER COUCH. MELDE MICH MORGEN BEI DIR. N8

Im bläulichen Schein des Displays streifte Finn seine Klamotten ab und warf das Laken über das Ledersofa. Dann schaltete sich das Display aus und er stand im Dunkeln., lediglich mit Unterhose und Socken bekleidet in einer fremden Wohnung. Und nebenan lag ein richtiger Mann im Bett – ein Lehrer. Natürlich auch nur in Unterhose. Ganz bestimmt.

Dann schaltete sich das Display wieder ein und teilte ihm stumm mit, dass eine SMS angekommen war.

N8 UND TRÄUM WAS SCHÖNES, HEHE

Das würde er auf jeden Fall, dachte er. Finn war sich nur noch nicht sicher, ob er tatsächlich noch zum Zähneputzen ins Bad sollte. Unschlüssig setzte er sich und starrte in die Dunkelheit. War schon irgendwie eine komische Situation. Dann spürte er aber den Druck seiner Blase. Damit war es entschieden.

Finn erhob sich wieder und stakste leise in den Flur. Die Tür zum Schlafzimmer war lediglich angelehnt. Er leuchtete mit dem Handydisplay weiter und ging ins Bad. Leise schloss er die Tür hinter sich und knipste das Licht an. Tatsächlich hatte Volker ihm eine noch eingepackte Zahnbürste bereitgelegt. Ob das jetzt seine Zahnbürste war, die er immer benutzen würde, wenn er hier schlief?

Finn setzte sich aufs Klo. Wie ein frisch verliebter Teenager stellte er sich ein gemeinsames Leben mit Volker vor. Sie würden morgens zusammen aufwachen und dann frühstücken. Dazwischen vielleicht noch was anderes ... Und dann könnten sie ja gemeinsam zur Schule fahren. Natürlich dürfte niemand davon wissen. Aber allein die Vorstellung, dass sie zusammengehörten, dieses prickelnde Geheimnis, würde ihn durch den Tag bringen, bis sie sich schließlich nach Schulschluss wieder hier treffen würden. Gemeinsam essen, reden, ein wenig flirten oder mehr ...

Finn betätigte die Spülung und trat ans Waschbecken. Er betrachtete kritisch sein Gesicht. Nein, wie 23 sah er wirklich nicht aus. Aber Volker hatte nicht mehr nachgebohrt. Vielleicht war es einfach an der Zeit, dass Finn die Führung übernahm. In den letzten Stunden hatte er sich ja schon deutlich mehr getraut, als er für möglich gehalten hätte. Und warum sollte ihm nicht noch mehr gelingen? Volker war ein Mann und Männer dachten doch schließlich nur an Sex, oder? So schwierig konnte es nicht sein, ihn herumzukriegen. Und danach? Danach würden sie feste Freunde sein, eine Beziehung führen, wie er sich das gerade vorgestellt hatte.

Während Finn die Zahnbürste aus der Verpackung schälte, dachte er an seine Mutter. Was würde die wohl von all dem halten? Nicht nur, dass ihr Sohn schwul war, sondern auch noch mit einem Lehrer seiner Schule zusammen in die Kiste stieg. Sicherlich wäre das ein doppelter Schock. So weit wollte er aber gar nicht denken.

Sorgfältig putzte sich Finn die Zähne. Volkers Zahncreme schmeckte irgendwie seltsam. Dann spülte er den Mund aus und fuhr mit seiner Zunge über die glatten Zahnreihen. Er stellte sich vor, Volkers Zunge im Mund zu haben. Eine erregende Fantasie.

Schließlich nahm er sein Handy, schaltete das Licht aus und öffnete leise die Tür.

Kapitel 10

Volker hörte, wie der Junge aus dem Badezimmer kam. Undeutlich sah er ein bläuliches Licht, das durch den Türspalt fiel. Gerade schon hatte er überlegt, was das wohl war, doch jetzt erst kam er darauf: das Handy! Finn wollte ihn nicht stören und suchte sich seinen Weg im Schein des Displays. Lieb von ihm. Und doch war Volker unruhig. Er hatte Finn zwar recht gut kennengelernt in den letzten Stunden, aber das änderte nichts daran, dass er ein Fremder blieb. Der Junge verschwieg etwas. Und da schwebten immer noch genügend Geschichten in seinem Kopf herum, in welchen alternde Schwule von jungen Strichern ausgeraubt wurden ...

Volker drehte sich um. Nein, Finn war definitiv kein Stricher, soviel stand schon mal fest. Trotzdem hatte er nicht das Gefühl, dass er dem Kleinen bedenkenlos vertrauen konnte.

Er hörte, wie Finn sich nebenan auf die Couch bequemte. Ohne dass er etwas dagegen tun konnte, stellte er sich den Jungen im Slip vor. Natürlich würde er nicht nur im Gesicht unbehaart sein.

Volker versuchte diese Vorstellung zu verdrängen. So was kam nicht infrage! Dafür war der Altersunterschied – wenn auch unbekannt – zu deutlich geworden im Verlauf des Abends. Außerdem hatte er Kopfschmerzen. Erst der Junge und nun auch er. Vielleicht sollte er doch mal auf eine andere Weinsorte umsteigen? Volkers kleiner Freund allerdings schien sich absolut nicht darum zu scheren. Er verlangte aufrecht die Erfüllung sämtlicher Fantasien und drängte sich stramm gegen den Stoff seiner Unterhose.

Gab es für einen Penis eigentlich weder Anstand noch Moral? Oder war das eher eine Frage des Alkohols, der gewisse Grenzen lockerte? Volker wälzte sich wieder herum. Gerade war er noch saumüde gewesen und nun wollten seine Gedanken ihn nicht schlafen lassen. Wie auch, wenn nebenan ein williges Früchtchen lag und im Grunde nur darauf wartete, gepflückt zu werden?

„Nein, verdammt", murmelte er und drückte sich ins Kopfkissen.

„Kannst du auch nicht schlafen?", fragte plötzlich eine Stimme.

Volker fuhr erschrocken hoch und knipste fahrig das Licht seiner Nachttischleuchte an.

„Was machst du hier?", fragte er unwirsch. Der Schreck hatte eine gehörige Portion Adrenalin durch seinen Körper geschickt.

„Ich – entschuldige, aber – ich kann noch nicht schlafen und da dachte ich ...", stammelte Finn.

Volkers Augen glitten über den schlanken Körper des Jungen. Sein kleiner Freund zuckte gierig und schien zu applaudieren. In der Tat sah Finn in Unterwäsche alles andere als unscheinbar aus. Seine Haut leuchtete im Licht der Nachttischlampe wie Elfenbein. In seiner

Körpermitte saß ein dunkler Slip durch den sich die primären Geschlechtsorgane des Jungen abmalten. Er war wohl erregt hereingekommen, doch Volkers Reaktion hatte ihn offenbar verschreckt.

„Ich kann auch nicht schlafen", sagte Volker schließlich. „Ich weiß auch nicht wieso. Gerade noch war ich so unglaublich müde, dass ich im Stehen hätte einschlafen können."

„Wegen mir?", fragte Finn zögerlich.

„Wahrscheinlich bin ich es nicht gewöhnt, jemanden Fremdes in der Wohnung zu haben", antwortete Volker wahrheitsgemäß. In seinem Kopf schrillten aber sämtliche Alarmglocken los. Er war schon auf dem halben Weg, seine Scheu zu verlieren und diesen Jungen in seinem unmoralischen Vorhaben zu ermutigen. Nein, er wollte auf keinen Fall der Entjungferer für irgendwelche halbwüchsigen Chatter sein, die sich in den Kopf gesetzt hatten, von einer Lehrkraft defloriert zu werden!

„Soll ich vielleicht doch lieber nach Hause gehen?", fragte Finn jetzt leise.

„Ach Quatsch!" Volker spürte, dass diese Ablehnung viel zu intuitiv seinen Mund verlassen hatte. Die Natur des Mannes ...

Unschlüssig stand Finn vor dem Bett. Volker konnte sich gut vorstellen, mit welchem Motiv der Junge hergekommen war. Sein Mut schien aber jetzt nicht mehr auszureichen.

„Wenn du mir versprichst, dass wir nur noch ein bisschen reden, dann kannst du die Bettwäsche von drüben holen und ..."

Volker hatte nicht mal aussprechen können, da war Finn schon verschwunden. Kurz darauf flogen das Kopfkissen und die Bettdecke mitsamt Finn neben ihn auf die Matratze. Jetzt gab es kein Zurück mehr, dachte Volker und schluckte schwer.

„Erzähl mir was von deinem ersten Mal!", forderte Finn und sah ihn neugierig an.

Volker bemerkte, dass der Junge sich wohl unbewusst, aber nicht minder verführerisch, an die Bettdecke schmiegte. Seufzend schaltete er das Licht aus und ließ sich in sein Kopfkissen fallen. Wo sollte das nur hinführen?

„Hey, ich denke, wir reden noch", sagte Finn.

„Ich überlege nur", antwortete Volker, um Zeit zu gewinnen. In der Dunkelheit sah er immer noch Finns geschmeidigen Körper. Volker versuchte das Bild loszuwerden. Verdammt, er war doch ein erwachsener Mann, er würde sich doch wohl beherrschen können, auch wenn der feuchte Traum eines jeden älteren Schwulen gerade neben ihm im Bett lag und Geschichten über ersten Sex hören wollte.

Kapitel 11

Finn fühlte sich in der Dunkelheit des Schlafzimmers sicher. Volker lag neben ihm und überlegte. Was ihm wohl gerade durch den Kopf ging? Ob er Finn wohl für zu aufdringlich hielt? Immerhin war es ja schon ziemlich dreist, sich ungebetenerweise einfach hier bei ihm im Schlafzimmer breitzumachen. Aber wie hätte es besser laufen sollen?

Finn versuchte die Gedanken daran zu verdrängen. Wichtig war, was er jetzt erlebte. Er lag tatsächlich mit Volker in dessen Bett und fragte ihn nach seinen ersten sexuellen Erfahrungen aus. Das war doch unglaublich!

„Als Bettina und ich uns trennten ...", begann Volker, wurde aber sofort unterbrochen.

„Bettina?", platzte es aus Finn heraus. „Oh Gott, meine Mutter heißt Bettina!" Er lachte.

„Soll vorkommen", sagte Volker und seine Stimme klang amüsiert. Finn registrierte das erleichtert. Bis gerade hatte zwischen ihnen noch eine eher angespannte Atmosphäre gelegen.

„Bettina also", sagte Finn. „Los, erzähl weiter!"

„Wenn du mich nicht unterbrichst ..."

„Nee, mach ich nicht, versprochen!" Finn kicherte. Er fühlte sich ein wenig wie in einem Ferienlager, wenn man in der Dunkelheit mit anderen dalag und sich gegenseitig Erinnerungen und Geheimnisse anvertraute.

„Also, ich war 25, als wir uns trennten."

„Bettina!", sagte Finn noch mal.

„Ja genau, Bettina." Volker lachte jetzt auch. „Jedenfalls habe ich etwa eine Woche später einen Mann kennengelernt ..."

„Wie alt? Wie sah er aus? Wo habt ihr euch getroffen?"

„Ja, das erzähle ich doch jetzt alles!", sagte Volker amüsiert.

„Gut."

„Ich habe ihn in der Altstadt getroffen, als er gerade aus einer Schwulenkneipe kam. Er war etwa vierzig und sah aus ..."

„Vierzig?", rief Finn aufgebracht.

„Ja, warum?"

„Das ist doch ziemlich alt, oder?"

Volker schwieg.

Langsam wurde Finn bewusst, dass er da gerade vollkommen tollpatschig in ein Fettnäpfchen gesprungen war.

„Hallo?", fragte er vorsichtig.

„Ja, ich bin noch da", sagte Volker leise.

„Ich wollte nicht ..."

„Schon gut, ist nichts passiert. Ich bin ja nicht empfindlich."

„Hey ..."

„Ist okay", brach Volker den neuerlichen Entschuldigungsversuch ab. „So ist das nun mal. Ich kann weder die Geschichte noch die Zeit verändern. Damals war ich so neugierig, dass ich wohl mit jedem ins Bett gegangen wäre. Da spielte das Alter überhaupt keine Rolle. Vielleicht so wie bei dir."

„Nein", sagte Finn sofort. „Ich würde niemals mit irgendwem ins Bett gehen."

„Aber das Alter scheint dir auch ziemlich egal zu sein."

„Nein", wiederholte Finn.

„Nicht? Und warum bist du dann heute hier und nicht bei jemandem in deinem Alter?"

„Die Jungs in meinem Alter sind mir irgendwie – zu doof", antwortete Finn und hoffte, dass das nicht zu verdächtig klang. Er wusste ja nicht, wie Jungs mit 23 so waren.

Volker lachte. „Du suchst also jemanden mit Erfahrung, was?"

Finn schwieg. Was sollte er auch dazu sagen, es war schließlich die Wahrheit.

„So ungefähr war es damals auch bei mir", fuhr Volker fort. „Ich habe mir den Erstbesten geschnappt, der halbwegs gut und nach Erfahrung aussah und nicht wie ein Killer."

Sie lachten.

„Wie sah er denn nun aus?", fragte Finn schließlich.

„Ich würde sagen, wie die kölsche Version von Harrison Ford." Er hielt einen Augenblick inne. „Das ist Han Solo aus *Krieg der Sterne.* Den kennst du doch, oder?"

„Klar", sagte Finn. „Und wie muss ich mir das mit der kölschen Version vorstellen?"

„Das war eine nette Umschreibung für den Bierbauch", lachte Volker.

„Ah ja", machte Finn und grinste.

„Wir haben uns gesehen und er hat mich sofort angemacht", erzählte Volker weiter.

„Wie das denn?"

„Na, der Kerl hat mir zugezwinkert und ..."

„Wie hast du darauf reagiert?"

„Erst mal gar nicht. Ich hatte damals ja noch keine Ahnung, was das sollte. Aber ich habe es mir schon irgendwie gedacht. Der kölsche Han Solo hat mich dann angesprochen und gefragt, ob ich mit ihm eine Nummer schieben würde ..."

„Nein!", rief Finn und lachte. „Das hat er nicht! Sag die Wahrheit!"

„Doch, so war es!", verteidigte sich Volker. „Ich habe dir doch gesagt, dass ich die Geschichte nicht ändern kann, auch wenn sie teilweise ein wenig würdelos ist."

„Würdelos nennst du das?"

„Na ja, ich bin nicht gerade stolz darauf. Aber so ist mein erstes Mal eben abgelaufen."

„Erzähl weiter!"

„Ich habe ihm nicht geantwortet, aber ich bin hinter ihm hergegangen, bis wir irgendwann am Bahnhof standen. Auf dem Weg hatte er sich immer wieder umgedreht und kontrolliert, ob ich ihm auch wirklich folge. Im Bahnhof hat er mir dann noch mal zugezwinkert, bevor er auf der öffentlichen Toilette verschwunden ist. Ich hatte ganz schön Angst, aber ich bin ihm gefolgt."

„Bääh", machte Finn. „Ziemlich eklig, oder?"

„Es gehört nicht zu meinen schönsten Erfahrungen."

„Was ist auf'm Klo passiert?"

„Ich bin rein und er stand am Urinal. Ich glaube, er hat mich angegrinst. Und dann sind wir zusammen in eine der Kabinen verschwunden. Das war es dann."

„Hey! Den wichtigsten Teil lässt du aus?", fragte Finn empört.

„Du kannst dir doch denken, was dann passiert ist", gab Volker zurück. Seine Stimme verriet, dass er grinste.

„Das ist gemein! Ich will *wissen*, was passiert ist, und es mir nicht nur *denken*."

„Der Herr hat wohl keine Fantasie, was?"

„Doch", sagte Finn mit vielsagendem Unterton.

„Dann will er wohl nur schmutzige Geschichten hören", schloss Volker.

Finn stellte fest, dass er mit Betteln nicht weiterkam. „Also habt ihr gebumst?", fragte er und wurde rot. Gott sei Dank lagen sie im Dunkeln hier.

Volker lachte. „Das hast du aber lieb gesagt – *gebumst*."

„Wie hätte ich es denn sonst sagen sollen?"

„Ist schon okay", flüchtete sich Volker aus der Frage. „Ja, wir haben *gebumst*. Das heißt, er hat mich *gebumst*, nachdem er mir – na ja, einen geblasen hat."

„Na also", sagte Finn zufrieden. „Und wie war es?"

„Es tat ziemlich weh."

„Das Blasen?"

„Nein!" Volker lachte. „Das andere – wir hatten ja nicht sonderlich viel Bewegungsfreiheit und der Kerl war auch nicht gerade vorsichtig. Wahrscheinlich dachte er, dass ich schon Erfahrung hatte."

„Oh", machte Finn. „Das ist übel."

„Ja, kann man so sagen." Volker seufzte. „Mein erstes Mal hätte ich mir anders gewünscht."

Finn schwieg. Er wusste nicht, was er darauf antworten sollte. Irgendwie war aus einer ganz unterhaltsamen Geschichte nun eine recht ernste Situation geworden. Dann gab er sich einen Ruck und ließ seine Hand zu Volker hinüberwandern. Er berührte ihn an der Schulter. Volker zuckte zusammen.

„Du hast mir was versprochen", sagte der Lehrer.

„Was denn?", flüsterte Finn.

„Dass du brav auf deiner Seite bleibst."

„Kann ich mich gar nicht dran erinnern." Finn kicherte. Aber er nahm trotzdem seine Hand zurück.

„Ich finde dich wirklich hübsch", sagte Volker, „aber ich weiß nicht, ob es das Richtige ist, okay?"

Finn schwieg.

„Vielleicht ist das mit Rick noch zu frisch. Oder ich bin einfach nicht der Typ, der gleich in der ersten Nacht mit jemandem ins Bett geht."

„Also im Bett sind wir schon", sagte Finn frech, „und das mit dem Typ nehme ich dir nach der Geschichte gerade auch nicht mehr ab."

Volker schnaubte. „Als hätte ich es gewusst!"

„Musste halt aufpassen, was du erzählst", sagte Finn und feixte.

„Das merke ich mir."

Finn stellte fest, dass sich Volkers Stimme müde anhörte.

„Willst du jetzt schlafen?", fragte er leise.

„Ja, wenn du nichts dagegen hast."

„Nee, schon okay."

„Gut", murmelte Volker. „Kannst du auch schlafen?"

„Ja", log Finn. Natürlich konnte er noch nicht schlafen. Nicht, wenn ein halbnackter Mann neben ihm im Bett lag. Der Gedanke, dass er nur wieder den Arm ausstrecken musste, um Volkers Schulter zu berühren, oder ...

Finn drehte sich um. Er wollte nicht in Versuchung kommen und das Vertrauen missbrauchen, das Volker ihm entgegenbrachte. Er schien wirklich ein absolut Lieber zu sein.

Eine Weile dachte Finn über die Geschichte nach, die ihm Volker erzählt hatte. So einfach war es also, seine Jungfräulichkeit zu verlieren. Man brauchte nur durch Köln marschieren, bis man an einer Schwulenkneipe vorbeikam, dann musste man lediglich noch einem kölschen Han Solo aufs Bahnhofsklo folgen, um sich dort dann anbumsen zu lassen. Komische Vorstellung. Aber auch irgendwie erregend. Nur für Finn selbst würde das niemals infrage kommen. Er stellte sich sein erstes Mal ganz anders vor – mit Volker nämlich. Jetzt da er ihn kannte, da er wusste, wie er aussah und dass er wirklich nett war ...

Nach einer Weile fiel Finn das gleichmäßige Atmen in seinem Rücken auf. Volker schlief wohl schon. Ab und zu machte er ein Geräusch, das schon fast einem Schnarchen gleichkam.

Ganz vorsichtig schob sich Finn zu Volker hin. Stückchen für Stückchen. Er durfte den Lehrer auf keinen Fall aufwecken und seinen Plan dadurch versauen. Finn wollte den Mann neben sich irgendwie berühren, er wollte seine Haut spüren, den Atem in seinem Nacken.

Irgendwann traute sich Finn aber nicht mehr weiter, weil Volker sich im Schlaf bewegte. Er grummelte etwas vor sich hin. Dann war wieder Stille. Trotzdem blieb Finn nun so liegen. Sehnsüchtig stellte er sich die gewünschten Berührungen vor und versuchte das Pulsieren zwischen seinen Beinen zu ignorieren.

Wenig später schloss Finn endlich die Augen. Langsam spürte auch er die Müdigkeit, die ihn allmählich übermannte. Und gerade als er auf dem schmalen Grat ins Reich der Träume stand, legte Volker plötzlich seinen Arm um ihn und zog ihn an sich.

Überrascht riss Finn die Augen wieder auf. Er spürte Lippen in seinem Nacken und eine Hand, die ihm über den Bauch strich. Dann nickte Volker scheinbar zufrieden und atmete weiter seinen ruhigen Rhythmus.

Finn versuchte, sich jede Berührung einzuprägen, der Arm, der um ihn lag, die Hand, die auf seiner Brust ruhte, Volkers Brust, wie sie sich an seinen Rücken schmiegte. Dann eine kleine Bewegung und Finn spürte auch Volkers Körpermitte. Sie drängte sich durch den Stoff ihrer Unterhosen gegen seine Kehrseite.

Finn schluckte. Jetzt würde er garantiert nicht mehr einschlafen können! Niemals! Viel zu sehr genoss er die aufregende Nähe des fremden Körpers hinter sich ...

Dann fielen ihm die Augen wieder zu und Finn merkte, wie er langsam erneut fortdriftete. Jegliche Anspannung verließ ihn und er lag nur zufrieden in den Armen des Lehrers.

Kapitel 12

Volker tauchte langsam aus dem Schlaf auf. Noch immer spürte er Rick an sich. Verdammt, Rick, dieser unersättliche Kerl! Grinsend drückte sich Volker an ihn. Er hatte eine Erektion wie schon lange nicht mehr. Und Rick drängte seinen Hintern willig dagegen.

„Rick ...", murmelte Volker und stieß sein Becken vor. Sein bestes Stück glitt zwischen die heißen Backen seines Freundes. Er spürte die glatte Nackenhaut unter seinen Lippen und küsste sie. Gerade noch hatte er geträumt, wie Rick ihm einen blies und nun drückte er sich schon langsam in seinen Geliebten hinein. Herrlich! Volker liebte solche Überraschungen. Dabei war Rick nicht wirklich der Typ dazu.

Er mochte es eigentlich eher schnell und schonungslos.

Plötzlich ein Stöhnen, das Volker fremd vorkam. Wieder streiften seine Lippen über den glatten Nacken. Er roch ein fremdes Parfüm. Eher herb. Sein Freund aber nutzte immer so ein süßes Zeug, weniger männlich. Und dann ließ Volker seine Hand über den flachen, unbehaarten Bauch nach unten gleiten, bis er ... einen fremden Schwanz in der Hand hatte.

Ein Traum?

Wieder das Stöhnen, als Volker sein Becken vorstieß. Seine Erektion war nun vollkommen in dem anderen Körper eingetaucht. Ohne Kondom?

„Rick?", fragte Volker etwas lauter. Er war noch immer nicht wirklich wach, aber er wusste, dass er mit seinem Freund keinen ungeschützten Verkehr hatte – und erst recht nicht mit anderen.

Sein Freund? Jetzt dämmerte es Volker, dass es keinen Freund mehr gab. Rick war fort. Und dieser erotische Traum, mit dem er hier im Bett lag, blieb trotzdem bestehen. Volker nahm ihn mit in die Realität, oder wurde er von ihm in die Realität geholt?

Er schlug die Augen auf. Sah einen Fremden vor sich.

„Was ...", rief er und zog sich erschrocken zurück. Vor ihm lag ein nackter Junge. Das heißt, nicht irgendein Junge – jetzt fiel es Volker wieder ein –, Finn!

Volker sprang aus dem Bett. „Was machst du hier, verdammt?" Er schrie richtig.

Finn drehte sich mit rotem Gesicht um und sah ihn – verlegen? erregt? – an.

„Verdammte Scheiße! Bist du eigentlich total übergeschnappt? Du kannst doch nicht einfach ..." Volker fehlten die Worte. Erst jetzt kam es ihm richtig zu Bewusstsein, was dieser Junge da mit ihm gemacht hatte! Und Volker hatte von alledem nichts mitbekommen – oder nicht in dem Maße, wie es hätte sein müssen ...

„Verdammt!" Volker merkte, dass er dieses Wort jetzt schon mehrfach gesagt hatte. Aber es war das Einzige, was ihm in den Sinn kam, um seinem Ärger Luft zu machen.

„Es tut mir ...", fing Finn an.

„Verdammte Scheiße, nein!", rief Volker. „Hat man dir eigentlich gar nichts beigebracht? Wie alt bist du überhaupt? Und wieso ohne Kondom, verdammt noch mal?"

Sie schwiegen einen Augenblick.

„Ich habe ein Kondom benutzt", sagte Finn schließlich kleinlaut.

Volker sah an sich herunter. Noch immer stand sein Penis vom Körper ab, wenn auch nicht mehr ganz so steif wie noch vor drei Minuten. Und er hatte ein Kondom drüber. Wenigstens das, dachte er erleichtert.

„Und ich bin 20", gab Finn leise zu.

Volker spürte die Erleichterung. Die Frage von gestern dürfte damit nun endlich geklärt sein – nicht minderjährig.

„Das ändert aber trotzdem nichts daran, dass das absolut Scheiße ist, verstanden?", sagte Volker. „Ich habe gesagt, dass ich nicht mit dir schlafen will und du hast es dennoch ..." Ihm kam das Wort *Vergewaltigung* in den Sinn. So funktionierte das also. Immer schon hatte er sich gefragt, wie Männer wohl von Frauen vergewaltigt werden konnten ... Nun, jetzt kannte er zumindest eine Methode.

Finn druckste unsicher herum. „Ich dachte, es – gefällt dir ..."

„Nein!", platzte es aus Volker heraus. „Das heißt, ja – ich meine ..." Er brach ab. Das Gefühl von gerade kam in seine Erinnerung zurück. Dieser heiße Körper, der sich an ihn schmiegte, das leise Stöhnen und Seufzen. Sein kleiner Freund schwoll wieder zur ganzen Größe an und zuckte gierig. Volker versuchte diese Tatsache zu ignorieren, auch wenn es ihm schwerfiel.

„Es war einfach nicht in Ordnung!", sagte er noch mal, diesmal aber weit weniger nachdrücklich.

Finns Augen waren an Volkers Körper hinabgeglitten. Ein Grinsen schlich sich auf das Gesicht des Jungen.

„Du hast mich entjungfert", sagte er zufrieden.

„Toll!", antwortete Volker mürrisch.

„Jetzt kannst du doch auch weitermachen, oder?" Finn drehte sich verführerisch auf den Bauch.

Volker blieben die Worte weg. Sein Blick fuhr den schlanken Körper ab, verweilten zwischen den Beinen des Jungen, da, wo er unfreiwillig in ihn eingedrungen war. Wieder dachte Volker an die sanfte Bewegung, dieses fast schüchterne, aber dennoch bestimmte Aufnehmen seines Gliedes.

Finn reckte seinen Hintern ein Stück hoch. Volkers Augen versanken lustvoll in dem ihm dargebotenen Spalt.

Nein, das konnte er nicht machen!

Obwohl, es war doch eh zu spät!

Aber würde er sich dann nicht unglaubwürdig machen? Vor dem Jungen ...

Er war 20! Und er wollte Sex! Dazu sah er noch aus wie ein Geschenk Gottes. Welcher schwule Mann würde da zögern?

Volker stieg widerstrebend zurück aufs Bett. Sollte er etwas sagen? Musste er sich vielleicht erklären?

Finn schwieg. Scheinbar erwartungsvoll lag er da, den Kopf abgewandt. Offenbar hoffte er, dass weiterging, was er heimlich schon begonnen hatte.

Verdammt, wie hatte er das nur geschafft?

Volker sah wieder an sich hinunter. Das Kondom saß perfekt. Zumindest das hatte der Junge drauf. Dann fiel ihm wieder ein, dass er vor dem Aufwachen von Rick geträumt hatte, von Sex mit ihm.

„Was hast du alles mit mir angestellt?", fragte er. „Ich will die Wahrheit wissen!"

Selbst von der Seite konnte man sehen, dass Finns Gesichtsfarbe sich wieder verdunkelte.

„Du hast mich vor dem Einschlafen in den Arm genommen und deinen – dich an mich gedrückt."

„Ach ja?", machte Volker und beschloss, kein Wort davon zu glauben.

„So jedenfalls bin ich eingeschlafen und auch wieder aufgewacht."

Volker zweifelte. Vielleicht hatte der Junge ja doch recht. An Rick hatte er sich immer angekuschelt im Schlaf ...

„Ich hab mir die Hose ausgezogen, weil ich deinen – also, ich wollte dich nackt spüren", fuhr Finn leise fort. „Und als du dich dann bewegt hast, dachte ich, dass ich dir unbedingt vorher ein Kondom überziehen muss."

„Schlaues Bürschchen", sagte Volker trocken. „Und dann?"

„Ich bin aufgestanden und hab eins geholt. Du hast geschlafen wie ein Stein." Finn kicherte.

„Sonst noch was?"

„Ich hab dir einen geblasen."

Volker nickte.

„Und dann – aber das weißt du ja." Finn grinste.

„Eigentlich sollte man dir den Arsch versohlen!"

„Darauf warte ich ja ..."

„Du bist einfach – unglaublich ...", murmelte Volker, während er seine Fingerspitzen über den Rücken des Jungen gleiten ließ. Sofort bildete sich eine Gänsehaut und Finn zitterte.

„Ich wollte nicht, dass – du sauer auf mich bist, okay?", nuschelte Finn ins Kissen.

Volker antwortete nicht. Er richtete seine Aufmerksamkeit voll und ganz auf diese makellose Haut. Elfenbein, hatte er noch gestern gedacht. Und auch jetzt im morgendlichen Sonnenlicht ließen sich keine Unregelmäßigkeiten entdecken.

Volkers Hände fuhren über die Schultern, die dünnen Arme hinunter und zurück über die knochigen Schulterblätter, die sich unter der Haut erhoben, auf den Rücken. Er massierte mit seinen Knöcheln die Wirbelsäule bis er zu der Kuhle im Hohlkreuz ankam. Er liebte diese Stelle, kurz bevor sich der Po anhob. Bei Finn war sie besonders schön, mit weichem Flaum besetzt.

Dann rückte Finn seinen Hintern hin und her. Volker wusste sofort, was das zu bedeuten hatte. Sein bestes Stück wippte vor Aufregung. Nein, so schnell wollte er dieser köstlichen Anspannung keine Auflösung geben. Vorsichtig beugte er sich hinunter, um die seidige Haut mit seinen Lippen abzufahren. Er ließ sich Zeit, während Finn mal genießerisch, mal ungeduldig schnurrte. Wenn es wirklich das erste Mal für den Jungen werden sollte, dann kein schneller Morgenfick, dachte Volker und ignorierte das stumme Drängen.

Als er schließlich mit seiner Zunge kurz vor der Poritze angekommen war, eine feuchte Spur hinterlassend, hielt er es kaum noch aus vor Erregung. Vorsichtig erlaubte er seinen Händen, die Porzellanbacken zu umfassen. Wie zwei pralle Pfirsiche fühlten sie sich an. Finn bewegte wieder sein Becken und Volker rutschte ein wenig vor, küsste die sanfte Stelle, kurz nach dem Poansatz. Er sog ein aufregendes Gemisch von Duschgel und leichtem Schweißgeruch in seine Nase. Schwindelig sah er, dass Finn zumindest hier ein paar Haare hatte, kurz und kraus.

Volker schloss die Augen. Seine Finger rutschten Stück für Stück zwischen die Backen, gruben sich ihren Weg durch das spärliche Haar und fanden schließlich die zarte Haut, die in Finn hineinführte.

Der Drang, sich mit seiner Körpermitte gegen die Bettdecke zu pressen, wurde unwiderstehlich. Volker seufzte und Finn tat es ihm gleich. Der Junge hob sein Becken wieder, diesmal ein wenig mehr.

Volkers Finger rutschte ein gutes Stück weiter in ihn hinein.

Gut, dachte Volker. Gerade wollte er noch fragen, ob es Finn gefiel. Die Antwort hatte er damit schon bekommen.

„Willst du nicht endlich weitermachen?", fragte Finn nach einer Weile.

„Du kannst es wohl kaum erwarten, was?" Volker schlug dem Jungen mit der flachen Hand auf den Hintern. Dann erhob er sich aber und schwang sich auf Finn drauf. Einen Augenblick betrachtete Volker seine eigenen dunklen und behaarten Beine, die einen Kontrast zu Finns heller Haut abgaben. Darüber hing sein erigiertes Glied mit der rosafarbenen Lümmeltüte.

„Kirsch oder Erdbeer?", fragte er unvermittelt.

„Was?", fragte Finn verwundert zurück.

„Das Kondom."

„Ach so." Finn lachte. „Erdbeer."

Dann drückte Volker seine fruchtige Stange gegen Finns Eingang.

„Du willst es wirklich?", vergewisserte er sich unsinnigerweise noch mal.

„Klar, Mann", sagte Finn.

Volker schluckte und drückte vorsichtig weiter, bis seine Eichel in den Jungen eindrang. Für einen Augenblick verdrehte er die Augen vor Lust. Es war nicht allein die Tatsache, dass er nun Sex hatte, sondern der Gedanke an Finn, an seinen schönen Körper, seine Jugend, die Volker plötzlich so benommen machte. Vorsichtig beugte er sich vor, stützte sich neben Finns Schultern ab und blies dem Jungen sanft seinen Atem über den Nacken.

„Mmh", machte Finn.

Volker flüsterte dem Jungen ins Ohr: „Willst du noch mehr?"

„Ja", kam die Antwort.

Ganz langsam gestattete sich Volker, tiefer vorzudringen. Dabei berührte er mit seinen Lippen Finns Ohr, spürte die hügelige Landschaft der Muschel und ließ schließlich seine Zunge hineingleiten.

Finn kicherte.

„Still! Du Banause!", flüsterte Volker. Dann machte er weiter, schob sich gleichsam unten wie auch oben in Finn hinein.

Kapitel 13

Endlich hatte er es geschafft, dachte Finn immer wieder, während er Volker in sich spürte. Es war ein gutes Gefühl, wenn auch gewöhnungsbedürftig. Bisher hatte er lediglich mit den Fingern experimentiert. Aber nun füllte ein echter Mann ihn aus. Ein Lehrer, und das noch von seiner Schule! Wenn er das Samara erzählte ...

„Möchtest du irgendwas ausprobieren?", fragte Volker sanft in sein Ohr. Finn schüttelte nur den Kopf. Nein, er wollte nichts anderes als das, was er gerade bekam. Spüren, wie sich Volker mit sanften Stößen in ihn hineindrängte und dabei seinen Atem über Finns Haut blies. Sich ganz der Tatsache hingeben, dass er jetzt in diesem Moment endlich wusste, was Sex wirklich war. Einen anderen Menschen in sich zu fühlen und zu wissen, dass es ihn – erregte. Ja, Volker stöhnte ab und zu leise, flüsterte kaum verständliche Worte, die in Finns Gehörgang kitzelten, von einer nassen Zunge verdrängt wurden. Und jedes neue Wort – oder eher Raunen – fühlte sich kühl an in seinem feuchten Ohr.

Dann presste Volker sich allmählich kraftvoller in ihn herein. Finn seufzte erst lustvoll, stöhnte dann aber doch laut auf.

„Alles in Ordnung?", fragte Volker atemlos.

Finn nickte nur mit geschlossenen Augen, reckte seinen Hintern Volkers Stab entgegen, erwartete seine in dünnem Latex verhüllte Zustimmung. Und der Lehrer machte weiter, sorgte mit jedem Stoß dafür, dass Finns Glied sich in die Bettdecke drückte, die zerwühlt unter ihnen lag. Immer wieder rammte sich diese ausfüllende Stange vor und drückte Finn gleichermaßen voran, brachte Finns Eichel dazu, sich im Gleichtakt aus der schützenden Vorhaut zu schieben und an dem glatten Satin des Bettzeugs zu reiben.

Es dauert nicht lange, bis Volkers Stöße eine atemberaubende Geschwindigkeit erreicht hatten. Finn krallte sich ins Kissen, versenkte sein Gesicht, um nicht gar so laut zu sein. In ihm wogte die Hitze hoch, die den Höhepunkt ankündigte. Für einen Augenblick überlegte er, ob er etwas sagen, das Treiben unterbrechen sollte. Doch es war schon zu spät. Die Leidenschaft schwappte über und Finn hatte sich einen köstlichen Moment nicht mehr unter Kontrolle. Ohne sich selbst berührt zu haben, schoss er sein Sperma einfach ab. Kein Gedanke mehr an die Bettdecke, an Volkers mögliche Erlaubnis hierzu, an irgendwas ... Nur dieses Gefühl, mit jedem Stoß von hinten einen weiteren Schwall in den Stoff zu treiben und nicht mehr mit dem Lustschrei aufhören zu können.

Dann kam Finn langsam wieder an die Oberfläche, fühlte noch immer Volker über sich, die harten Stöße und kurz darauf sein Aufschrei, sein Zucken und krampfhaftes Zupacken. Schließlich ein langes Seufzen in Finns Ohr.

„Hat es dir gefallen?", fragte Volker leise und seine Stimme schien vollkommen verändert. So entspannt, erschöpft, so zufrieden und – verliebt?

„Ja", hauchte Finn und wünschte sich, dass sie immer so liegen bleiben könnten.

Aber Volker rutschte schon bald aus ihm heraus und legte sich neben ihn. Er schnaufte matt. Finn traute sich kaum, ihn anzusehen. Dabei waren sie doch jetzt – irgendwie miteinander verbunden, oder?

„Ich hab – in dein Bett ...", fing Finn an.

„Egal", unterbrach Volker sofort, „die Bettwäsche muss ohnehin gewaschen werden."

Finn runzelte die Stirn. Jetzt sah er doch auf. Volker grinste ihn an.

„Oder hast du gedacht, in diesem Bett wird ausschließlich geschlafen?"

„Nein, aber ..." Finn suchte nach den richtigen Worten. „Hat dein Freund ..."

„Er ist nicht mehr mein Freund", sagte Volker knapp. „Und wenn es dich beruhigt: Nein, hat er nicht."

Es beruhigte Finn tatsächlich. Der Gedanke, in einem Bett zu liegen, in welchem zuvor schon andere Leute ... Aber im Grunde konnte es ihm doch egal sein, oder?

Finn grinste Volker an. „War ich gut?"

Volker lachte laut auf. „Natürlich! Einsame spitze! Frühstück?"

„Auf jeden Fall!"

Finn sah dem Lehrer beim Anziehen zu. So genau hatte er ihn ja noch nicht beachtet. Schlecht sah er jedenfalls nicht aus!

„Warum beobachtest du mich so?", fragte Volker schließlich unsicher.

„Ach, nix", gab Finn leichtfertig zurück. Aber er machte keine Anstalten, ebenfalls aus dem Bett zu steigen. Viel lieber taxierte er weiter seinen ... Ja, was? Wer war Volker nun für ihn? Sein Entjungferer? Das klang ja bescheuert.

Volker runzelte die Stirn. „Bleibst du noch liegen?"

„Ja", sagte Finn knapp. Nachdenklich sah er dem Lehrer hinterher und blieb allein im Schlafzimmer zurück.

Ein paar Minuten später rief Volker aus der Küche: „Kannst du mir mal beim Backofen helfen? Ich trau mich nicht!"

Finn sprang grinsend aus dem Bett. Ja, so hatte er sich das vorgestellt, genau so!

Kapitel 14

SüßeSchnitte16: super! ich dacht du wolltest vorbeikommen?
LittleGaylien: wollte ich auch!
SüßeSchnitte16: aha, und dann treibste dich hier rum? *box*
LittleGaylien: ich hab auf dich gewartet
SüßeSchnitte16: ja nee is klar
SüßeSchnitte16: arschloch!!!!!!!!!!!!

Finn schnaubte. Wie er diese übertriebenen Reaktionen von Samara doch hasste! Andererseits war es aber auch genau das, was sie so interessant machte. Nur eben nicht, wenn es anstrengend wurde.

„Was ist los?", fragte Volker auch sofort.

„Ach, nichts", antwortete Finn, „Sam ist nur – eifersüchtig."

„Sam?"

„Samara, meine beste Freundin", erklärte Finn und grinste. War Volker etwa auch eifersüchtig?

LittleGaylien: ich bin noch bei volker!!!!!!!!!!!!
SüßeSchnitte16: nee, oder??? *augen aufreiß*
LittleGaylien: wir haben zusammen gefrühstückt und jetzt sitzt er auf dem sofa und korrigiert klassenarbeiten!
SüßeSchnitte16: und du darfst an seinen pc ...
LittleGaylien: yep
SüßeSchnitte16: man, jetzt erzähl doch endlich!!! wie wars???

LittleGaylien: *grins*

Finn lehnte sich in den Bürostuhl zurück. Am Monitor vorbei beobachtete er Volker, der ganz in seinen Korrekturen vertieft war. Es konnte nicht schaden, wenn er Samara ein wenig auf die Folter spannte.

Ein neues Fenster poppte auf.

GayloMate79: hey
LittleGaylien: ebenfalls hey
GayloMate79: wie geht's?
LittleGaylien: supi und selbst?
GayloMate79: dito, was geht ab?
LittleGaylien: eigentlich nix
GayloMate79: das ist nicht viel
LittleGaylien: stimmt, aber vielleicht ja gleich wieder, wenn ich meine freundin hier abgewimmelt habe und mein freund wieder kann ... ;-)
GayloMate79: oh, biste also frisch gefickt?
LittleGaylien: jo *grins*
GayloMate79: geil!!!

Finn konnte es noch immer nicht recht fassen. Er hatte wirklich Sex gehabt. Und das nicht nur einmal, sondern gleich mit Nachschlag nach dem Frühstück. Volker meinte, dass es sich nicht gehöre, das zweite Mal mit jemanden anderes zu haben.

Und jetzt war er so happy, dass er wildfremden Chattern sein Glück auf die Nase binden musste. Albern irgendwie, aber – whoa! Dann sah er, dass er tatsächlich *mein freund* geschrieben hatte ...

SüßeSchnitte16: HALLO????
SüßeSchnitte16: das machste doch jetzt extra, oder???
SüßeSchnitte16: baah, ich HASSE DICH!!!!!!!!!!!!!!!!!!!
SüßeSchnitte16: *finger zeig*

Finn kicherte.

„Hast du Spaß?", fragte Volker und erhob sich. Grinsend kam er zu Finn rüber.

„Hey, aber nicht gucken!", sagte Finn sofort.

„Keine Panik, ich muss nur mal ins Bad."

LittleGaylien: reg dich ab, ich konnte gerade nicht, wenn du verstehst, was ich meine ... :-P

SüßeSchnitte16: is nich wahr!!! *umfall*

LittleGaylien: nee, warn scherz.

LittleGaylien: das haben wir schon hinter uns. ich konnte nur grad nicht schreiben, weil volker hinter mir stand.

SüßeSchnitte16: also habt ihr WIRKLICH?????????????

LittleGaylien: JAAAAAAAAAAAAAH!!!!!!!!!!!!!!!

SüßeSchnitte16: booh, ich weiß gar nicht, was ich dazu sagen soll ... *glotz*

SüßeSchnitte16 is voll sprachlos ...

Das glaubte Finn sofort. Im Gegensatz zu ihr war er nämlich jetzt keine Jungfrau mehr!

GayloMate79: woher kommste eigentlich?

LittleGaylien: köln und selbst?

GayloMate79: jou, auch. bin 28 und du?

LittleGaylien: 16

GayloMate79: WOW, hätt ich nicht gedacht. ist das mit deinem kerl was festes? *fg*

Finn wurde rot. Völlig unüberlegt hatte er natürlich sein reales Alter angegeben. Und genau jetzt kam Volker natürlich aus dem Bad zurück. Finn klickte das Chatfenster runter.

„Was schreibst du denn?", grinste Volker. „Du bist ja ganz rot im Gesicht."

„Ich – ähm, Samara hat erraten, dass ich keine Jungfrau mehr bin", sagte Finn und hoffte, dass das Thema damit vom Tisch war.

„Ich dachte, genau deswegen chattest du mit ihr." Volkers Grinsen wurde breiter.

Finn wusste nicht, was er darauf sagen sollte.

„Und? Was sagt sie?", fragte Volker und Neugier stahl sich in seine Augen.

„Ich – also, ich glaub, sie findet's gut."

Volker zwinkerte verständnisvoll. „Ich habe auch so eine beste

Freundin, die immer alles von mir wissen will." Er lachte. „Und wahrscheinlich wird sie mir den Kopf abreißen, wenn ich ihr von dir erzähle."

„Warum?", fragte Finn verblüfft.

„Na, weil du so jung bist und mich irgendwann zwangsläufig verlassen wirst, ist doch klar. Dann werde ich mich bei ihr ausheulen und sie muss das alles ertragen."

Finn schluckte. „Das heißt also, wir ..." Er brach ab. Irgendwie kam es ihm seltsam vor, jetzt von einer Beziehung zu reden, auch wenn er sich nichts anderes wünschte. Immerhin hatte er mit diesem Mann geschlafen!

Volker schwieg betreten.

Finns Hände wurden feucht. Eigentlich wollte er gern sagen, dass er Volker niemals verlassen würde! Warum auch? Wegen des Alters? Das war doch Schwachsinn! Vielmehr wäre Finn froh, dass er endlich jemanden gefunden hatte, mit dem er all diese aufregenden Dinge ausprobieren konnte, die ihm bislang nur als Fantasien im Kopf herumspukten.

Aber das konnte er nicht einfach so aussprechen. Und dann löste sich Volker aus dem Schweigen und die Gelegenheit verstrich.

„Ich muss noch eine Menge konrrigieren", sagte er und setzte sich wieder auf die Couch.

„Ist gut", antwortete Finn und widmete sich mit klammen Fingern wieder dem Chat.

SüßeSchnitte16: seid ihr etwa schon wieder DABEI????
SüßeSchnitte16: OMG, ich glaubs einfach nicht!!!!!!!!!!!
SüßeSchnitte16: meld dich, wenn ihr fertig seid *gnarf*

Finn las desinteressiert, was Samara ihm geschrieben hatte. Dann beobachtete er einen Augenblick lang Volker, wie er wieder in seiner Arbeit vertieft vor sich hinbrütete. 16! Er hatte tatsächlich in dieser Wohnung sein wahres Alter kommuniziert! Finn holte das andere Fenster wieder hoch, in welchem er mit GayloMate chattete.

GayloMate79: brauchst nicht antworten, kein prob
GayloMate79: hätt mich aber schon interessiert
GayloMate79: vielleicht können wir uns ja mal treffen. ich steh auf

junge junx, hehe

GayloMate79: nich? auch gut

GayloMate79 hat den privaten Chat beendet.

Noch immer saß Finn der Schreck im Nacken. Aber es war alles gutgegangen. Vielleicht war es besser, nicht von Volkers Computer aus zu chatten.

Wieder beobachtete Finn den Lehrer bei der Arbeit. Irgendwann sah Volker auf.

„Was ist?", fragte er

„Nichts", antwortete Finn schnell und fühlte sich ertappt. „Ich dachte nur, vielleicht könnten wir was unternehmen ..."

Volker sah überrascht aus. „Was willst du denn unternehmen?"

Finn zuckte mit den Schultern. „Ins Café?"

„Du willst mir deine Freundin vorstellen – oder besser, mich ihr, richtig?"

„Alles, bloß das nicht!", entfuhr es Finn.

Volker hob eine Augenbraue. „Bin ich so schlimm?" Ein unsicheres Lächeln schob sich auf sein Gesicht.

„Nein, aber – Samara ist – nervig. Absolut nervig!"

Ganz schien die Antwort Volker nicht zu überzeugen. Er runzelte die Stirn.

Finns Hände fühlten sich nun richtig nass an. Wenn Samara und Volker aufeinandertrafen, dann war die Katastrophe sicher. An ein Gesicht konnte sich ein relativ neuer Lehrer vielleicht nicht erinnern, aber an zwei? Sie würden sich in der Schule zwangsläufig über den Weg laufen, und irgendwann ...

Finn wurde schlecht.

„Ich glaube, ich korrigiere lieber die Aufsätze weiter", sagte Volker schließlich. „Ich habe mich in letzter Zeit ziemlich davor gedrückt, seit der ganze Krach mit ..." Er brach ab und tat so, als hätte er nie vorgehabt, weiterzureden.

Finn versteckte sich wieder hinter dem Monitor. Dieser Rick machte Volker richtig zu schaffen. Aber das würde schon noch werden, immerhin hatte Volker jetzt einen neuen Freund – nämlich Finn.

LittleGaylien: ich glaub, ich werd jetzt mal nach hause gehen. wir telefonieren, ok?

SüßeSchnitte16: gut
LittleGaylien: dann bis nachher
SüßeSchnitte16: cu
LittleGaylien: cu
SüßeSchnitte16 hat den privaten Chat beendet

Finn schloss das private Chat-Fenster mit dem X und wollte gerade auch den allgemeinen Chat beenden, als sich ein neues Fenster öffnete.

GayloMate79: wollte dich nicht ärgern
LittleGaylien: hast du nicht
GayloMate79: dann ist ja gut
GayloMate79: ich glaub du bist richtig nett, deshalb
LittleGaylien: woher willste das denn wissen???
GayloMate79: keine ahnung, spür ich halt
LittleGaylien: deine hose ist wohl zu eng geworden, mehr spürst du aber bestimmt nicht *lach*
GayloMate79: das vielleicht auch ^^
LittleGaylien: wusst ich doch!!!

Finn dirigierte den Mauszeiger wieder auf das X. Was kümmerte ihn schon ein notgeiler 28-jähriger? Dennoch schaffte er es nicht, das Gespräch einfach abzubrechen. Der Smiley hielt ihn ab. Vielleicht war dieser GayloMate ja doch nicht so übel ...

GayloMate79: ich geb ja zu, dass ich eigentlich hier bin, um was zum xxx zu finden. nich schlagen!
LittleGaylien: schon ok
GayloMate79: aber reden ist auch gut ^^
GayloMate79: ich frag auch nicht mehr nachm treffen! *g*
LittleGaylien: OK – worüber willst du denn reden?
GayloMate79: keine ahnung
GayloMate79: ich geh jetzt einfach mal davon aus, dass das mit deinem kerl was festes ist?
LittleGaylien: ja, denke schon
GayloMate79: du denkst????

Schon wieder wurde der Chat irgendwie unangenehm. Natürlich

wollte Finn am liebsten allen Leuten erzählen, dass er nun einen Freund hatte und dass er keine Jungfrau mehr war – in den normalen Schwulen-Status gevögelt sozusagen. Aber war das denn okay? Volker jedenfalls schien sich da absolut nicht sicher zu sein.

GayloMate79: sorry, wollte nicht so direkt sein
LittleGaylien: bin erst seit letzter nacht mit ihm zusammen
GayloMate79: ooooh, ganz frisch. ist doch süß!
LittleGaylien: wenn ich ehrlich bin, weiß ich nicht, ob er überhaupt will ...
GayloMate79: ups, das is nich so gut
LittleGaylien: nee, absolut nicht
GayloMate79: frag ihn doch einfach. und wenn er nicht will, kommste zu mir ^^
LittleGaylien: ha ha haa
GayloMate79: ok, verstanden
GayloMate79: aber warum sollte er dich nicht wollen?
LittleGaylien: er ist älter als ich
GayloMate79: na dann muss er dich doch erst recht wollen!?!?
LittleGaylien: ich glaub, das ist nicht so einfach
GayloMate79: wie alt isser denn?
LittleGaylien: 32
GayloMate79: pfffft!!!

Finn betrachtete die letzte Nachricht von GayloMate eine Weile. Was sollte ihm das sagen? Dass Volker ein alter Sack war? Oder machte sich dieser Chatter jetzt über seine Sorgen lustig?

Wieder war Finn kurz davor, den Chat einfach abzubrechen. Er wollte ja ohnehin nach Hause und dann würde er in Ruhe mit Samara über alles reden ...

Aber konnte er das einfach so stehen lassen? Volker war nicht zu alt! Finn war zu jung, das war hier das eigentliche Problem!

LittleGaylien: was soll das denn jetzt heißen???? *böseguck*
GayloMate79: dass männer in dem alter wohl ein bisschen zickig sind
LittleGaylien: wieso das denn?
GayloMate79: hab da so meine erfahrungen gemacht

GayloMate79: wenn ich dir nen rat geben darf, such dir wen in deinem alter!

LittleGaylien: oder ich soll dich nehmen, schon verstanden ...

GayloMate79: nee, so mein ich das jetzt nicht

GayloMate79: ausnahmsweise ^^

LittleGaylien: und wie meinst du das?

GayloMate79: das kann doch nix werden mit euch. was habt ihr denn für gemeinsame interessen?

Böse starrte Finn auf den Monitor. Woher sollte er denn wissen, was sie für gemeinsame Interessen hatten? Er kannte Volker doch kaum! Noch jedenfalls ...

GayloMate79: und ficken zählt nicht!!!

LittleGaylien: deutsch und englisch!

GayloMate79: was ist das denn für ne interesse???

LittleGaylien: er ist lehrer und ich geh gern zur schule, also ist das unsere gemeinsamkeit. so einfach! :-P

GayloMate79: DEUTSCHLEHRER????????????

LittleGaylien: yep – und englisch

Finn fühlte sich alles andere als wohl, während er die Bestätigung tippte. Irgendwas war doch komisch an dieser Reaktion, oder? Da war doch nichts Schlimmes bei, mit einem Lehrer zusammen zu sein.

GayloMate79: aber du bist nicht sein schüler, oder????

LittleGaylien: nee

GayloMate79: und du bist erst 16????

Irgendwie wurde Finn das Gefühl nicht los, dass dieser GayloMate sich komisch verhielt. Warum fragte er denn jetzt noch mal so nach dem Alter?

Ein kurzer Blick zur Couch sagte Finn, dass Volker von all dem hier nichts mitbekam. Und das sollte auch schön so bleiben.

Entschlossen klickte Finn das Fenster weg.

Aber es sprang sofort ein Neues auf.

GayloMate79: WARTE!!!

Finns war wieder nur einen Klick davon entfernt, das Fenster zu schließen. Er wurde das Gefühl nicht los, dass er genau das auch besser tun sollte – sofort! Die ganze Sache wurde langsam unheimlich.

GayloMate79: ich will dich nicht schocken, ich bin nur neugierig
GayloMate79: ich war auch mit nem lehrer zusammen
GayloMate79: wir haben gerade erst schluss gemacht
GayloMate79: deshalb bin ich neugierig
GayloMate79: ziemlicher zufall, was? ^^

Mit steigender Übelkeit las Finn die Nachrichten. Sollte er darauf wirklich noch antworten? Das konnte doch nur ein schräger Zufall sein. Oder vielleicht wollte ihn dieser Typ nur verarschen. Wer konnte das schon wissen?

GayloMate79: biste noch da???
LittleGaylien: ja
GayloMate79: sorry, dass ich dich jetzt hier so vollballer, aber ich bin irgendwie
GayloMate79: voll fertig
LittleGaylien: dein freund war auch 32???
GayloMate79: ja

Trotzdem musste es ein Zufall sein! Wie viele Lehrer gab es wohl in Köln, die gerade 32 waren? Finn zweifelte. Wie viele davon waren männlich und schwul?

LittleGaylien: istn zufall
GayloMate79: wie heißt er???
LittleGaylien: sag ich nicht
GayloMate79: los, bitte, ich muss es wissen!!!
LittleGaylien: sag du doch, wie deiner heißt

Einen endlos langen Augenblick wartete Finn auf die Reaktion. Bisher hatte dieser GayloMate nur Daten angegeben, die Finn zuerst genannt hatte. Jetzt kam dieser miese Faker wohl ins Schleudern.

GayloMate79: sorg

Für eine Sekunde atmete Finn erleichtert auf. Er hatte schon befürchtet, *Volker* zu lesen. Dann aber dämmerte ihm langsam, dass GayloMate nicht den Vor- sondern den Nachnamen hingeschrieben hatte.

Fast panisch klickte er das private Chatfenster weg. Sofort sprang es wieder auf.

GayloMate79: IST ER DAS????

Finn wurde ganz heiß. Fahrig schloss er den gesamten Chat, ohne auf die Nachricht einzugehen.

„Alles in Ordnung?", fragte Volker plötzlich.

Finn hätte fast laut aufgeschrien.

Dann fing er sich wieder. „Ja, natürlich."

„Du hämmerst ja da rum, dass man Angst bekommen kann." Volker lachte.

„Ich – ach, Samara ist – irgendwie blöd", stammelte Finn.

„Das haben beste Freundinnen manchmal so an sich, wenn sie einem genau die Wahrheit sagen, die man nicht hören will."

Finn lachte schwach. In seinem Kopf flogen die Gedanken kreuz und quer herum. Rick! Er hatte gerade mit diesem ominösen Rick gechattet! Und Volker hatte keine Ahnung.

Finn biss sich in den linken Zeigefinger. Was war, wenn Rick gleich hier anrief, um sich die Geschichte bestätigen zu lassen? Was war, wenn er Volker sagte, dass sein neuer Freund – wenn er das denn überhaupt war – erst 16 Jahre alt war?

Verdammt, irgendwie musste er diesen Rick daran hindern!

Hastig rief Finn den Gay-Chat wieder auf und loggte sich ein. Seine Augen flogen im allgemeinen Chat über die Liste der Usernamen. Entsetzt stellte er fest, dass Rick nicht mehr dabei war. Verdammt, was jetzt? Was war, wenn Rick gleich hier anrief und ... Dann sah Finn den gesuchten Nick. In der Eile hatte er ihn überflogen. Hastig führte er einen Doppelklick aus und schrieb in das neue Fenster.

LittleGaylien: wir müssen reden!

GayloMate79: wir? bist nicht du dran mit reden???

LittleGaylien: ja, schon, aber ich würde dir da gern in ruhe was erklären

GayloMate79: interessant ^^
LittleGaylien: die sache ist so

Finn biss sich auf die Lippen. Sollte er jetzt wirklich im Gay-Chat mit der Wahrheit rausrücken? Wenn er sich jetzt diesem Rick anvertraute, dann gab es kein Zurück. Bisher konnte Rick sich nur zusammenreimen, dass sein Ex mit einem 16-jährigen ins Bett ging. Aber wenn Finn ihm nun alles erzählte, dann lieferte er womöglich den entscheidenden Beweis. War es nicht vielleicht doch besser, einfach den Chat zu verlassen und das Thema totzuschweigen?

Nach einer Weile setzte Rick seine Antwort unter die bisherige Kommunikation.

GayloMate79: ach ja? interessant! hätt ich ja nich gedacht
LittleGaylien: sorry
GayloMate79: na, das wird ja immer besser, haa haa
LittleGaylien: wir reden ganz sicher von unterschiedlichen typen, mein freund heißt nämlich müller
GayloMate79: oh, wie einfallsreich
LittleGaylien: das leben ist halt nicht immer originell ;-)
GayloMate79: weißt du was? du bist ziemlich schlagfertig, aber das heißt noch lange nicht, dass ich dir auch nur ein wort glaube
LittleGaylien: warum?
GayloMate79: wegen deiner reaktion. warum bist du bei dem nachnamen aus dem chat raus?
LittleGaylien: browser abgeschmiert, hab ich andauernd
GayloMate79: nette geschichte
LittleGaylien: wär ich sonst wieder reingekommen?
GayloMate79: vielleicht ist dir eingefallen, dass ich noch immer volkers nummer hab? *gg*

Wenn Finn bisher noch einen Hauch von Hoffnung gehabt hatte, dann war dieser nun dahin. Volker – Volker Sorg. Er hatte also tatsächlich den Ex-Freund im Chat. Und irgendwie schien die Unterhaltung immer unangenehmer zu werden. Finn schwitzte. Dabei könnte es ihm doch eigentlich egal sein, was Rick mit den Informationen anstellte. Früher oder später würde doch ohnehin die Wahrheit ans Tageslicht kommen, oder nicht?

Finn schluckte. Erst jetzt wurde ihm klar, dass er weniger um sich selbst Angst hatte. Er fürchtete sich davor, Volker zu enttäuschen. Was sollte der von ihm halten, wenn herauskam, dass ihre bisherige Bekanntschaft allein auf einer Lüge basierte? Schlimmer noch: gleich mehreren ...

Und Rick machte irgendwie nicht den Eindruck, als wenn er seinem Ex einen ruhigen Start in eine neue Beziehung gönnte. Die Art, wie er Fragen stellte, wie er versuchte, die Wahrheit herauszufinden, ließ Finn nichts Gutes ahnen. Doch für einen Rückzug war es definitiv zu spät. Es war nun an ihm, die Lage zu entschärfen.

LittleGaylien: und was hast du davon???
GayloMate79: ok, also ist ers wirklich ^^

Finn hielt die Luft an. Es widerstrebte ihm, die Wahrheit zuzugeben. Dabei war es offensichtlich, dass er sich allein durch seine Reaktion verraten hatte.

GayloMate79: ich meine, wenn es nicht so wär, hättest du doch schon längst den chat abgebrochen, anstatt solche fragen zu stellen ^^
LittleGaylien: macht dich das geil???
GayloMate79: hör mal, ich will dir nix
LittleGaylien: aber volker!
GayoMate79: nein, auch nicht
GayloMate79: ich bin nur neugierig
LittleGaylien: warum?
GayloMate79: weil es so gar nicht zu ihm passt
LittleGaylien: was?
GayloMate79: dass er kinder fickt
Finn schluckte. Die Worte brannten ihm in den Augen.

LittleGaylien: ICH BIN KEIN KIND!!!
GayloMate79: für ihn schon, verdammt, der kerl ist 32
LittleGaylien: NA UND?
GayloMate79: der könnte dein vater sein!!!
LittleGaylien: ist er aber nicht. bist du vielleicht neidisch?
GayloMate79: nein
LittleGaylien: kommt mir aber so vor

GayloMate79: ich bin nur verwundert, weil ich das so nicht von volker kenne

LittleGaylien: was?

GayloMate79: na, dass er sich mit kindern einlässt

Finn schnaubte. Es reizte ihn, den Chat nun doch zu beenden und dadurch ein mögliches Chaos zu riskieren. Was bildete sich dieser Fatzke eigentlich ein? Wenn Finn es recht bedachte, dann war es nicht Volker gewesen, der die Beziehung beendet hatte.

„Muss ja wirklich aufregend sein, deine Unterhaltung", sagte Volker amüsiert.

„Ja", gab Finn mürrisch zurück.

„Vielleicht solltet ihr euch treffen und richtig reden?" Volker sah ihn von seinem Platz aus fragend an. „Vieles lässt sich in einem richtigen Gespräch immer noch einfacher klären." Er zwinkerte. „Ich meine, wenn euch das nicht zu altmodisch ist ..."

„Ach, geht schon", sagte Finn. Die Maus hatte er sicherheitshalber auf dem X des Chatfensters positioniert, für den Fall, dass Volker zu ihm kam. Aber das tat er nicht. Der Lehrer widmete sich mit einem leichten Kopfschütteln wieder seinen Schulheften.

GayloMate79: noch da????

LittleGaylien: wenn du so weitermachst, dann nicht mehr

GayloMate79: was mach ich denn???

LittleGaylien: ICH BIN KEIN KIND!!!!!!

GayloMate79: ach so *lach*

GayloMate79: das ist aber ansichtssache ^^

LittleGaylien: ja, wenn man so alt ist wie du

GayloMate79: wow, zickig bist du auch

LittleGaylien: und du verbittert

GayloMate79: nett, danke

LittleGaylien: bitte. du hast ja damit angefangen

Eine Weile wartete Finn auf eine Antwort. Als keine kam, wurde er langsam nervös. Vielleicht hatte Volker ja doch recht und es war besser, mit diesem Rick ein persönliches Gespräch zu führen. Nur, da war sich Finn ganz sicher, wenn Volker wüsste, mit wem er hier eigentlich chattete, dann würde er seinen Rat sofort wieder zurückziehen. Obwohl, Volker hatte ihm nicht wirklich viel über Rick erzählt, nur dass er seine Freiheit haben wollte und möglicherweise nun mit einem Jüngeren zusammen war. Aber reichte das eigentlich nicht schon? Zusammen mit der Art, wie er sich jetzt im Chat verhielt, kam da nicht gerade ein sympathisches Bild bei raus. Und doch, Finn musste alles tun, damit die Situation nicht eskalierte. Vielleicht war es nun mal an ihm, ein paar Fragen zu stellen.

LittleGaylien: noch da???
GayloMate79: yep, du zicke
LittleGaylien: wollen wir noch mal neu anfangen?
GayloMate79: wozu?
LittleGaylien: ich meine, wenn volker mit dir zusammen war, dann wird er doch einen grund dafür gehabt haben, oder? so übel kannst du also nicht sein ;-)
GayloMate79: auf die schleimermasche steh ich nicht ^^
LittleGaylien: bist du sauer auf ihn?
GayloMate79: warum sollte ich?
LittleGaylien: macht so ein bisschen den eindruck
GayloMate79: geht dich trotzdem nix an
LittleGaylien: ich kann es aber verstehen
GayloMate79: oh bitte, was willst du da verstehen? für mich bist du echt noch ein kind

Finn biss sich auf die Unterlippe. Er musste sich stark zurücknehmen, um den Chat nicht schon wieder in eine Beschimpfung abgleiten zu lassen. Vorsichtig spähte er an dem Monitor vorbei und beobachtete Volker. Wie würde er wohl reagieren, wenn er die Wahrheit wüsste? Sein Liebhaber hatte ihn für einen Jüngeren verlassen und dann kam ein 16-jähriger vorbei, um ihn ins Bett zu kriegen, nur um am nächsten Tag mit dessen Ex zu chatten. Nicht gerade der ideale Start. Aber dafür war die ganze Sache ohnehin schon viel zu abgefahren.

LittleGaylien: können wir uns treffen?
GayloMate79: klar *fg*
LittleGaylien: nicht so!!!
GayloMate79: wie denn???

LittleGaylien: ich will mit dir reden, mehr nicht
GayloMate79: was hast du denn gedacht, was ich will???
LittleGaylien: ist ja auch egal
GayloMate79: reden is ok ^^
LittleGaylien: wann hast du zeit
GayloMate79: für dich immer ^^
LittleGaylien: kennst du das luisencafé?
GayloMate79: türlich, wann?
LittleGaylien: ich kann in 15 min da sein
GayloMate79: ist ok, bin da
GayloMate79 hat den privaten Chat beendet.

Finn blieb noch einen Augenblick vor dem Monitor sitzen. Verdammt, was tat er hier eigentlich? Wenn dieser Rick ein Arschloch war – und es sah ganz danach aus –, dann würde es schon bald ein Riesentheater geben.

Er dachte an Samara. Noch immer hielt er sie für erfahrener als sich selbst. Und Samaras Stimme sagte ihm, dass er sich im Grunde überhaupt keine Gedanken machen musste. Wenn alles schief ging, dann würde er sich einfach verdrücken und damit war diese Geschichte gelaufen. Ziemlich einfach. Weder seine Mutter noch sonst wer würden je davon erfahren. Und wenn er Volker in der Schule begegnete, dann würden sie beide einen Grund haben, über alles zu schweigen.

Trotzdem empfand Finn diese Vorstellung nicht befriedigend. Er wollte nicht, dass Volker sauer auf ihn war. Er wollte nicht den Schreck in seinem Gesicht sehen, wenn sie sich irgendwann auf dem Schulflur begegneten. Er wollte nicht so tun, als wäre sein erstes Mal ein Unglück gewesen. Denn das war es ganz bestimmt nicht.

Der Bildschirm zeigte ihm an, dass er sich auf den Weg machen musste. Er seufzte.

„Mit deiner Freundin muss es ja echt anstrengend sein", sagte Volker in diesem Moment.

Finn fuhr zusammen. Automatisch klickte er den Browser weg.

„Da sagst du was", antwortete er schließlich, während er den Computer herunterfuhr.

„Und? Kommt ihr nun klar?"

„Ja." Finn räusperte sich. „Wir sind verabredet. Ist vielleicht doch besser, wenn wir normal reden."

Volker zog eine Augenbraue hoch. „So einsichtig?"

„Ich bin ja kein Kind mehr", sagte Finn und dachte an den Chat gerade mit Rick.

Volker lächelte unsicher. „Das habe ich auch nicht behauptet."

„Ja, ich weiß."

„Gut." Volker legte seine Korrekturen weg und erhob sich. „Ihr habt wohl ein paar schwierigere Differenzen, was?"

Finn zuckte mit den Achseln. „Ich weiß noch nicht."

„Na, es wird auf jeden Fall besser sein, so was persönlich zu klären, als es im Chat auszudiskutieren."

„Klar", sagte Finn nur. „Darum muss ich auch jetzt los."

„Jetzt schon?", fragte Volker verwundert.

„Ich bin in zehn Minuten verabredet."

„Aber ..." Volker stockte, dann nickte er.

„Was?", fragte Finn. Er wurde das Gefühl nicht los, dass Volker ihn noch nicht gehen lassen wollte. Vielleicht ahnte er ja etwas.

„Ich dachte nur, dass – wir zusammen duschen könnten."

Finn grinste. „Ich kann ja noch mal wiederkommen."

Volker nickte.

Dann riss sich Finn los und lief ins Schlafzimmer. Eilig klaubte er seine Klamotten auf und stopfte sie in seine Tasche. Ein wenig unangenehm war es ihm schon, dass er jetzt ungeduscht einen Fremden treffen würde.

„Ich putz mir noch die Zähne", rief Finn ins Wohnzimmer und verschwand im Bad. Hastig schrubbte er mit der Bürste in seinem Mund herum. Dann nutzte er Volkers Deo und Rasierwasser. Warum hatte er das Treffen nur so kurzfristig geplant?

Als er aus dem Bad kam, stand Volker schon mit seiner Tasche im Flur.

„Du hast es wirklich eilig, was?", sagte er.

Finn konnte in seinem Gesicht ein Misstrauen sehen, das ihn bestürzte.

„Sam ist – na ja, sie ist halt komisch in solchen Dingen. Es muss immer alles sofort geklärt werden."

„Das kann ich verstehen", murmelte Volker. „Darf ich dich anrufen?"

„Logisch!", antwortete Finn. Und nun fiel ihm auf, dass sein überstürzter Abzug vielleicht einen komischen Eindruck erweckte.

Dabei wollte Finn nichts lieber, als jetzt bei Volker zu bleiben – am liebsten für immer. Wenn nur dieser doofe Rick nicht wäre ...

„Gut", sagte Volker, „dann melde ich mich einfach, wenn du dich nicht meldest, in Ordnung?"

„Ich werde mich melden!", sagte Finn. „Versprochen!" Dann warf er einen Blick auf die Uhr. Fünf Minuten noch!

„Verdammt, ich muss los!", rief er und stand kurz unschlüssig vor dem Lehrer. Sollte er ihn nun zum Abschied küssen? Oder war das zu viel? Irgendwie kam sich Finn plötzlich ziemlich blöd vor. Also nahm er nur seine Tasche, öffnete die Wohnungstür und lief die Treppen hinunter. Volker sah ihm mit einem seltsam traurigen Blick nach. Als ob er etwas wüsste.

Kapitel 15

Volker fühlte sich hundeelend. Nicht nur, dass er mit jemandem geschlafen hatte, der so viel jünger war als er selbst, nein, er hatte sich auch noch in diesen Bengel verguckt. Dabei war es ausgeschlossen, dass mehr daraus werden würde als eine einmalige Geschichte. Finn war jung und wollte seine Erfahrungen machen. Er hatte garantiert kein Interesse, seine besten und aufregendsten Jahre an einen älteren Mann zu verschwenden. Das war nur zu natürlich. Und doch konnte Volker diese Fantasie nicht einfach ausblenden, die ihn irgendwann heute morgen so klammheimlich überfallen hatte. Er schaffte es nicht, das alles als ein Geschenk hinzunehmen. Er war nicht Rick, der das Leben nehmen konnte, wie es kam. Er wollte mehr als nur Sex! Er wollte mehr, als nur eine Nacht und Unsicherheit und anschließend wieder allein sein. Doch von wem konnte er etwas verlangen? Von Finn ganz bestimmt nicht. Der Junge schien zwar ganz vernünftig zu sein, aber das waren einige in seinem Alter. Das hieß noch lange nicht, dass ihnen die Jugend, die übersprühenden Hormone, nicht am Ende einen Strich durch die Rechnung machten. Und selbst bei Rick war sich Volker noch lange nicht sicher, dass er wirklich aufgrund seiner inneren Einstellung handelte. Immerhin hatte er es geschafft, lange Zeit den glücklichen Partner zu mimen. Solche Rollenspiele gehörten ganz sicher nicht zu seiner inneren Überzeugung. Nein, das waren die plötzlichen Ängste, womöglich etwas zu verpassen, das unkalkulierbare Gefühl, das einen auch in diesem Alter noch überrannte, wenn auch nicht mehr so unvorhergesehen wie in noch jüngeren Jahren. Trotzdem hörte das wohl nie auf. Auch über 30 nicht. Wie anders sollte sich Volker sonst Finns Portemonnaie auf dem Wohnzimmertisch erklären?

Kapitel 16

Das Café schien noch nicht so gut besucht zu sein. Finn blieb unschlüssig davor stehen. Er war bereits zu spät. Ob Rick noch auf ihn wartete? Oder war er schon wieder gegangen? Vielleicht aber war er ja auch gar nicht da und Finn erschien ganz umsonst am Treffpunkt.

Nervös suchte Finn nach seinem Handy. Er wollte Samara unbedingt eine SMS schreiben, auch wenn das in diesem Moment nicht besonders viel Sinn machte. Wenn er noch länger hier draußen herumstand, würde Rick womöglich tatsächlich noch das Café verlassen und geradewegs an ihm vorbeispazieren.

Finn ließ sein Telefon wieder in die Tasche gleiten, atmete tief durch und ging zum Eingang. Erstaunlich, wie rasant sein Leben seit gestern doch geworden war. Nun hatte er nicht nur seinen ersten Sex hinter sich mit einem richtigen Mann, sondern traf auch gleich noch den zweiten Schwulen überhaupt in seinem Leben.

Die Türglocke kündigte ihn an. Eine junge Bedienung nickte ihm kurz zu, kümmerte sich aber sofort wieder um ihre Bestellungen. Gleich am Fenster saß ein älteres Pärchen. Sonst hielt sich im ersten Raum niemand mehr auf.

Unschlüssig ging Finn auf den Schlauch zu, der ihn nach hinten führte. Irgendwie erwartete er, niemanden vorzufinden. Wie sollte er sich in diesem Fall wohl am besten verhalten? Gleich wieder gehen? Oder sollte er warten? Die Frage erübrigte sich allerdings, als er Rick in einer Ecke sitzen sah.

Rick. Wie erstarrt blieb Finn stehen. Rick. Er kannte ihn, erst gestern hatte er Rick noch hier im Café gesehen.

Und auch Rick sah ihn überrascht an, fing sich aber bedeutend schneller. „Wusste ich es doch!", sagte er und grinste breit. „Du hast mir zwar gestern deinen Chat-Namen gesagt, aber ich war mir nicht mehr sicher."

Finn wurde rot. „Du bist Rick?"

„Jou, weißte doch."

Einen Moment lang wusste Finn nicht, wie er mit der Situation umgehen sollte. Unbeholfen setzte er sich auf einen Stuhl Rick gegenüber. Eigentlich war ihm dieses Treffen so unangenehm, dass er am liebsten sofort wieder gegangen wäre. Doch auch das war ihm irgendwie zu unangenehm. Jetzt zu gehen, hieße, vor Rick seine Angst zuzugeben. Und das wollte er auf keinen Fall. Er wollte nicht wie ein Schwächling rüberkommen, nicht wie jemand, der erst 16 Jahre alt war und vor Angst noch nach Hause lief, wenn er dem bösen Onkel begegnete, anstatt ihm einen Tritt zu verpassen.

„Du bist also Finn", schloss Rick nach einer Weile. Sein Gesicht sah nun wieder einigermaßen gelassen aus.

„Der bin ich wohl", antwortete Finn und bemühte sich, dabei möglichst ruhig zu wirken.

„Puh!", machte Rick. „Wenn ich ehrlich bin, weiß ich gar nicht, was ich sagen soll."

„Geht mir genauso." Finns Antwort war mehr ein Murmeln. Aber er spürte langsam eine Erleichterung in sich aufkommen. Sein Gegenüber war in dieser Situation bei weitem nicht so forsch wie er noch im Chat gewesen war. Beruhigend. Also auch nur ein Mensch, dieser Rick.

„Was darf ich euch bringen?", fragte die Bedienung plötzlich.

Rick antwortete sofort: „Cappuccino, bitte."

Finn zögerte. „Ein Wasser", entschied er schließlich.

Die Bedienung entfernte sich mit der Bestellung.

„Kein Kaffeetrinker?" Rick grinste.

„Nicht wirklich", antwortete Finn.

„Oder willst du nur schnell wieder weg?"

„Warum?"

„Ach, nur so. Machst irgendwie so den Eindruck."

„Ist ja auch nicht gerade das angenehmste Treffen, oder?"

„Och, das hängt doch ganz von uns ab, nicht?"

Finn wusste nicht, was er dazu sagen sollte. Sie saßen hier hinten ganz allein. Sicher war das auch ganz gut so. Je nachdem, was Rick so von sich gab, konnte Finn gut auf Gesellschaft verzichten. Es mussten ja nicht gleich alle wissen, dass er – mit einem Mann geschlafen hatte. Irgendwie konnte er es immer noch nicht fassen.

Rick räusperte sich.

Finn sah ihn an, konnte seinem Blick aber nicht lange standhalten. Vielleicht wäre es doch nicht schlecht, wenn noch jemand bei ihnen sitzen würde. Dann würde zumindest die Stille nicht so auffallen, und er könnte ab und zu so tun, als sei er abgelenkt. So aber fand er nichts, was eine längere Pause rechtfertigen konnte. Die Wände waren schlicht cremefarben, hier und da hing ein schwarzweißer Fotodruck. Auf den Tischen standen lediglich Blumengestecke. Nicht mal Tischdecken, in die man sich vor lauter Verzweiflung reinkrallen konnte.

„So, ein Wasser, einen Cappuccino", flötete die Bedienung und sorgte einen Moment für Ablenkung, bis sie wieder davonstakste.

„Dann schieß doch mal los", sagte Rick plötzlich und grinste anzüglich.

„Womit?", fragte Finn perplex.

„Na, wie du Volker kennengelernt hast."

„Im Chat, genau wie dich."

„Aha ...", machte Rick. Irgendwie schien ihn diese Antwort noch nicht zufriedenzustellen. Aber Finn hatte kaum Lust, alles noch mal aufzurollen.

„Und er hat dich nicht zurückgewiesen?", fragte Rick.

Finn schluckte. Er hatte befürchtet, dass es zu dieser Frage kommen würde. Und nun merkte er zum ersten Mal, dass in Ricks Stimme nicht mehr nur die Gelassenheit mitschwang, sondern auch so was wie Eifersucht – oder Rachedurst. Finn drehte das Wasserglas in seinen Händen.

„Ich meine, er weiß wirklich nicht, wie alt du bist?", sagte Rick und schüttelte den Kopf. „Das sieht man doch!"

„Weil du es weißt", antwortete Finn. „Deshalb kannst du dir nicht vorstellen, dass man mich für älter hält."

Rick lachte. „Willst ihn wohl verteidigen, was?"

„Ich glaub, ich geh jetzt besser." Finn erhob sich und sah sein Gegenüber böse an.

„Das halte ich aber für keine gute Idee."

„Warum nicht?"

„Was denkst du, wird Volker wohl davon halten, wenn er erst

erfährt, dass du noch ein Kind bist?" Rick grinste breit, bevor er den Milchschaum von seinem Cappuccino abschlürfte.

Für einen Moment fühlte Finn sein Herz pochen. Dann riss er sich zusammen: „Was willst du eigentlich?"

Rick tat überrascht. „Was meinst du?"

„Eigentlich kann es dir doch vollkommen egal sein, ob Volker was mit mir hat", blaffte Finn. „Schließlich bist du doch derjenige, der ihn verlassen hat."

Einen Augenblick schob Rick die Brauen zusammen. Aber dann lachte er nur tonlos. „Glaubst du wirklich, ich bin auf dich Bubi eifersüchtig?"

„Warum nicht?" Finn sah, dass er einen wunden Punkt getroffen hatte. „Ich bin jünger und sehe besser aus."

Rick lachte wieder auf. Es klang wenig überzeugend.

„Du bereust es, oder?", fragte Finn ein wenig sanfter.

„Warum sollte ich? Er ist ein Langweiler!"

„Was ist es dann? Soll er etwa heulend hinter dir herlaufen?"

Sie sahen sich ein paar Sekunden starr in die Augen. Finn wusste nicht recht, ob er sich wieder hinsetzen oder tatsächlich gehen sollte. Was war, wenn Rick ihn wirklich bei Volker auflaufen ließ? Im Grunde war die Katastrophe ohnehin schon vorprogrammiert, aber wenn nun auch schon Dritte von ihrer Affäre wussten ...

„Ich denke", fing Rick wieder an, „dass er einfach – er ist einfach noch nicht so weit."

„Oder meinst du, dass du noch nicht so weit bist?", fragte Finn zurück. Das hatte er von Samara gelernt: Immer schön alles umdrehen.

„Weißt du eigentlich, was das für Volker bedeuten könnte, wenn das rauskommt?", fragte Rick mit einem fiesen Unterton. Dann nahm er genüsslich einen Schluck von seinem Cappuccino.

„Wofür willst du dich eigentlich rächen?"

Rick grinste wieder. „Ich mache mir bloß Sorgen, mehr nicht."

„Kommt mir irgendwie nicht so vor."

„Sagen wir es so: Ich will nicht, dass er sein Leben ruiniert für einen Bubi wie dich."

„Nett."

„Sieh es doch ein, ihr passt kein Stück zusammen!"

„Nur weil er zufällig ein bisschen älter ist?"

„Das passt auch sonst nicht", sagte Rick.

„Und das sagt wer?" Finn nippte an seinem Wasser.

„Das sage ich."

„Du kennst mich doch überhaupt nicht!"

„Aber ich kenne Volker, das reicht."

„Aha, tolles Argument."

„Willst du noch mit zu mir?"

Finn glaubte seinen Ohren nicht zu trauen. Verwirrt schüttelte er den Kopf. „Was hast du gesagt?"

Jetzt legte Rick sein unwiderstehlichstes Lächeln auf. „Ich fragte, ob du noch mit zu mir willst."

Finn schluckte. Darum ging es also. Rick gönnte Volker nicht, dass er einen jüngeren Typen abbekommen hatte. Um das wieder auszubügeln, musste Rick jetzt ebenfalls bei ihm landen.

„Ich glaube nicht", antwortete Finn säuerlich, „du bist nicht mein Typ."

„Stehst wohl nur auf Alte, was?" Ricks Blick verfinsterte sich.

„Nein, ich stehe auf ..." Finn brach ab, weil in diesem Moment weitere Gäste in den hinteren Teil des Cafés kamen. Er wurde rot. Hoffentlich hatten sie nichts von dem Streit mitbekommen.

„Das habe ich nicht verstanden", sagte Rick. „Auf was für Kerle stehst du?"

Die beiden Frauen, die wohl zu einem Kaffeekränzchen hergekommen waren, sahen überrascht zu ihnen rüber.

„Laber keinen Scheiß", sagte Finn, drehte sich um und ging.

„Warte!", hörte er Rick hinter sich. Aber die Chancen, dass sich die Wogen noch mal glätten ließen, standen gleich null. Was machte es für einen Unterschied, ob Rick gleich zu Volker lief oder damit noch wartete, bis er bei Finn gelandet war?

„Moment!", rief plötzlich eine Frauenstimme. „Sie haben ja noch gar nicht gezahlt!"

Finn hatte bereits den Türknauf in der Hand. Unwillig ließ er ihn los.

„Entschuldigung", sagte er und kramte in seinem Rucksack. Grinsend stellte sich Rick ihm zur Seite.

„Ein wenig voreilig, was?", sagte er gönnerhaft. „Wenn du willst, gebe ich dir dein Wasser aus."

„Will ich aber nicht."

„Na dann nicht", antwortete Rick und wandte sich an die

Bedienstete. „Ich hatte den Cappuccino."

„Verdammt", sagte Finn. Er konnte sein Portemonnaie nicht finden.

„Probleme?", fragte Rick.

„Leck mich!", zischte Finn zurück. Laut sagte er: „Kleinen Moment noch." Er war sich sicher, dass er es gestern eingesteckt hatte. Und bei Volker hatte er es auch nicht herausgeholt. Oder war es herausgerutscht? Mit einem harten Schlucken ging er diese Möglichkeit durch. Dann lag sein Portemonnaie nun noch bei Volker – und mit ihm sein Ausweis ... Nein, das konnte auf keinen Fall sein. Das durfte nicht sein! Er hatte es gestern sicher zu Hause liegen lassen.

„Soll ich vielleicht doch dein Wasser übernehmen?", fragte Rick überaus freundlich.

Finn funkelte ihn an. „Das wäre nett, ich hab nämlich mein Geld verloren."

„Das ist aber tragisch. Aber glücklicherweise bin ich ja da." Rick zahlte mit einem breiten Lächeln und führte Finn dann hinaus.

„Du kannst mich jetzt wieder loslassen", maulte Finn.

„Wenn ich keine Angst haben müsste, dass du wegläufst. Immerhin schuldest du mir ja jetzt einsachtzig."

„Wow, nicht dass du verhungerst."

„Wenn ich mir dich so anschaue, bist du zufällig einsachtzig?"

Unwillkürlich musste Finn bei diesem Wortspiel grinsen. Dann sagte er aber schroff: „Zu kurz, da musst du wohl warten, bis ich wieder Geld habe."

„Oder aber ich schenk dir den Rest."

„Ha-ha", machte Finn. Er konnte noch immer nicht glauben, dass Rick es wohl tatsächlich ernst meinte. Schlecht sah er nicht aus. Wenn der Kerl nur nicht so ein Ekelpaket wäre und Finn sich nicht erst gestern in Volker verguckt hätte ... Nein, unmöglich, er konnte sich auf keinen Fall mit Rick einlassen, beim besten Willen nicht.

„Du, ich muss nach Hause, meine Mutter wartet schon auf mich", sagte Finn, um endlich einen Grund zu haben, von Rick loszukommen.

„Dann lass sie noch ein bisschen warten. Ich wohne nicht weit von hier."

„Verdammt, ich habe noch nicht geduscht!", platzte es aus Finn heraus. Augenblicklich wurde er wieder rot. Schon die ganze Zeit fühlte er sich recht unwohl, weil er ungewaschen in einem Café herumsaß.

„Pfui!", machte Rick auch sofort. Natürlich ließ er keine Möglichkeit aus, Finn ein wenig aufzuziehen. „Und das sagst du mir erst jetzt?"

„Warum hätte ich es dir überhaupt sagen sollen?", gab Finn patzig zurück.

„Das frage ich mich auch." Rick zwinkerte. „Immerhin ist Volker ja mein Ex und ich weiß, dass er gut schmeckt. An dir bestimmt noch besser ..."

„Du bist ekelhaft, weißt du das?"

„Das behauptet jeder, aber am Ende betteln sie doch alle, dass man es ihnen richtig besorgt."

„Tja, darauf kannst du bei mir aber lange warten." Finn drehte sich um und ging los. Mittlerweile war es ihm egal, wie Rick reagieren würde. Die ganze Geschichte steuerte doch ohnehin auf eine Katastrophe zu.

„Verdammt, du bist ganz schön hartnäckig", sagte Rick und kam hinter ihm her.

„Ich und hartnäckig?" Finn lachte auf. „Das sagt der Richtige." Er blieb stehen und drehte sich noch mal zu Rick um. „Ich sag dir was, ich geh jetzt nach Hause und vergesse dich. Was du machst, ist mir scheißegal. Von mir aus kannst du es deinem Ex richtig heimzahlen, indem du ihn wegen mir fertig machst. Das juckt mich nicht. Ich kenn ihn doch erst seit gestern."

„Wow, ein eiskaltes Biest", sagte Rick und grinste breit. „Das gefällt mir."

„Schön, dann steck's dir sonst wohin."

Mit diesen Worten ließ Finn Rick zurück. So eindrucksvoll ihm dieser Abgang aber auch gelungen war, so unsicher fühlte er sich. Aber was hatte er schon für eine andere Möglichkeit? Angestrengt widerstand er dem Wunsch, sich umzudrehen. Er durfte sich gegenüber Rick nun keine Schwäche leisten.

Als er in die nächste Seitenstraße einbog, piepste sein Handy. Eine SMS.

Kapitel 17

Nach langem Zögern hatte Volker die Nachricht doch abgeschickt:

DU HAST DEIN PORTEMONNAIE BEI MIR LIEGEN LASSEN. VOLKER

Selbstverständlich war das gelogen. Finn hatte seine Geldbörse nicht versehentlich liegen lassen. Volker hatte dafür gesorgt, dass der Junge noch mal wiederkommen musste. Er hatte das Portemonnaie im offenen Rucksack gesehen und es herausgenommen. So wie er es jetzt gerade in den Händen hielt, war ihm der Gedanke gekommen, dass er Finn auf diese Weise auf jeden Fall wiedersehen würde. Also hatte er das Portemonnaie unauffällig unters Sofa geschoben. Und nach der offiziellen Version war er erst gerade darauf gestoßen. Durch Zufall natürlich. Ihm war eines der Schulhefte heruntergefallen und da hatte er es gesehen.

Volker schüttelte den Kopf über sich selbst. Was war bloß mit ihm los? Er drehte die Geldbörse in den Händen, wiegte sie, roch daran, wie er es schon die ganze Zeit über machte. Leicht abgenutztes Leder. Der Gedanke, dass Finns Finger sicher täglich über die glatte Oberfläche strichen, dass er dieses Accessoire womöglich sogar hinten in der Hosentasche trug, sich sein Hintern durch den Stoff an das Leder schmiegte, ließ ihn auf erotische Gedanken kommen. Und irgendwie machte das alles noch schlimmer. Nicht nur, dass er mit diesem Jungen geschlafen hatte, nein, er hatte ihm auch noch sein Geld gestohlen, damit er zurückkam und geilte sich in der Zwischenzeit daran auf.

Plötzlich war der Bann gebrochen. Volker klappte das Portemonnaie auf und sah nach, wie viel Geld Finn dabei hatte. Ein Fünfer und ein Zehner. In der Kleingeldlasche befanden sich ein paar Münzen. Keine 20 Euro zusammen. In den Kartenlaschen steckten neben einer EC-Karte der Kölner Sparkasse, noch eine Versicherungskarte der Technikerkrankenkasse, ein Bibliotheksausweis, eine Club-Karte ... In einem weiteren Fach fand Volker einige ziemlich zerfledderte Zettelchen mit Telefonnummern und E-Mail-Adressen sowie ein Passfoto eines Mädchens. Darunter versteckt fand Volker

Finns Personalausweis. Irgendwie hatte er ja ein schlechtes Gewissen, dass er nun auch noch die Geldbörse des Jungen ausspionierte. Aber er konnte sich einfach nicht zurückhalten. Er drehte den Ausweis um und sah ein Portrait, auf dem Finn so unglaublich jung aussah, dass Volker schlucken musste.

Sein Handy signalisierte ihm eine ankommende Nachricht. Das musste Finn sein. Volker nahm das Mobiltelefon und rief die SMS ab.

HABS SCHON VERMISST. GUT DASS ES BEI DIR IST! HOFFE DU BIST NICHT BÖSE!!!

Volker runzelte die Stirn. Warum sollte er böse sein? Er war alles andere als böse, er fühlte sich erleichtert. Offenbar schöpfte Finn keinerlei Verdacht, dass das Verschwinden seines Portemonnaies kein Zufall gewesen war. Volker schrieb sofort zurück.

ICH BIN NICHT BÖSE! WARUM AUCH? ICH FREUE MICH, WENN DU DEINE GELDBÖRSE ABHOLEN KOMMST. VOLKER

Zufrieden legte Volker das Handy beiseite und machte sich daran, den Personalausweis wieder in die Lasche zu stecken. Als sein Blick aber auf das Geburtsdatum fiel, runzelte er die Stirn.

Kapitel 18

Finn las erleichtert die SMS. Also hatte Volker seine Geldbörse nicht durchsucht. Er wusste demnach nicht, dass Finn erst 16 war und ihn angelogen hatte. Vielleicht gab es ja doch noch so etwas wie Hoffnung. Wenn jetzt nur Rick nicht durchdrehte und alles erzählte! Aber darauf hatte Finn jetzt ohnehin keinen Einfluss mehr. Ihm blieb nichts anderes übrig, als nach Hause zu gehen und endlich zu duschen. Danach würde er vielleicht Samara um Rat fragen. Vielleicht würde er sogar Volker die Wahrheit sagen, früher oder später kam ja doch alles heraus. Und es war sicher günstiger, wenn er selbst das Theater aufklärte, als es Rick zu überlassen.

Mit diesen Gedanken betrat Finn wenig später die Wohnung. Noch war es sicher nicht zu spät.

„Hallo?”, rief er, um festzustellen, ob seine Mutter zufällig zu Hause war. Wie erwartet bekam er keine Antwort. Sicher war seine Mutter noch bei ihren Schwestern zum Kaffee. Eilig streifte er seine Schuhe ab und lief in sein Zimmer. Seine Tasche landete mitten auf dem Boden. Dann schaltete er den Computer ein und wartete eine halbe Ewigkeit, bis sich alles hochgefahren hatte.

Als erstes checkte er seine Mails. Nichts. Im Grunde hatte er auch keine Nachricht erwartet, immerhin hatte ihm Volker ja erst vor ein paar Minuten eine SMS geschrieben. Einen Moment lang überlegte er, ob er Volker alles in einer Mail erklären sollte. Die Vorstellung, einer echten Konfrontation aus dem Weg gehen zu können, indem er einfach nur etwas schrieb, schien verlockend. Er wollte sich Volkers Reaktion gar nicht ausmalen. Dann entschied er sich aber dagegen. Wie sollte er Volker in einer Mail überzeugen, dass sie trotzdem eine Beziehung haben könnten – heimlich? Schreiben kam nicht infrage, er musste sich der Wahrheit real stellen.

Finn schluckte bei dem Gedanken. Auf der anderen Seite hatte er die vage Hoffnung, dass er vielleicht doch noch alles zum Guten wenden konnte. Er könnte Volker einfach küssen und ihn – irgendwie verführen. Diese Vorstellung weckte Finns Fantasien. Er schloss die Augen und erinnerte sich an sein erstes Mal, an Volkers Körper, der sich an ihn presste, an ...

Es klingelte. Finn fuhr zusammen. Ein wenig genervt schob er seine Träume beiseite und ging zur Tür. Er drückte den Türöffner und lauschte. Unten betrat jemand das Haus.

„Ma?”, rief Finn in den Hausflur. Er wollte schnell wissen, wem er da die Tür geöffnet hatte, schließlich gab es noch einiges zu erledigen: kurz chatten, duschen, mit Samara reden, zu Volker fahren und ...

Es irritierte ihn, dass er keine Antwort erhielt. Finn lauschte. Seine Mutter wäre schon längst hochgekommen. Es war auch vollkommen still. Vielleicht hatte wieder jemand Reklameblättchen in den Eingang geworfen und war gleich wieder gegangen?

Finn schloss die Tür und ging an den Computer zurück. Volker. Ja, er hatte gerade über Volker nachgedacht und wollte schauen, ob er vielleicht im Chat war. Dann fiel ihm ein, dass er sich ohnehin vorgenommen hatte, mit Volker direkt zu reden. Lehrer mochten das. Wenn er jetzt übers Internet mit lauter Erklärungen anfing, würde Volker ihn doch niemals als Erwachsenen ansehen, oder?

Also duschen. Finn zog sich die Klamotten aus und stieg gerade aus seinen Shorts, als es wieder klingelte.

„Verdammt!", maulte er und lief wieder zur Tür. Diesmal drückte er ein wenig härter auf den Türöffner. Den ganzen Werbemüll brauchte eh kein Mensch.

Als Finn aber ins Bad verschwand, klingelte es erneut. Für einen Moment dachte er daran, die Klingel einfach zu ignorieren und unter die Dusche zu steigen. Dann schnappte er sich aber doch ein Handtuch, wickelte es sich um die Hüfte und betätigte noch mal den Türöffner. Diesmal öffnete er auch wieder die Wohnungstür, um in den Hausflur zu lauschen.

„Was? Noch nicht geduscht?", fragte Rick plötzlich.

Finn zuckte zusammen und konnte gerade noch rechtzeitig einen Aufschrei unterdrücken.

„Darf ich reinkommen?", fragte Rick und grinste breit.

„Äh, ich – nein!", stotterte Finn. „Was machst du überhaupt hier?"

„Ich bin dir gefolgt, weil ich wissen wollte, ob du es wirklich ernst meinst mit dem Korb." Rick drückte die Tür ein Stück weiter auf und schob Finn in die Wohnung. „Bist du allein?"

„Hey!" Finn war total perplex. Am liebsten hätte er Rick gleich eine reingehauen, aber irgendwas hinderte ihn. War es etwa die raue Hand, die auf seiner nackten Brust lag? Oder doch die Tatsache, dass Rick ihn offenbar so sehr begehrte, dass er ihm sogar bis nach Hause folgte? Auf jeden Fall war neben der Abscheu auch ein deutliches Prickeln zu spüren. Trotzdem würde Finn nicht nachgeben. Nicht bei Rick.

„Was ist? Willst du nicht mal langsam duschen?", fragte Rick und zog plötzlich Finns Handtuch weg. „Oh", machte er und setzte einen anerkennenden Ausdruck auf, „nicht schlecht, der Specht."

„Verdammt!", fluchte Finn und riss das Handtuch wieder an sich. „Lass den Scheiß und verschwinde!"

„Was? Ich soll mit dir duschen? Kein Problem", antwortete Rick und begann sich auszuziehen.

„Nein! Du sollst gehen!" Finns Stimme überschlug sich vor

Überraschung oder Panik oder Aufregung – oder allem zusammen. Energisch packte er Ricks Handgelenke und versuchte ihn an seinem Vorhaben zu hindern. Natürlich rutschte dabei das Handtuch zu Boden.

„Wenn das mal keine Zustimmung ist", lachte Rick und zwinkerte schelmisch. Mit einem gekonnten Dreh entwischte er Finns Umklammerung und griff nach unten.

Finn schrie auf und versuchte Rick abzuwehren, doch zu spät. Schon lag Ricks Hand fest um seinen Schwanz – und fühlte sich gut an.

„Rick, bitte!", flehte Finn. „Meine Mutter kommt jeden Moment nach Hause!"

„Und?"

„Lass mich los, bitte!"

„Aber es scheint dir doch zu gefallen", sagte Rick und drückte Finn gegen die Flurwand. Dann presste er seinen Mund auf Finns.

Finn zerrte an Ricks Shirt, versuchte ihn irgendwie von sich wegzubringen, doch plötzlich spürte er die feuchte Zunge seines Gegenübers in seinem Mund. Seine Körpermitte lag gegen Ricks Jeans gepresst. Er spürte die Hitze, die von dem fremden Körper ausging. Und plötzlich wusste er, dass er keine Chance hatte. Er würde Ricks Hartnäckigkeit nicht entkommen – und er wollte es im Grunde auch nicht. Als Rick seine Hände dann auch noch auf Wanderschaft gehen ließ, setzte Finns Gehirn aus. Sämtliche Bedenken lösten sich mit einem Mal auf und es gab nur noch dieses Gefühl, diese Energie, die unerwartet zwischen ihnen pulsierte.

„Ich muss duschen", keuchte Finn schließlich und schaffte es, Rick auf Abstand zu bringen.

„Warum?", fragte Rick. „Ich find, du riechst voll geil."

Finn wurde rot. Und ehe er reagieren konnte, war Rick auch schon vor ihm in die Knie gegangen.

„Rick ...", fing er an und wollte verhindern, was nicht mehr zu verhindern war. Und nach den ersten rhythmischen Bewegungen ließ Finn es einfach mit sich geschehen, genoss das feuchte Gefühl um seine Eichel, spürte die Zunge, die unablässig um die Spitze seiner Körpermitte kreiste und dafür sorgte, dass nichts mehr wichtig war auf dieser Welt.

Das Klingeln aber katapultierte ihn dann doch wieder in die Realität zurück.

„Mmh", machte Rick und schmatzte, als Finn seinen Kopf zurückschob.

„Das ist bestimmt meine Mutter", sagte Finn. Einen Moment lang wusste er nicht, wie er mit dieser Situation umgehen sollte. Rick, der ihm hier mitten im Flur einen blies, er selbst, nackt, lediglich vom Parfüm geschlechtlicher Aktivitäten eingehüllt, und draußen nun seine Mutter, die jeden Moment hereinkommen würde.

Er hörte die Haustür unten.

„Los!", sagte Finn und zog Rick auf die Beine. „Du wartest in meinem Zimmer, okay?"

„Darf deine Mutter nichts von mir wissen?", fragte Rick mit einem breiten Grinsen zurück.

„Bitte", brachte Finn hilflos hervor.

„Schon gut." Rick ließ sich in Finns Zimmer schieben.

„Und sei still, okay?"

„Also soll ich auch nichts sagen, wenn deine Mutter reinkommt?"

Finn spürte die Panik in sich kochen. „Du bist ... du ..."

„Ich lass mir schon was einfallen", sagte Rick. „Du gehst jetzt besser duschen."

Einen Augenblick blieb Finn noch unschlüssig stehen. Dann nickte er und zog die Zimmertür zu. Seine Mutter würde nicht hineingehen, wenn sie ihn unter der Dusche wusste.

Aus dem Treppenhaus drangen Geräusche zu ihm. Schnell riss Finn das Handtuch an sich, das noch immer im Flur lag, und lief ins Badezimmer. Im Treppenhaus fiel der Schlüsselbund hin. Gut, das würde ihm weitere wertvolle Sekunden geben. Finn stieg in die Duschtasse und drehte das Wasser auf. Ein eiskalter Strahl traf auf seinen Körper und trieb augenblicklich jegliche Hitze aus ihm heraus. Erschrocken schnappte er nach Luft. Im gleichen Moment wurde die Wohnungstür aufgeschlossen.

„Finn?", rief seine Mutter.

„Ich dusche!", rief Finn zurück und hoffte, dass seine Mutter nicht misstrauisch wurde. Noch immer versuchte er, die Wassertemperatur erträglicher einzustellen. Jetzt galt es, einen neuen Rekord im Schnellduschen aufzustellen. Hastig griff Finn nach dem Duschgel und drückte sich viel zu viel in die Hand, um sich kurz darauf einzuseifen. Normalerweise nutzte er für die Haare extra ein Shampoo, aber darauf verzichtete er. Was für die Haut in Ordnung war, konnte für die Haare nicht schlecht sein.

„Brauchst du noch lange?", fragte seine Mutter. Finn zuckte wieder zusammen. Er hatte gar nicht gemerkt, dass seine Mutter die Badezimmertür geöffnet hatte.

„Bin gleich fertig", gab er zurück und wartete, bis seine Mutter wieder raus war, damit er sich endlich richtig waschen konnte. Sofort drängten sich Gedanken an letzte Nacht, an Volker, hervor, als er sich zwischen den Beinen noch mal ordentlich einseifte. Unterbrochen wurden die Erinnerungen jetzt aber von Rick, seinem Mund, seine Unnachgiebigkeit und Hitze.

Verdammt, worauf hatte er sich nur mit all dem eingelassen? Die Situation mit Volker allein stellte ihn ja schon vor etliche Probleme. Jetzt aber kam auch Rick hinzu, und zwar nicht nur als Störfaktor, sondern auch als – ja, als was? Liebhaber? Nein, das war es nicht. Das war doch eher die Rolle von Volker, oder nicht? War Rick nur ein Sexpartner? War er das überhaupt? Immerhin hatte Finn sich ja nicht ganz freiwillig zur Verfügung gestellt. Konnte man zum jetzigen Zeitpunkt überhaupt schon solche Einteilungen vornehmen? Im Grunde war Volker bis jetzt doch auch nicht mehr als ein Sexpartner. Der Unterschied bestand darin, dass Finn sich von ihm mehr gewünscht hatte. Aber durfte er das jetzt überhaupt noch? Immerhin hätte er doch in diesem Fall Volker bereits betrogen.

Finn brach den Gedankengang ab. Über all das konnte er später noch genügend nachgrübeln. Jetzt musste er erst mal die aktuelle Situation unter Kontrolle bringen, er musste Rick hier rausschaffen, damit seine Mutter keine blöden Fragen stellen konnte. Und damit hatte er eigentlich schon mehr als genug zu tun. Wie sollte er ihn bloß ungesehen aus der Wohnung schleusen? Verdammt, wie hatte es überhaupt nur so weit kommen können?

Finn spülte sich ab und stieg aus der Dusche. Hastig rieb er sich trocken. Den Fön ließ er im Schrank, dafür hatte er keine Zeit. Aber einen Augenblick musste doch sein, um sich noch etwas Gel ins feuchte Haar zu rubbeln. Wenn alles gut lief, würde er gleich mit Rick rauslaufen. Und er wollte nicht unbedingt wie ein braver Bubi aussehen, wenn er Volker besuchte.

Bevor Finn das Bad verließ, atmete er noch mal tief durch. Dann ging er los. Seine Mutter stand schon am Herd und schnipselte irgendwas in einen Topf.

„Willst du mir helfen?", fragte sie.

„Keine Zeit", rief Finn zurück und verschwand schnell in seinem Zimmer.

Rick grinste breit. Gab es eigentlich eine Situation, die der Kerl mal nicht zum Grinsen fand? Der Gedanke verschwand so schnell wie er gekommen war. Finn stellte erschrocken fest, dass Rick am Computer saß und wohl bis gerade auch etwas geschrieben hatte. Verdammt! Mit einem unguten Gefühl dachte Finn daran, dass er keine Zeit gehabt hatte, den Computer herunterzufahren.

„Was machst du da?", zischte er.

„Oh, dürfen wir reden?", fragte Rick in normaler Lautstärke.

„Pscht", machte Finn erschrocken. Schnell schaltete er seine Anlage ein. Radio. Es lief das nervige neue Lied von Madonna und Justin Timberlake.

„Das ist cool", sagte Rick und wippte im Takt mit.

„Das ist der letzte Müll", konterte Finn, „und jetzt lass meinen PC in Ruhe!"

„Warum?"

„Weil da meine Privatsachen drauf sind!"

„Ich meinte den Song!"

„Ich habe keine Lust, mich mit dir über Musik zu streiten. Mach meinen PC aus, okay?"

„Wenn du die Pornobildchen vor mir geheim halten willst, die habe ich mir schon angeguckt. Nicht schlecht."

„Du bist ein Riesenarschloch, weißt du das?"

„Hab so was munkeln hören. Aber ich spanne dafür nicht anderen Leuten den Freund aus."

„Ich habe dir deinen Freund nicht ausgespannt, du hast Volker sitzen lassen!"

„Finn?", hörte Finn plötzlich seine Mutter vor der Tür.

„Was ist denn?", fragte Finn genervt, ohne die Tür zu öffnen.

„Die Musik ist zu laut!"

Rick kicherte. „Hätte ich dir auch sagen können."

Finn drehte Madonnas Krachschläger etwas herunter.

„Ja, so ist schon viel besser", äffte Rick die Stimme von Finns Mutter nach.

„Hast du Besuch?", fragte die auch gleich und öffnete nun doch die Tür.

„Mam!", rief Finn, doch es war zu spät. Halbnackt stand er in seinem Zimmer, während Rick seiner Mutter frech entgegengrinste. Seine Mutter dagegen sah erst überrascht und dann regelrecht geschockt aus.

„Rick?"

Finn schluckte. Irgendwie hatte er das Gefühl, als liefe plötzlich alles zeitverzögert ab. Das Gesicht seiner Mutter verzog sich langsam zu einer Grimasse des Entsetzens. Und auch Rick schien nicht mehr ganz so fröhlich dreinzuschauen. Irgendwas stimmte doch nicht. Und woher kannte seine Mutter Ricks Namen?

„Bettina!", sagte Rick schließlich. „Na, das ist doch mal eine Überraschung!"

„Ähm, ja, das kann man wohl sagen", sagte Bettina und warf Finn einen seltsamen Seitenblick zu.

„Woher kennt ihr euch?", presste Finn hervor. Das, was sich da gerade vor ihm abspielte, sorgte nicht gerade für ein Wohlgefühl. Aber offenbar war es besser, als seiner Mutter jetzt sofort eine Geschichte über Rick auftischen zu müssen.

„Ich – also ..." Seine Mutter verstummte. Es schien ihr plötzlich unangenehm zu sein, die Frage zu beantworten.

Finn nahm die Unsicherheit seiner Mutter erstaunt zur Kenntnis und wagte einen Vorstoß: „Na, wenn ihr euch schon kennt, kann ich mir ja die Vorstellung sparen. Wenn ihr nichts dagegen habt, ich muss mich noch anziehen."

Finn hatte gehofft, sich mit diesem Vorwand geschickt aus der Affäre ziehen zu können, doch er hatte nicht mit Rick gerechnet.

„Mensch, Bettina, ich wusste ja gar nicht, dass du Mutter bist!", scherzte Rick. „Hätte ich dir auch gar nicht zugetraut."

„Danke", sagte Bettina mit beklommener Stimme

„Deine Mutter und ich haben uns erst gestern noch auf dem CSD getroffen und zusammen gefeiert", sagte Rick zu Finn. „Ging ganz schön ab!"

„Gut", fuhr Bettina schnell dazwischen. „Das erklärt aber noch immer nicht, weshalb du jetzt bei meinem Sohn im Zimmer sitzt."

Rick grinste breit und Bettina richtete ihren Blick auf Finn.

Finn hielt die Luft an. Er spürte geradezu, wie das Blut ihm in den Kopf stieg und seine Gesichtsfarbe verräterisch in Szene setzte. Das alles ging ihm viel zu schnell. Seine Mutter hatte Rick also gestern auf dem CSD getroffen. Demnach wusste sie auch, dass Rick schwul war. Dass Rick nun hier in seinem Zimmer wartete, während Finn duschen ging, musste wohl auch hinreichend erklären, was wenige Minuten zuvor zwischen ihnen gelaufen war, oder? Demnach wusste seine Mutter also nun, dass auch er schwul war.

Finns Gesicht schien regelrecht Feuer zu fangen. Und Rick grinste nur dämlich und genoss den peinlichen Moment.

„Also ...", brachte Finn hervor, obwohl er noch keinen blassen Schimmer hatte, wie es weitergehen sollte. Seine Mutter sah ihn erwartungsvoll an, doch da war auch noch etwas anderes in ihrem Blick: Angst?

„Finn und ich haben uns heute in einem Café getroffen", sagte Rick schließlich.

„Ach", machte Bettina und in diesem Moment konnte Finn sehen, wie sich das Bild von einem schwulen Sohn langsam hinter ihrer Stirn zusammensetzte.

„Ja", sagte Finn schnell. „Ich hab auf Samara gewartet, aber sie ist nicht gekommen."

„Und weil ich zufällig auch gerade da war und Finn eh schon bestellt hatte, haben wir zusammen einen Kaffe getrunken."

Bettina sah mit leicht gerunzelter Stirn zwischen Rick und ihrem Sohn hin und her.

„Eigentlich wollte ich ja sofort gehen, als Samara abgesagt hatte", fing Finn an, wurde aber gleich von Rick unterbrochen.

„Aber ich dachte, so einen hübschen Kerl kann ich doch nicht einfach so ziehen lassen."

„Er hat mich überredet."

„Ach was, du hattest doch schon bestellt."

„Ähm, ja, aber das hätte ich ja wieder abbestellen können und ..."

„Wie dem auch sei, wir haben uns gut unterhalten", schloss Rick und grinste sein übliches Grinsen.

„Bis ich dann festgestellt habe, dass mein Portemonnaie weg ist", fügte Finn schnell an. Die Verwirrung auf dem Gesicht seiner Mutter machte ihm Sorgen. Aber mit dieser Aussage schaffte er es, sie von ihren Gedanken abzulenken.

„Dein Portemonnaie ist weg?", fragte sie.

„Na ja, ich habe es wohl bei Samara liegen lassen", schwächte Finn die Aussage wieder ein wenig ab. „Bin ja vor ihr aus dem Haus und wir wollten uns deswegen im Café treffen, aber bei ihr ist wohl was dazwischengekommen und – keine Ahnung."

„Jedenfalls hatte er kein Geld", mischte sich Rick wieder ein, „weshalb ich nun hier bin."

„Ja, Rick hat mir ausgeholfen", sagte Finn. „Im Grunde haben wir gar nicht viel miteinander geredet."

„Na ja, ein Stündchen war es schon", widersprach Rick.

„Ähm, ich wollte ja eigentlich zu Samara, um mein Geld zu holen, aber sie ist nicht da", sagte Finn und fügte schnell an: „Zumindest geht sie nicht ans Handy."

„Wie viel hast du denn ausgelegt?", fragte Bettina an Rick gerichtet.

„Ein Zehner war es schon."

„Ach Quatsch!" Finn spürte Wut in sich aufkommen. „Ich hab nur ein Wasser getrunken!"

„Zehn Euro?", fragte Bettina und verließ das Zimmer.

Finn sah seiner Mutter verdutzt hinterher. „Zwei fünfzig!", rief er.

Rick zwinkerte ihm zu.

„Was soll das?", flüsterte Finn.

„Was denn?"

Dann kam Bettina wieder herein und reichte Rick einen Zehner. Finn glaubte seinen Augen nicht zu trauen. Irgendwas stimmte da doch nicht! Seine Mutter würde sich doch niemals einfach so übers Ohr hauen lassen. Erst recht nicht von so einem Ekelpaket wie Rick es war. Finn wurde das Gefühl nicht los, dass seine Mutter etwas vor ihm verbergen wollte.

„So, dann wäre das ja geklärt", sagte Bettina auch sofort. Eine unmissverständliche Ausladung.

Rick rührte sich nicht. Finn betete, dass der Kerl jetzt nicht doch noch eine Katastrophe provozierte. Also zwinkerte Finn Rick zu und hoffte, dass der ihn verstand. Wenn Rick sich jetzt kooperativ verhielt, war Finn bereit, ihn auch nach draußen zu begleiten oder zu ihm nach Hause. Was dann kam, würde sich schon zeigen, Hauptsache, seine Mutter blieb aus der Story heraus.

„Also, ich hatte Finn gebeten, dass er mich von hier aus mal kurz ins Internet lässt", sagte Rick schließlich. „Natürlich nur, wenn du nichts dagegen hast, Bettina."

Finn klappte der Mund auf. Ricks Dreistigkeit erschütterte ihn immer wieder. Und auch Bettina schien alles andere als begeistert zu sein, doch auch ihr fehlten die Worte. Mit einem kurzen Nicken verließ sie das Zimmer.

Eigentlich hatte Finn damit gerechnet, dass noch etwas passieren würde, aber seine Mutter hielt es wohl für besser, sich einfach Ricks Willen zu beugen.

„Mensch, was soll das alles eigentlich?", fauchte Finn, als sie wieder allein waren.

„Was denn? War das keine gute Idee?"

Finn schüttelte fassungslos den Kopf. „Du kannst von Glück reden, dass dir meine Mutter nicht ins Gesicht gesprungen ist. Die kann es gar nicht leiden, wenn sie verarscht wird und ..."

„Jetzt mach mal halblang, ja?" Rick erhob sich und ging auf Finn zu. „Wenn ich dir nicht geholfen hätte, dann wäre deine Mutter jetzt sicher immer noch hier im Zimmer und würde uns stören."

„Oh nein!", sagte Finn und wehrte Ricks Annäherungsversuch ab.

„Was ist? Ich will dich doch nur mal frisch gewaschen probieren."

„Auf keinen Fall!"

„Aber so kannst du mich doch nicht nach Hause schicken!" Rick schnappte sich Finns Hand und presste sie in seinen harten Schritt.

„Und ob ich das kann!" Finn riss seine Hand zurück.

„Du weißt aber schon, dass es jetzt schon zwei zu null steht?"

„Zwei zu null?"

„Ja, ich habe Volker und deine Mutter auf meiner Seite."

Finn wollte schon widersprechen, als ihm die eigentliche Bedeutung bewusst wurde. Rick würde keinen Moment zögern, um sein Wissen gegen ihn einzusetzen.

„Also gut, ich komme mit zu dir, okay?", sagte er schließlich.

„Mmh", machte Rick.

„Jetzt komm, du kriegst ja schon, was du willst." Finn fühlte sich genervt. Irgendwie schien Rick wirklich keinerlei Grenzen zu kennen. Aber Finn spürte auch das Kribbeln von vorhin zurückkehren. Wenn Rick nur nicht so ein Riesenarschloch wäre ...

„Dann lass uns gehen", sagte Rick mit einem ekelhaften Siegerlächeln.

Finn wurde schlecht. Was sollte er bloß seiner Mutter sagen? So wie er sie kannte, wollte sie ihn jetzt bestimmt nicht einfach gehen lassen. Erst recht nach der unglaubwürdigen Erzählung, die Rick und er sich zusammengestottert hatten.

„Dein Portemonnaie", sagte Rick, als hätte er Finns Bedenken erraten. „Du sagst einfach, dass du zu dieser – wie heißt sie noch?"

„Samara."

„Ja genau. Das sollte doch wohl kein Problem sein, oder?"

„Nein", sagte Finn schnell. „Also gut." Wahllos griff er sich ein paar Klamotten aus dem Schrank und zog sich an. Jeans, T-Shirt, Sneaker.

„Können wir?", fragte Rick und öffnete schon die Zimmertür.

Finns Herz klopfte. Beinahe automatisch hielt er sich sein Handy ans Ohr und fingierte ein imaginäres Gespräch.

„Ja, ich komme jetzt sofort zu dir ... Nein ... Nee, hast du doch schon gemacht ..." Finn schob Rick vor sich her. Im Augenwinkel sah er seine Mutter in der Küche. Jetzt gleich würde sie ihn ansprechen.

„Ja, Sam, natürlich ... Vielleicht zehn Minuten, okay? Warte mal, ich muss meiner Mutter kurz Bescheid sagen."

„Gehst du schon?", fragte Bettina auch gleich.

„Ja, ich muss doch mein Portemonnaie bei Samara abholen."

„Kommt du dann sofort wieder?"

„Nee, ich mach wahrscheinlich noch was mit ihr."

Seine Mutter schien zu zögern, dann nickte sie aber nur. Finn war erleichtert. Keine Fragen.

„Dann können wir ja", sagte Rick. „Bis bald mal, Bettina."

„Ja", sagte Bettina ein wenig verhalten. Finn empfand die Reaktion seiner Mutter wieder ziemlich seltsam, aber darum wollte er sich jetzt nicht kümmern. Hauptsache, er bekam Rick endlich aus der Wohnung.

Und dann klingelte plötzlich Finns Handy.

„Ähm, wir gehen dann jetzt", sagte Finn schnell und stieß Rick aus der Wohnung. Als er die Tür hinter sich zugezogen hatte, schaute er aufs Display. Samara.

„Du ich kann jetzt gerade nicht, ich rufe dich nachher an, okay?" Bevor Samara etwas dazu sagen konnte, drückte er sie auch schon wieder weg.

„Bist echt ein Glückspilz, was?", spottete Rick.

„Dein Grinsen kannst du dir sonst wohin stecken!", fluchte Finn und polterte die Treppe hinunter.

„Hey, warum so unfreundlich?" Rick lief kichernd hinter ihm her.

Kapitel 19

Es hatte keinen Zweck. Volker konnte sich einfach nicht mehr konzentrieren. Lustlos schob er einen Stapel Schulhefte beiseite. Verdammt, wie hatte er sich nur auf diesen Jungen einlassen können? Zum x-ten Mal nahm er sein Handy, rief das SMS-Menü auf, nur um dann doch nichts zu schreiben. Was sollte er auch schreiben? Dass er nun alles wusste, dass er in Finns Portemonnaie herumgewühlt hatte?

Mit einem Seufzen ließ er das Mobiltelefon wieder sinken und legte den Kopf nach hinten auf die Sofalehne. Auch das hatte er in der letzten Stunde mehrfach getan. Und trotzdem war er innerlich so dermaßen aufgewühlt, dass ihm die weiße Zimmerdecke nicht langweilig wurde.

Finn hatte es tatsächlich geschafft, die Trennung von Rick für kurze Zeit zu verdrängen. Er hatte es geschafft, ihm wieder ein wenig Licht in sein trübes Liebesleben zu bringen. Aber auf diese kurze Euphorie war nun die doppelte Enttäuschung gefolgt. Erschreckend eigentlich, dachte Volker, dass er sich als erwachsener Mann noch so dermaßen mitreißen ließ. Aber so war es nun mal gekommen, daran konnte er jetzt nichts mehr ändern. Er hatte mit einem Minderjährigen geschlafen, um seinen Trennungsschmerz zu vergessen. Volker beugte sich mit einem Stöhnen wieder vor und schlug sich die Hände vor das Gesicht. Er konnte es noch immer nicht fassen. Er hatte immer gedacht, er sei anders, als das gemeine Bild älterer Schwuler. Er wollte niemals einen jüngeren Partner haben, er war nicht auf Sex mit Frischfleisch aus, er wollte eine richtige Beziehung zu einem richtigen Mann. Und jetzt? Jetzt war er plötzlich schlimmer als all seine schwulen Bekannten zusammen. Die redeten nämlich nur davon, dass sie gern mal etwas mit einem süßen Boy hätten, wie sie es nannten. Tja, und er konnte ihnen nun erzählen, wie es war. Er, der bei solchen Gesprächen immer den Moralisten gegeben hatte, ausgerechnet er hatte sich nun mit einem Minderjährigen eingelassen ...

Volker sah auf. Nein, er war dem Jungen keineswegs als geifernder Schwuler auf den Leib gerückt. Im Gegenteil! Er hatte sich bis zum Schluss sogar gewehrt. Und er hatte letztlich auch keine Ahnung gehabt, dass Finn ihn bezüglich seines Alters belog. Im Grunde war er verführt worden – von einem 16-jährigen. Wenn er es genau bedachte, fühlte er sich eher als Opfer ...

„Oh Gott", sagte er und ließ sich wieder nach hinten fallen. In solchen Kategorien wollte er jetzt ganz bestimmt nicht denken. Opfer und Täter, das ging dann doch ein wenig zu weit. Aber die Zusammenhänge deckten sich immer weiter auf. Finn hatte ihn im Chat regelrecht angemacht. Der Junge war im Grunde gar nicht an einem normalen Gespräch interessiert gewesen. Und dann hatte er sich ja schon fast aufgezwungen und Volker – ja, er war am Ende einfach schwach geworden. Schließlich war er auch nur ein Mann. Und was konnte man als Mann schon groß tun, wenn sich ein knackiger Hintern einem quasi auf die Stange schob.

Augenblicklich reagierte Volkers Körpermitte bei diesem Gedanken, was Volker letztlich noch mehr irritierte. Verdammt, der Junge war schließlich erst 16! Das Geschehene konnte er natürlich nicht mehr rückgängig machen, aber er konnte dafür sorgen, dass sich die Geschichte nicht wiederholte. Egal wie schön es auch sein mochte, er wollte für nichts und niemanden nur Mittel zum Zweck sein. Und wenn sich Finn unbedingt die Hörner abstoßen wollte, dann musste er sich für seine ersten Erfahrungen jemand anders suchen. Nicht auszudenken, was das für ein Skandal würde, wenn irgendwer davon Wind bekäme. Lehrer gibt Minderjährigem Privatunterricht in Sexualkunde ...

Das war ein Aspekt, über den Volker bislang noch gar nicht richtig nachgedacht hatte. Bis jetzt hatte er Finn lediglich als 16-jährigen gesehen. Nach dem Gesetz konnte man ihm also diesbezüglich keinen Vorwurf machen. Das hieß aber nicht, dass sich dieser Zwischenfall nicht doch irgendwie negativ auf sein Berufsleben auswirken konnte. Finn hatte ihm ja gesagt, dass er noch zur Schule ging. Berufsschule. Aber im Grunde war es doch egal, welchem Schulsystem sie angehörten, letztlich würde nur die reißerische Headline Bestand haben, dass ein Lehrer mit einem Schüler ins Bett gegangen war.

Entschlossen nahm Volker wieder das Handy auf. Diesmal würde er wirklich eine SMS schreiben.

Kapitel 20

„Sag mal, was willst du eigentlich von mir?", fragte Finn, als sie in die Straßenbahn stiegen.

„Keine Idee?", fragte Rick mit einem anzüglichen Grinsen zurück.

„Schon", sagte Finn, „aber worum geht es dir eigentlich dabei?"

„Du hast keine Ahnung, wie geil du bist, oder?"

Finn schnappte nach Luft. Mit einer solchen Antwort hatte er nicht gerechnet, schon gar nicht inmitten der anderen Fahrgäste. Ein älterer Mann sah mit finsterem Blick zwischen ihnen hin und her.

„Lass den Scheiß", zischte Finn. „Sonst kannst du dir deine Fantasien an die Backe schmieren."

Rick grinste wieder nur und Finn setzte schon an, ihm noch ein paar Verwünschungen entgegenzuschleudern. Doch das Piepsen seines Handys brachte ihn davon ab. Hastig zerrte er es hervor.

WAS SOLL DER SCHEISS???

Samara, natürlich, er hatte sie vorhin einfach weggedrückt.

„Volker?", fragte Rick neugierig.

„Nein", blaffte Finn zurück. Dann schrieb er seiner Freundin eine kurze Antwort:

BEI MIR IST DAS CHAOS AUSGEBROCHEN! WENN WER FRAGT: ICH BIN BEI DIR!!! ERKLÄRE DIR SPÄTER ALLES, VERSPROCHEN!

„Was willst du denn da erklären?" Rick hatte sich zu Finn rübergebeugt und mitgelesen.

„Das geht dich überhaupt nichts an."

„Mensch, wenn du nur halb so gut im Bett bist, wie du rumzicken kannst, dann werde ich ja gleich ..."

„Könntest du bitte aufhören?" Finn spürte wieder die Wut in sich aufwallen. Wieso musste Rick nur jede Gelegenheit nutzen, um das Arschloch zu spielen?

Für einen Moment schien Rick zu überlegen, ob er weitermachen sollte. Genügend Aufmerksamkeit bei den anderen Fahrgästen hatten sie mittlerweile. Aber dann entschied er sich dagegen und nickte nur.

Im gleichen Moment meldete sich Finns Handy wieder.

ICH WEIß JETZT ÜBER DEIN ALTER BESCHEID. VOLKER

Finn hatte damit gerechnet, eine weitere Nachricht von Samara vorzufinden. Nun, da er Volkers Einzeiler sah, wurde ihm schlecht.

„Was ist los?", fragte Rick. „Du bist plötzlich so blass."

„Nichts", antwortete Finn. Aber das nahm ihm natürlich keiner ab.

„Volker?"

Finn nickte nur.

„Oh, oh ..."

„Spar dir deine blöden Kommentare."

„Schon gut, ich bin still."

„Gott." Finn hatte das Gefühl, sich jeden Moment übergeben zu müssen. Wie hatte er sich nur zu all dem Mist hinreißen lassen können? Wenn er Volker gleich heute morgen ... Aber das brachte nichts. Es war zu spät.

„Was hat er denn geschrieben?", fragte Rick.

Finn gab ihm sein Handy.

„Och ..."

„Was?"

„Wenn ich mal Scheiße gebaut hab, war er nicht so zurückhaltend." Rick lachte.

„Superwitzig, ha-ha."

Rick reichte das Handy zurück. „Wenn du ihm alles erklärst, dann wird das schon wieder."

„Willst du mich jetzt verarschen?"

„Ja." Rick lachte wieder. „Mensch, schlag dir das aus dem Kopf! Wenn du willst, fahre ich dich nachher hin, damit du deine Kohle abholen kannst. Und dann suchst du dir einen Typen in deinem Alter."

Finns Faust verkrampfte sich um eine Haltestange. Am liebsten hätte er Rick geradewegs eins auf die Fresse gehauen. Aber dann kam diese Geste, die er von Rick nicht erwartet hätte: Er legte ihm den Arm um die Schulter und drückte ihn kurz.

Finn schwieg. Vielleicht hatte Rick ja recht. Was sollte es schon? Dann hatte er halt mit Volker Ärger, aber das Leben ging trotzdem weiter. Erst recht, nachdem er nun sein erstes Mal hinter sich hatte und ein richtiger Mann war. Und er hatte pünktlich zum Start seines neuen Lebens schon mit zwei Kerlen Sex gehabt! Wenn das Samara nicht vom Hocker haute, dann wusste er auch nicht.

Die Bahn hielt an und Finn wurde plötzlich bewusst, dass er eigentlich keinen Grund mehr hatte, mit Rick mitzugehen. Volker wusste Bescheid.

„Wir müssen hier raus", sagte Rick und schob Finn zur Tür.

Einen Augenblick lang wollte sich Finn wehren. Doch etwas hinderte ihn. War es vielleicht der Gedanke an vorhin, als Rick ihm einen geblasen hatte? Er hatte den Kerl schon mal an sich herankommen lassen und es war alles andere als schlimm gewesen. Der Preis dafür war allerdings, Ricks ekelhafte Art in Kauf nehmen zu müssen. Und das widerstrebte Finn doch schon sehr.

„Warte mal", sagte er, als sie ausgestiegen waren.

Rick drehte sich zu ihm um und zog die Augenbraue hoch. Irgendwie sah er so aus, als wüsste er bereits, was Finn sagen wollte.

„Wenn Volker eh schon über mich Bescheid weiß, dann – also – wofür soll ich dann noch mit dir gehen?"

Rick grinste wieder. „Na, wir müssen doch noch was zu Ende bringen, oder?"

„Und wenn ich darauf keinen Bock habe?"

„Dann halt nicht. Bestell deiner Mutter noch nen schönen Gruß von mir, okay?" Rick drehte sich um und ging.

Einen Moment lang stand Finn wie festgefroren da und sah Rick hinterher. Das war es? Wenn er nicht wollte, dann gab sich Rick einfach damit zufrieden? Finn schluckte. Dann endlich verstand er die Anspielung mit seiner Mutter.

„Warte!", rief Finn und riss sich schließlich doch noch los.

Rick blieb stehen. „Was denn noch?"

„Ich – ich komm mit."

„Wusste ich es doch!"

„Ich hab halt keinen Bock, dass du meiner Mutter ..."

„Ich glaub eher, du bist geil auf mich."

„Quatsch", sagte Finn und spürte, dass er ein wenig rot wurde. „Ich – ich will nur wissen, was mit meiner Mutter los ist."

„Was soll denn mit deiner Mutter los sein?"

„Na, ihr kennt euch und ihr habt euch irgendwie schon ziemlich komisch verhalten."

„So ist das nun mal, wenn man am nächsten Tag seinen One-Night-Stand unerwartet wiedertrifft", sagte Rick leichthin.

„Sag mal, bekommt man eigentlich oft eins auf die Fresse, wenn man so scheiße ist wie du?"

Rick lachte. „Gut gekontert!"

„Ich mein das aber ernst!", sagte Finn, spürte aber, wie sich seine Aggressionen langsam wieder zurückfuhren. Rick war einfach so. Vielleicht war es das Beste, wenn er sich gar nicht erst auf solche Gespräche einließ, einfach ignorieren. Noch besser: Einfach umdrehen und gehen. Aber das konnte Finn nicht. Irgendwas faszinierte ihn an Rick, irgendwie musste hinter dieser Fassade noch ein Geheimnis stecken. Und dieses Geheimnis hatte etwas mit seiner Mutter zu tun. Abgesehen davon, Rick würde doch nicht zögern, ihn vor seiner Mutter zu outen. Auch wenn es nicht mehr 2 zu 0 stand, wie Rick vorhin gesagt hatte, so stand es immer noch 1 zu 0 – und das reichte.

„Also, hier ist es", sagte Rick und deutete auf ein altes Fabrikgebäude, das inmitten von recht schäbigen Stadthäusern stand.

„Hier?"

„Was Besseres hab ich momentan nicht", sagte Rick. „Seit ich bei Volker ausgezogen bin, wohne ich halt übergangsweise hier."

Zögernd folgte Finn Rick ins Innere. Es roch nach Keller. Dann stiegen sie in einen großen Lastenaufzug und fuhren in den zweiten Stock. Und obwohl es von außen alt aussah und innen ziemlich gruftig roch, musste eine Wohnung in diesem Kasten doch ein Vermögen kosten.

„Du willst mir erzählen, du hast dir von heute auf morgen eine Wohnung hier besorgt?" Finn wurde langsam skeptisch.

„Keine Wohnung", sagte Rick. „Bürofläche. Und auch nicht von heute auf morgen, ich habe hier schon seit zwei Jahren meinen Firmensitz."

„Firmensitz?", fragte Finn blöd und kam sich auch sofort ziemlich dämlich vor.

Der Aufzug hielt und Rick schloss eine Stahltür auf. „Hier ist es."

Noch immer zurückhaltend spähte Finn auf das Firmenschild: *Fanxxx*. „Was ist das denn für eine Firma?"

„Das ist mein Label. Willst du jetzt reinkommen oder bleibst du draußen?"

Finn gab sich einen Ruck und betrat die Bürofläche, wie Rick es genannt hatte. In der Tat sah es nicht sehr wohnlich aus. Nackte Wände, Estrichboden, und überall standen Gerätschaften herum, die von Plastikplanen verdeckt wurden.

„Hat ja den Charme einer Lagerhalle", sagte Finn.

„Ja, das ist es im Grunde auch. Früher haben wir den Raum mal immer umgestaltet, wenn wir eine Produktion hatten, aber heute findet das alles außerhalb statt."

„Aber das wäre schon eine coole Wohnung." Finn stellte sich den großen Raum eingerichtet vor. „Aber die Fenster sind ja mal ätzend." Über die gesamte Front gab es lediglich Oberlichter.

„Das hat mich am Anfang auch ein wenig geärgert, aber im Grunde ist es unerheblich. Drüben haben wir zwei Räume mit normalen Fenstern. Von unten bis oben, nicht nur die schmalen Schlitze. Waren wohl früher mal die Chefbüros oder was auch immer."

„Und was ist das alles für ein Kram?"

„Na, das ist unsere Ausrüstung."

„Was denn für eine Ausrüstung? Lampen? Ich denk, du hast dein eigenes Label?"

„Na darum ja, ohne Beleuchtung gibt es keinen Film."

Finn riss überrascht die Augen auf. „Du drehst Filme? Ich dachte, du hast ein Musiklabel!"

Rick lachte. „Mit Musik hat das nicht wirklich was zu tun. Ich drehe Pornos."

„Ja, klar", sagte Finn, „und jetzt willst du natürlich einen Privatporno mit mir drehen, was?"

„Warum nicht?" Rick grinste breit und langsam wurde Finn mulmig zumute.

„Du meinst das doch nicht ernst, oder?"

„Wir können auch ohne Kamera ein wenig Spaß haben, wenn du das meinst."

„Ich ..." Finn versagte die Stimme. Damit hatte er nun wirklich nicht gerechnet. Rick war doch viel zu jung, um schon eine Firma zu haben und – ein Pornolabel? Trotzdem kitzelte es in ihm.

„Wow, du bist ja richtig geschockt", lachte Rick. „Willst du was trinken?"

„Ich – ähm – ja, Wasser." Finn musste die Informationen immer noch verdauen. *Fanxxx*. Irgendwo hatte er dieses Label auch schon mal gesehen. Ein paar der Pics, die er sich aus dem Internet geladen hatte, trugen sicher dieses Logo. Und dann tauchten auch allmählich die Fragen auf.

„Hier", sagte Rick und drückte Finn ein Glas Wasser in die Hand. „Komm mit rüber, da ist es gemütlicher."

„Weiß Volker davon?", platzte es aus Finn heraus.

„Nein."

„Warum?"

„Du hast doch sicher gemerkt, dass er ein Spießer ist, oder?"

Finn dachte daran, wie viel Mühe er gehabt hatte, Volker herumzukriegen.

„Siehst du", sagte Rick, „und genau deshalb habe ich ihm nichts davon erzählt."

Rick führte ihn in einen Raum, der wohl notdürftig als Schlafzimmer herhalten musste. Auf der einen Seite stand ein großer Schreibtisch mit allerhand Papierkram und einem Bildschirm darauf. Dahinter ein Regal mit zahllosen Ordnern, ein paar Büchern und DVDs. Das war schon eher ein Büro, wenn man mal von den bunten DVD-Covern absah. Auf der anderen Seite stand dann eine schwarze Ledercouch, die Rick wohl als Bett diente. Und dahinter endlich ein großes Fenster, das den Blick in den Hinterhof freigab.

„Und er hat nie was gemerkt?"

Rick grinste. „Schüler können zum Glück ziemlich anstrengend sein. Setz dich!"

„Verdammte Scheiße, das ist mal heftig."

„Na ja, das nicht unbedingt. Es ist meine Arbeit und – ja, auch ein Hobby."

„Ich meine das mit Volker, dass du ihm nie was gesagt hast."

„Meine Güte, wir waren doch nicht verheiratet!"

„Aber ihr wart doch zusammen, oder?"

„Du tust echt spießiger als meine Oma."

„Ach, ich weiß auch nicht." Finn zögerte. „Es ist nur, Volker ist so nett und ..."

„Er hat das nicht verdient?" Rick lachte. „Weißt du, im Leben passieren viele Dinge, die man nicht verdient hat. Und wenn wir es so sehen, hat Volker wohl auch nicht verdient, dass er gleich von seiner nächsten Beziehung wieder betrogen wird, oder?"

Finn wurde rot. „Ich ..."

„Jetzt hör schon auf! Du bist jung, du bist schwul, es wäre völlig ungesund, wenn du deine Triebe unterdrücken würdest, nur weil jemand lieb und nett ist."

Finn schwieg.

„Du hast doch gar keine andere Möglichkeit, als ihn immer und immer wieder zu enttäuschen. Das fängt doch schon beim Alter an und wo es aufhört, das werde ich heute herausfinden."

Am liebsten hätte Finn seinem Gegenüber das Wasserglas ins Gesicht geworfen. Seine Kehle war wie zugeschnürt. Vorhin hatte er noch gedacht, dass es für ihn nicht so schlimm sei, mit einem verärgerten Volker zu leben. Doch jetzt fühlte sich das ganz anders an. Er konnte den Gedanken nicht ertragen, diesen Mann zu enttäuschen. Aber die Zeit ließ sich nicht zurückdrehen.

„Du siehst absolut hammermäßig aus, wenn du wütend bist", sagte Rick. „Wie eine Art Mini-Macho."

„Ha-ha." Mehr fiel Finn nicht ein. Und das ärgerte ihn erst recht. Also sprang er auf. „Ich gehe jetzt!"

„Aber nicht doch!", rief Rick und hielt Finn fest.

Bevor Finn reagieren konnte, hatte ihn Rick schon an sich gezogen und küsste ihn. Wild und – Finn spürte seine Beine weich werden.

„Schön zurück auf die Couch mit dir", sagte Rick und drängte Finn zurück. „Du kannst mir keine Versprechungen machen, die du am Ende nicht hältst."

„Ich habe dir nichts versprochen!"

„Oh doch, ich habe es in deinen Augen gesehen. Schon vom ersten Blick an. Du bettelst geradezu nach Sex."

„Leck mich!", fauchte Finn und versuchte Rick von sich zu stoßen.

„Aber das hatten wir doch schon", entgegnete der lässig und drängte Finn nach unten, während er mit einer Hand seine Hose öffnete.

Finn nahm den animalischen Geruch wahr, den Rick verströmte. Und das war der Moment, als sein Gehirn aussetzte. Er sog diesen Duft in sich auf, konnte den Augenblick kaum noch abwarten, bis Rick endlich seine Körpermitte freigelegt hatte.

Sex.

Finn schloss die Augen.

Er hatte schon wieder Sex.

Neugierig betrachtete er das steife Glied vor seinen Augen. Es war etwas kleiner als das von Volker, aber dafür traten die Adern pulsierend und dick am Schaft hervor und die Eichel glänzte zartrosa.

„Worauf wartest du?", fragte Rick und drängte sich gegen Finns Lippen.

Obwohl ihn die Hand auf seinem Hinterkopf störte, gab Finn nach. Salzig schmeckte er die Schwanzspitze auf der Zunge und begann daran zu lutschen, während Rick erleichtert aufstöhnte.

Das war anders als mit Volker. Das war purer Sex.

„Hi, wie weit bist du?", sagte Rick plötzlich.

Finn ließ den Schwanz aus dem Mund gleiten und sah irritiert zu Rick auf. Der hielt sein Handy ans Ohr. Finn hatte gar nicht mitbekommen, dass er telefonierte. Und in dem Moment drängte sich Rick auch schon wieder gegen Finn.

„Mach weiter", flüsterte er ihm zu.

Finn gehorchte, obwohl ihm die Sache irgendwie komisch vorkam.

„Du hast doch im Chat geschrieben, dass du in einer halben Stunde hier sein kannst", sprach Rick ins Telefon. Seine freie Hand sorgte dafür, dass Finn seine rhythmischen Bewegungen nicht wieder unterbrach.

„Klar. Auf jeden Fall." Rick lachte. „Bis gleich."

Jetzt reichte es Finn aber. Energisch befreite er sich aus seiner Lage und kam auf die Beine.

„Was soll denn der Scheiß?"

„Was denn?", fragte Rick scheinheilig zurück.

„Mit wem hast du telefoniert?"

„Hallo? Wir machen nur ein wenig miteinander rum, wir wollen nicht heiraten, okay?"

„Wer war dran?", fragte Finn erneut.

Rick seufzte. „Einer meiner Darsteller."

„Und was will der hier?"

„Er will mit mir eine Szene besprechen."

„Jetzt gleich?"

„Na, ein wenig Zeit haben wir noch", sagte Rick und zwinkerte. „Oder willst du nicht mehr?"

Bevor Finn etwas sagen konnte, spürte er wieder Ricks Lippen auf seinen. Geschickte Finger nestelten an seiner Jeans herum und verschafften sich Zugang zum Inhalt.

„Wenn ich ehrlich bin", flüsterte Rick, „habe ich den Darsteller herbestellt."

„Was?" Finn fiel wieder aus allen Wolken.

„Von dir zu Hause aus, von deinem PC." Rick grinste sein typisches Grinsen. „Eigentlich wollte ich dich mit ihm überraschen, aber der Trottel kommt zu spät."

„Jetzt versteh ich gar nichts mehr", sagte Finn. Er spürte kaum noch Ricks Hände auf seinem Körper. Eine weitere Person? Was sollte das werden?

„Na, Volker hat dich doch bestimmt nicht rangelassen, oder?"

„Was ..."

„Ich meine, du hattest zum ersten Mal einen drin, aber dein erstes Mal als Stecher steht noch aus, richtig?"

„Ich ..." Finn brach ab.

„Und ich will nicht, dass unser kleiner Spaß hier eine einseitige Sache wird", fuhr Rick fort, während er ein Kondom hervorzauberte und sich über die Latte rollte. „Und da ich selbst nich so darauf stehe, mir von Unbekannten irgendwas in den Arsch schieben zu lassen, dachte ich, besorge ich dir einen entsprechenden Ersatz."

Finn wusste nicht, wie er reagieren sollte. Erst als Rick schon über ihm hing, wachte er aus seinem Schock auf.

„Du – du willst, dass ich es mit einem Fremden mache?"

Rick lachte. „Jetzt stell dich nicht so an, wir kennen uns schließlich auch nicht. Und mit Volker warst du auch ohne Umschweife in der Kiste."

Finn versuchte Rick fortzuschieben. „Aber ich will nicht mit irgendwem Sex haben!", sagte er panisch.

„Wenn nicht, dann nicht", antwortete Rick ruhig und ließ sich nicht vom Kurs abbringen. „Ist nur ein Angebot von mir, nichts weiter."

„Aber wenn der Typ gleich kommt ..."

„Ich sag doch, wir haben genug Zeit, um ..." Rick drängte sein Becken vor, um Finn anzuzeigen, was nun gerade wichtig war.

„Nein", sagte Finn, aber Rick hatte seine Beine schon auseinandergedrängt und zwängte seinen harten Schwanz gegen den Eingang. Finn stöhnte.

„Wenn du willst, dass ich aufhöre, brauchst du es nur sagen", sagte Rick und erstickte jede mögliche Widerrede mit seiner Zunge.

Finn spürte, wie sich Ricks Eichel langsam ihren Weg in sein Innerstes erkämpfte. Ein stechender Schmerz durchfuhr ihn und er versuchte sich zu entspannen – oder sollte er sich wehren? Finn wusste es nicht so recht. Und dann rutschte Rick mit einem Schwung ganz in ihn hinein. Finn schrie auf, aber Rick hielt ihn fest umklammert. Er konnte sich nicht ein Stück rühren.

„Warte einen Moment", sagte Rick.

Und tatsächlich ließ der Schmerz kurz darauf nach und wich einem anderen Gefühl. War es Lust? So ganz konnte Finn es nicht identifizieren. Doch als sich Rick allmählich in ihm bewegte, kam auch die Leidenschaft.

„Ich wusste doch, dass du geil bist", stöhnte Rick und presste sich auf Finn. „Viel zu geil, um dir diese Gelegenheit entgehen zu lassen."

Wieder versuchte Finn, Rick ein wenig von sich wegzudrücken. Er war hin- und hergerissen. Einerseits fühlte sich Ricks Körper zu gut an, um ihn wirklich abzuweisen, andererseits störte ihn Ricks blödes Geschwätz.

„Was ist?", keuchte Rick, dem natürlich nicht entging, dass Finn sich nicht wohlfühlte.

„Halt einfach dein Maul, okay?"

Rick lachte kurz, dann stieß er so kräftig zu, dass Finn wieder aufschrie.

„So besser? Nur hart ficken und nichts weiter?"

Finn versuchte, Rick den Mund zuzuhalten, aber Rick reagierte sofort. Blitzschnell nahm er Finns Handgelenke und presste sie auf das Sofa.

„Okay, ich halte den Mund, wenn du aufhörst, dich zu wehren. Ist das ein Deal?"

„Na endlich", sagte Finn.

„Oder gefällt es dir etwa nicht, wenn ich oben liege?"

„Egal, halt nur die Fresse!"

„Also willst du oben liegen?"

„Mach einfach weiter ..."

„Nee, du kannst gern oben liegen, wenn du willst. Oder eine ganz andere Stellung?"

„Rick!"

„Na gut, was denn für eine? Willst du dich über die Couchlehne beugen und ich nehme dich von hinten? Das wäre doch mal geil, oder?"

Rick rutschte aus Finn heraus und richtete sich auf.

„Verdammt", fluchte Finn, „sogar beim Poppen bist du eine einzige Nervensäge!"

„Laber nicht! Los, dreh dich um!" Rick zerrte Finn auf und drückte ihn in die gewünschte Richtung.

Finn wollte sich wehren, aber irgendwie gefiel es ihm auch, sich von Rick benutzen zu lassen. Sein Schwanz jedenfalls stand steif ab und pochte erwartungsvoll. Also beugte sich Finn über die Lehne und reckte seinen Hintern Ricks Stange entgegen. Aber das, was in ihn eindrang, überraschte ihn. Offenbar wollte sich Rick doch noch etwas Zeit lassen, denn er befühlte Finns Rosette mit den Fingern. Erst einer, dann zwei, bei drei zuckte Finn ein wenig.

„Du hast einen geilen Arsch", sagte Rick, „schön eng."

„Wolltest du nicht mit dem Reden aufhören?"

„Meine Güte, du bist echt empfindlich." Rick zog seine Finger aus Finn heraus und schlug ihm mit der flachen Hand auf die Hinterbacken.

„Hey! Schlagen sollst du mich auch nicht!"

„Das war nur ein Klaps!", sagte Rick. „Wenn du nichts dagegen hast, werde ich dich jetzt weiter ficken."

„Wenn du dann endlich still bist!"

„Wie gewünscht", sagte Rick und schob sich wieder in Finns Loch.

Willig nahm Finn den Schwanz in sich auf, fühlte ihn tiefer als zuvor und konnte nicht verhindern, dass ihm ein lautes Stöhnen entfuhr. Und Rick wertete das als Zustimmung, nun endlich richtig loszulegen. Heftig begann er, sich immer und immer wieder in Finn zu versenken, sodass sein Sack gegen Finns Damm klatschte. Dabei rieb er seine Hände über den glatten Rücken vor sich, hielt Finn an den Schultern, um sich noch tiefer in ihn zu pressen.

„Aah!", machte Finn und biss sich in die Hand. Irgendwie wollte er durch sein Stöhnen nicht zugeben, dass ihm die Sache gefiel. Immerhin handelte es sich ja um Rick, der ihn gerade durchfickte. Wenigstens redete der Kerl nicht mehr. Dafür wurden seine Stöße allmählich immer härter, bis Finn schließlich die Beckenknochen weh taten. Und dann schließlich fing Rick an zu keuchen und zu stöhnen. Finn hörte erstaunt zu. Irgendwie schien diese ernsthafte Konzentration auf das Lustgefühl nicht so recht zu Rick zu passen. Keine flapsigen Bemerkungen mehr, kein Herumgealbere. Mit einem Mal wünschte sich Finn, sie hätten die Position doch nicht geändert, dann hätte er Rick nämlich jetzt beobachten können, anstatt hier über die Sofalehne gebeugt zu sein. Kurz überlegte er, ob er das Spiel unterbrechen sollte, entschied sich aber sofort dagegen. Nein, er würde jetzt einfach warten, bis es vorbei war. Dass es nicht mehr lange dauern konnte, verrieten Ricks angestrengte Laute. Und dann war es auch schon so weit: Rick stöhnte so laut auf, dass man ihn sicherlich noch draußen gehört haben musste.

„Uaah", machte Rick, „wow ..."

Finn wusste nicht, wie er sich verhalten sollte. Bei Volker war das alles ganz anders gelaufen, viel intimer. Mit Rick aber war es lediglich Sex und plötzlich schämte sich Finn, dass ein Teil von Rick noch immer in ihm steckte. Vorsichtig rutschte er vor, um die Verbindung zu trennen.

„Mann, das war wirklich gut!", sagte Rick und grinste, als hätte er nicht erst gerade noch völlig außer sich herumgestöhnt.

„Ähm, ja", antwortete Finn nur kurz und beeilte sich, in seine Jeans zu schlüpfen.

„Jetzt hast du es aber eilig. Willst du wirklich nicht noch auf deinen ersten Stich warten?"

„Nein!" Finn wollte nur noch raus hier. Wie sich das schon anhörte: *dein erster Stich!* Plötzlich konnte er die ganzen Geschichten von den heimlich verschwundenen One-Night-Stands nachfühlen. Es war eine Sachen, mit jemanden Sex zu haben, aber eine andere, ihn außerhalb dieser eng gesteckten Grenzen zu ertragen. Und Finn hatte gerade das Gefühl, dass er Rick absolut gar nicht mehr ertragen konnte. Er fragte sich sogar, wie er mit diesem Kerl überhaupt so weit hatte gehen können. Diese Geschichte mit Volker, diese ganze Pornostory, die ständig provozierende Redeweise, all das widerte Finn gerade vollkommen an. Hastig stieß er seine Füße in die Sneaker, dann riss er sich das Shirt über den Kopf.

„Hey!", sagte Rick und legte behutsam seine Hand auf Finns Rücken.

„Fass mich nicht an!"

Rick zuckte zurück. „Habe ich – was falsch gemacht?"

Finn schluckte. Okay, das war ein wenig heftig gewesen, aber er fühlte sich einfach – durcheinander.

„Nein, alles in Ordnung, ich bin nur ..."

„Du hast Angst, oder?"

„Quatsch!", sagte Finn sofort. Aber irgendwie traf das doch ziemlich gut zu. Finn hatte Angst, aber er wusste nicht recht wovor. Vielleicht ja vor sich selbst ...

„Ich kann das einfach nicht", fügte er schließlich noch an.

„Es zwingt dich doch niemand", gab Rick zurück. „Ich wollte nur, dass du die Chance hast, auch mal dein Ding wo reinzustecken." Er lachte.

Finn verdrehte die Augen. „Irgendwie dreht sich bei dir alles nur um Sex, was?"

Bevor Rick antworten konnte, schellte es. „Ah, dein Geschenk kommt", sagte Rick und grinste.

Finn blieb wie angewurzelt stehen. Erst jetzt verstand er, dass Rick ihn die ganze Zeit schon aufgehalten hatte, um diese Situation herbeizuführen. Das würde ihn aber nich daran hindern, trotzdem nach Hause zu gehen. Denn damit hatte Rick absolut recht, niemand zwang ihn dazu hierzubleiben.

„Hi! Komm rein", hörte er Rick an der Tür.

Finn nahm seine Tasche und wollte nur noch raus hier. Und dann sah er plötzlich diesen Jungen, der schon fast als sein Zwilling durchgehen konnte. Und nicht nur das, sie hatten auch noch fast die gleichen Klamotten an: verwaschene Jeans, weiße Shirts mit grau und rot, Sneaker weiß mit grau abgesetzt ... Geradezu unheimlich. Nur, dass sein Gegenüber noch ein Schweißarmband trug.

„Hi", sagte der Typ, als er hereinkam. Lässig stellte er sein Skateboard gegen die Wand und lächelte.

„Hi", antwortete Finn und kam sich irgendwie ziemlich blöd vor.

„Du bist Finn, richtig?"

„Ja. Und du bist ..."

„Du kannst mich Bo nennen, ist zwar nur ein Künstlername, aber mittlerweile nennen mich alle so."

Finn fiel wieder ein, dass Rick von einem Darsteller gesprochen hatte. Also war Bo der Künstlername aus den Pornofilmen. Aber wie ein richtiger Pornodarsteller sah Bo nicht wirklich aus.

„Fein, ich muss jetzt gehen", sagte Finn und wollte sich schon an Bo vorbeidrücken.

„Warum?", fragte Bo irritiert.

„Er hat Schiss", mischte Rick sich ein.

„Ach, halt du dich doch da raus", gab Bo zurück und wandte sich wieder an Finn: „Musst du wirklich schon weg?"

„Ich – ähm ..." Finns Stimme versagte. Jetzt wusste er auch, wovor er tatsächlich Angst gehabt hatte: Er wollte nicht einem zweiten Rick begegnen. Doch Bo schien auf Anhieb völlig anders zu sein als Rick. In Ricks Augen schimmerte immer auch der Schalk mit, er schien die ganze Zeit über stets etwas auszuhecken und irgendwie hatte er etwas Hinterhältiges. Bo dagegen sah einfach nur ganz natürlich und freundlich aus, ohne Hintergedanken, völlig offen.

„Ich würde mich jedenfalls freuen, wenn du noch bleiben könntest", sagte Bo und legte seine Hand auf Finns Schulter. „Du scheinst echt nett zu sein."

„Äh, ja", sagte Finn und grinste blöd.

Und dann zog Bo sein Shirt aus und schmiegte sich plötzlich ohne Vorwarnung an Finn.

„Ich lass euch dann mal allein", sagte Rick und zog sich zurück.

Finn wusste nicht, was er sagen oder machen sollte. Bo war so ganz anders als Rick und irgendwie – interessant.

„Rick hat mir erzählt, dass du noch nie aktiv warst", flüsterte Bo ihm ins Ohr. „Ich stelle mich gern als Versuchsobjekt zur Verfügung."

Finn schluckte. Das waren Ricks Worte, oder nicht? Aber so wie Bo es aussprach, klang es gar nicht so schlimm. Und wenn er ehrlich zu sich war, dann wollte er schon ganz gerne ...

„Also, hast du noch ein wenig Zeit?", fragte Bo und lächelte erwartungsvoll. „Ich bin extra für dich hergekommen."

„Ich – also – ein wenig kann ich ja noch bleiben."

Bo nickte. „Gott sei Dank hat Rick ja alles hier, was wir brauchen."

„Und was ist mit Rick?"

„Der ist doch egal!", sagte Bo abfällig. Zielstrebig deckte er eine der Plastikplanen auf und legte damit ein paar Lampen und Stative frei. Auf einem Stativ stand eine klobige Kamera.

„Mmh, irgendwo ... Ah, hier!" Bo zog ein blaues Bündel hervor. „Könnte ganz nützlich sein, oder?"

„Was ist das?", fragte Finn.

„Eine Luftmatratze." Bo grinste breit. „Ich steh nicht so auf die akrobatischen Nummern."

„Verdammt", entfuhr es Finn.

„Was ist?"

„Ich glaub, ich bin – nervös."

Bo legte die Matratze vor die gegenüberliegende Wand und betätigte die Pumpautomatik. Mit einem lauten Surren schwoll die Matratze an.

„Du brauchst nicht nervös sein", sagte Bo ruhig. „Haben ja auch schon zahllose Jungs vor dir geschafft, oder?"

„Darum geht es nicht" sagte Finn. „Irgendwie habe ich – na, ich will dir nicht weh tun."

„Keine Angst, ich bin ja kein Anfänger." Bo zwinkerte. Dann hob er die Stimme an: „Hast du noch eine Decke, Rick?"

Kurz darauf kam Rick aus seinem Zimmer und warf Bo eine seltsame graue Decke rüber. „Aber nix kaputt machen!", maulte er und fummelte besorgt an den Stativen und Lampen herum.

„Na super, die alte Fickdecke!" Bo lachte.

„Wenn du das Ritz erwartet hast, dann bist du hier falsch."

„Der hat ja plötzlich super Laune", murmelte Finn, als Rick wieder verschwunden war.

„Das ist alles nur Fake", gab Bo zurück und ließ sich rücklings auf die Matratze fallen.

Finn blieb unschlüssig stehen.

„Was ist?", fragte Bo. „Oder gefall ich dir etwa nicht?"

„Nein, es ist nur – nein!", stotterte Finn. Zögerlich trat er an die Matratze heran. „Hier sieht's nur ein wenig – na ja aus ..." Er warf einen kurzen Blick auf die Betonwand, an die noch immer das Skateboard gelehnt stand. „Skatest du oft?"

„Im Moment geht's so, war mal mehr."

„Mmh", machte Finn. Dann fiel ihm eine Zigarettenkippe am Boden auf. Sicher nicht die perfekte Umgebung für ein romantisches Date.

Bo lachte. „Wir können auch ein paar Hintergründe aufbauen, wenn du dich dann besser fühlst. Früher hat Rick ja immer hier gedreht. Irgendwo in dem ganzen Kram müssten auf jeden Fall noch welche versteckt sein."

„Ähm, nee, schon gut", sagte Finn schnell.

„Gut", antwortete Bo, „das hätte nämlich sicher auch eine Ewigkeit gedauert und wie ich Rick kenne, wäre er bestimmt auf die Idee gekommen, gleich einen Film zu drehen." Bo zwinkerte wieder.

„Wie ist das eigentlich so?", fragte Finn.

„Was?"

„Na, einen Porno zu machen?"

„Anstrengend!"

Finn war verwundert. „Wieso das denn?"

„Das ist ja nicht so, als wenn man ganz normal rummacht. Jede Position wird vorher abgesprochen und man muss alles viel langsamer machen und überhaupt alles mindestens fünf Mal, damit es auch gut drauf ist. Die Tops tun mir echt manchmal leid."

„Die Tops?"

„Rick würde Stecher sagen."

„Ah", machte Finn.

„Ist halt nicht so einfach, die ganze Zeit eine Stange zu haben."

Finn schwieg. Bo sah wirklich gut aus. Schlank, blond, nettes Gesicht. Wie auf Kommando begann Bo sich ein wenig zu räkeln. Seine Hände strichen über seinen Oberkörper und seine Zunge befeuchtete die Lippen.

„Willst du dich nicht auf mich legen?", fragte Bo schließlich.

Finn reagierte ohne zu überlegen, fast so, als hätte er unbewusst bereits auf diese Aufforderung gewartet. Vorsichtig glitt er auf Bo, spürte die Wärme seiner Schenkel durch die Jeans, fühlte plötzlich den fremden Atem neben sich. Dann legten sich Bos Hände auf seinen Rücken und schoben sich unter das Shirt.

„Willst du das nicht ausziehen? Das stört doch nur."

Finn nickte und stützte sich auf, damit Bo ihm das T-Shirt über den Kopf ziehen konnte. Er genoss den Moment, da er sich wieder auf den schmalen Körper des Jungen legte. Haut auf Haut. Elektrisierend. Und plötzlich ahnte er, was Rick mit seinen ganzen Anspielungen meinte. Es war aufregend, einen noch unbekannten Körper zu spüren. Bo war nicht Rick und Rick war nicht Volker. Mit einem Mal verstand er das allgegenwärtige Bestreben nach neuen Sexualpartnern. Es versprach immer aufs Neue Aufregung, Abwechslung, Neugier ...

Finn schloss die Augen. Sein Schwanz drückte sich durch den Stoff seiner Hose an Bo. Und der war mindestens genauso erregt.

Zumindest ließ das der Gegendruck vermuten. Doch für Bo war das doch alles eher Routine, oder? Er hatte doch schon etliche Jungen und Männer gehabt, da bildete Finn keine Ausnahme. Aber für Finn war es etwas Neues. Mit Volker hatte er liebevollen Sex gehabt und irgendwie war da auch mehr gewesen. Rick stand für die schnelle Befriedigung, die ohne Gefühl auskam. Bo schien zwischen beiden das Bindeglied zu sein. Finn hatte keinerlei Gefühl für ihn, aber dennoch bestand zwischen ihnen eine gewisse Zärtlichkeit. Die Art, wie Bo ihm über den Rücken strich, ihm sanft ins Ohr pustete und schließlich seine Lippen um die von Finn schloss.

„Zieh mir die Hose aus", flüsterte Bo schließlich. Finn richtete sich auf. Einen genießerischen Augenblick lang betrachtete er den Jungen vor sich. Mit geschlossenen Augen hob und senkte der das Becken, wand sich hin und her und biss sich dabei auf die Lippen.

Finn packte den Bund der Jeans und öffnete Knopf für Knopf die Hose. Zu seiner Überraschung sprang ihm sofort ein nackter Schwanz entgegen. Keine Shorts, kein Slip. Finns Haut begann zu kribbeln. Der Anblick des pulsierenden Gliedes erregte ihn noch mehr. Entschlossen zerrte er Bos Jeans herunter, bis sie an den Sneakern hängen blieb. Finn packte die Schuhe an den Versen und zog sie Bo von den Füßen. Weiße Tennissocken. Sollte er sie ebenfalls ausziehen? Ach was! Mit einem Ruck entfernte er die Jeans, um sich gleich darauf seiner eigenen zu entledigen. Doch als er sich wieder auf Bo legen wollte, hielt der ihn mit einem angehobenen Fuß zurück. Finn spürte den heißen Socken an seiner Brust. Voller Begierde sah er das nackte Bein herab auf Bos Geschlecht, das nun zur Seite abstand. Ein praller Sack hing darunter. Dann ging der Damm zu einer feinen Falte über. Allein der Gedanke, dass Finn gleich seine Stange genau da hineinschieben würde, ließ ihm ein leises Stöhnen entfahren.

„Noch nicht", sagte Bo und strich sich wie beiläufig über den Hintern. „Nicht mit Socken." Er grinste anzüglich, während der Mittelfinger seiner Hand zwischen die Pobacken glitt.

„Kein Problem", sagte Finn heiser. Eilig zerrte er Bo den Socken vom Fuß.

„Hey, nicht so schnell", sagte Bo und stemmte seinen Fuß wieder vor Finns Brust. „Das kann man auch netter machen."

Finn hielt verunsichert inne, während er Bos Hand beobachtete, die gerade über den nackten Körper nach oben glitt.

„Ich muss mich noch ein wenig vorbereiten auf dich", erklärte Bo, als er seine Finger mit der Zunge befeuchtete. „Außerdem haben meine Füße auch ein wenig Beachtung gern." Er zwinkerte.

Mit angehaltenem Atem beobachtete Finn, wie Bo seinen nassen Finger wieder zwischen den Pobacken verschwinden ließ, während der nackte Fuß auf seiner Brust ihn noch immer daran hinderte, seiner Geilheit nachgeben zu können. Nach einem Moment kam aber Bos Wunsch bei ihm an. Unsicher streichelte er über die angespannte Wade vor sich, ließ seine Hand über den Spann gleiten, bis er bei den Zehen angekommen war. Was erwartete Bo wohl von ihm? Der Gedanke, einen Fuß zu streicheln, kam ihm doch reichlich komisch vor, auch wenn er schon davon gehört hatte, dass manche Menschen darauf abfuhren. Aber wollte Finn das? Der Ausblick, den Bo ihm bot – mittlerweile hatte Bo neben dem Mittel- auch den Zeigefinger zwischen seine Backen gleiten lassen –, versprach dafür eine aufregende Gegenleistung.

Finn gab sich einen Ruck und hob Bos Bein an. Vorsichtig ließ er seine Finger über die Fußsohle streifen und Bo zuckte zusammen. Dann schloss Finn die Augen und beugte sich vor, drückte sein Gesicht an den Fuß und stellte überrascht fest, dass dieser nicht unangenehm roch. Ein sanfter Geruch von Seife und frischer Schweiß drang in seine Nase. Bo stöhnte. Ohne weiter nachzudenken, streckte Finn die Zunge aus und leckte über die Sohle, nahm den leicht salzigen Geschmack auf. Plötzlich war er bei den Zehen angekommen. Seine Zunge drückte sich dazwischen und zufrieden registrierte er, dass Bo erneut aufstöhnte. Finn öffnete die Augen wieder und sah, dass Bo seine Finger ordentlich nass machte, damit sie leichter in seinem Loch versinken konnten.

„Gefällt dir das?", fragte Bo plötzlich.

Erst jetzt bemerkte Finn, dass Bo ihn beobachtete. Er nickte, während er den großen Zeh in seinem Mund aufnahm und Bo wieder zum Stöhnen brachte. Und endlich traute er sich auch ein wenig mehr. Vorsichtig stieg er zu Bo auf die Matratze und drängte seine Körpermitte gegen Bos Bein. Jetzt musste auch er stöhnen. Doch seine Reibung verschaffte ihm nicht allein dieses erwartungsvolle Zucken in seinem Schwanz. Von hier oben konnte er Bo direkt zwischen die Beine gucken, die nun weiter gespreizt waren. Finns Blick glitt an seinem eigenen Körper hinunter, fiel zwischen seiner Stange und Bos Bein geradewegs auf das geile, feuchte Loch zwischen den Backen, die

Bo aufreizend mit den Fingern spreizte. Unglaublich. Allein der Gedanke, dass genau in diesem Moment sich jemand darauf vorbereitete, mit ihm Sex zu haben, ließ Finn vor Erregung zucken. Konnte es wirklich Menschen geben, die ebenso wie er selbst, davon träumten, einen anderen Mann in sich zu spüren?

„Hey, aber noch nicht abspritzen!", meldete sich Bo plötzlich.

„Was?"

„Na, du stöhnst hier rum, als wolltest du schon kommen", erklärte Bo. „Wir haben noch was vor, okay?"

„Klar." Finn grinste und fühlte sich plötzlich wie Rick. Alles andere war mit einem Mal unwichtig geworden. Es zählte nur noch der Augenblick. Und dieser erforderte jetzt gerade ein anzügliches, breites Grinsen von ihm. Er war derjenige, der seinen Schwanz gleich in diesen Arsch versenken würde, während Bo sich ihm zur Verfügung stellte. Kurz kam ihm der Gedanke an ein Machtverhältnis in den Kopf. Er war derjenige, der über Bo verfügte!

„Ich will dich!", sagte Finn. „Jetzt!"

Bo sah ihn überrascht an. „Holla, jetzt gehst du aber ran."

„Schlimm?"

„Nein", sagte Bo, „das gefällt mir. Ich habe Kondome in der Hosentasche."

Finn stieg von der Matratze und holte ein Gummi hervor. Ein wenig nervös riss er die Verpackung auf und zog sich den Schutz über.

„Wie willst du mich?", fragte Bo.

„Was?"

„Na, soll ich so liegen bleiben, oder lieber auf dem Bauch, oder was ganz anderes?"

Finn zuckte mit den Schultern. „Egal."

„Hauptsache rein?" Bo lachte.

Finn spürte ein Kichern in sich, das ihm die Anspannung nahm. „Ja, so ungefähr."

„Na gut, dann los", sagte Bo und winkelte die Beine an.

Finn sah plötzlich nur noch diese feuchte Rosette, die sich ihm da so willig darbot. Eilig kniete er sich davor und konnte noch immer nicht glauben, dass er in den nächsten Sekunden seinen jungfräulichen Schwanz in diese Lustgrotte versenken würde.

„Vorsichtig, okay?", mahnte Bo und riss Finn aus seiner sexuellen Gier. Natürlich, auch wenn Bo schon öfter jemanden in sich gehabt hatte, musste das nicht bedeuten, dass man sofort losrammeln konnte.

Ein wenig gebremster ließ Finn zunächst seine Finger um das Loch gleiten.

„Nimm noch ein wenig Spucke", gab Bo Anweisungen.

Finn befeuchtete seine Finger, bevor er endlich über diese zarte Haut an Bos Hintereingang strich.

„Na los", meldete sich Bo wieder, „schieb mir schon einen Finger rein."

Vorsichtig drückte Finn seinen Zeigefinger gegen die Rosette und tauchte langsam in die faltige Haut ein. Heiß, das war das erste, was ihm in den Kopf schoss. Heiß und weich und irgendwie seltsam.

„Tiefer", flüsterte Bo.

Finn spürte einen gleichmäßig zunehmenden Druck um seinen Finger, je tiefer er kam. Irgendwie schien es ihm gerade unmöglich, in diese Enge etwas größeres als seinen Finger reinbringen zu können.

„Versuch mal zwei", seufzte Bo.

Es musste funktionieren, dachte Finn, immerhin hatte Bo doch gerade auch schon zwei Finger dringehabt. Trotzdem fühlte es sich viel zu eng an, als Finn einen zweiten Finger dazunahm. Er traute sich kaum bis zum zweiten Glied vorzudringen. Bo schien seine Bedenken zu ahnen und griff Finns Hand, um die beiden Finger mit einer kräftigen Bewegung weiter in sich hineinzudrücken.

Finn hielt die Luft an. Bos Rosette drückte sich mit festem Halt um seine Finger. Und nun ließ er sich von Bos Hand vorsichtig vor- und zurückschieben.

„Ziemlich eng, was?" Bo grinste breit.

„Jo", machte Finn.

„Keine Angst, das wird sich schon geben, wenn du erst mal ganz drin bist." Bo ließ Finns Hand los.

„Okay", gab Finn zurück, „du sagst ja schon, wenn ich irgendwas – falsch mache."

Bo kicherte. „Ja nee, is klar."

Vorsichtig zog Finn seine Finger zurück und beobachtete, wie sich diese dehnbare Haut wieder zusammenzog. Unglaublich, dass er jetzt da seinen kompletten Schwanz unterbringen sollte. Aber es musste funktionieren, es hatte doch bei ihm selbst auch funktioniert. Also setzte er seine Eichel an und presste sich gegen Bos Eingang. Sein Schwanz bog sich bei dieser Kraftaufwendung. Finn ließ noch mal ab.

„Vorsichtig reindrücken", gab Bo wieder Anweisung.

Finn spürte, wie sein Schwanz langsam schon wieder weich wurde. Oh Gott, nur nicht nervös werden, sagte er sich, das wird schon! Nicht auszudenken, was das für eine Blamage ... Und in dem Moment rutschte seine Schwanzspitze über die Schwelle. Bo sog geräuschvoll die Luft ein.

„Alles okay?", fragte Finn unsicher.

„Ja", sagte Bo und verzog ein wenig das Gesicht. „Aber warte einen Moment, bevor du weitermachst, okay?"

Also verharrte Finn in seiner Position. Ganz vorsichtig ließ er sich dann auf Bos Nicken hin, weiter in den Jungen gleiten. Es fühlte sich unglaublich an. Am liebsten hätte er einfach zugestoßen und wie wild drauflos gerammelt. In etwa so wie Rick es vorhin gemacht hatte. Aber Finn war nicht Rick, er wollte Bo auf keinen Fall weh tun.

„Küss mich", forderte Bo ihn auf und Finn ließ sich zu ihm hinunter und kam dem Wunsch nach. Es war einfach unvorstellbar, dass er jetzt in dieser Sekunde, da er Bos Zunge in seinem Mund spürte, in dessen Arsch steckte. Zum Beweis drückte er sein Becken vor, sodass er sich tiefer in Bo hineinpresste. Der quittierte es mit einem genuschelten Stöhnen. Dann drückte er Finn wieder ein Stück weg.

„Wenn du willst, kannst du jetzt loslegen."

„Und ob ich will", entgegnete Finn und begann vorsichtig zu stoßen. Bo war noch immer sehr eng, weshalb Finn sicht nicht gleich traute, mit voller Kraft vorzupreschen. Doch nach ein paar Stößen meldete sich Bo wieder zu Wort.

„Soll das alles sein?"

Finn wurde allmählich wilder, bis Bo laut und hemmungslos stöhnte. Dann hörte Finn auf. Die Stellung wurde ihm langsam anstrengend, außerdem spürte er schon die ersten Anzeichen eines Höhepunkts. Und er wollte dieses Intermezzo auf keinen Fall schon beenden.

„Was ist?"

„Stellungswechsel?" Finn grinste und zog sich zurück. Noch immer war er vollkommen fasziniert von Bos feuchtem Loch. Sein Schwanz stand so steif ab wie noch nie und wollte nur wieder zurück in die warme Grotte.

Bo drehte sich auf den Bauch und reckte seinen Hintern hoch.

Wortlos glitt Finn wieder über ihn und versank ganz von selbst in den Jungen, der sofort wieder zu seufzen begann. Finn rammelte los, während Bo ihm seinerseits entgegenkam, indem er seinen Hintern im Rhythmus anhob. Hart stach Finns Schwanz in das zarte Fleisch und schon wieder spürte er dieses sanfte Kitzeln in seinem Unterbauch, das den nahenden Orgasmus ankündigte. Sofort hielt er sich wieder zurück.

„Hör nicht auf", sagte Bo und stieß seinen Hintern gegen Finn.

„Ich kann aber nicht mehr lange, wenn ich so weitermache."

„Dann hau rein, egal."

Und Finn gehorchte. Wie besessen ließ er sein Becken gegen Bos Hintern knallen, trieb seinen Schwanz mit aller Gewalt tief in dessen Darm und spürte deutlich, wie sich der Höhepunkt in ihm aufbaute. Immer härter, immer wilder stieß er zu und genoss Bos Lustschreie. Dann brach die Explosion in ihm los. Zuckend presste er sich gegen Bos willigen Arsch und spritzte Schuss um Schuss seinen Saft in das Kondom. Dann sah er in die Kamera, die plötzlich direkt vor seinem Gesicht schwebte.

„Hey ..."

„Pscht!", machte Rick sofort. „Du willst doch nicht die Aufnahme verderben. Dein Blick war gerade zu geil."

Bo kicherte unter Finn. „Typisch Rick, keine Gelegenheit lässt er aus."

„Was soll der Scheiß?", schimpfte Finn, als er sich wieder gefangen hatte und rollte von Bo herunter. Schützend legte er sich die T-Shirts über seine Körpermitte.

Rick stöhnte. „Mann, wäre auch zu toll gewesen ..."

„Was?", rief Finn aufgebracht. „Wie lange filmst du denn schon?"

Rick grinste nur. „Eigentlich von Anfang an." Er zeigte auf eines der Stative, die Bo freigelegt hatte. Eine weitere Kamera war aufmontiert und das rote Licht zeigte an, dass sie wohl aktiv war. Sie war schon vorhin dagewesen, durchfuhr es Finn, aber wirklich wahrgenommen hatte er sie nicht. Still hatte sie alles aus der Entfernung festgehalten.

Finn wusste nicht, was er sagen sollte. Hastig schnappte er seine Klamotten und sprang auf. Dann fiel ihm ein, dass er gar nicht wusste, wo er sich hier zurückziehen konnte. Ein wenig unschlüssig stürmte er an Rick vorbei auf dessen Arbeitszimmer zu.

„Jetzt mach doch kein Theater!", rief Rick hinterher und lachte.

„Wenn du schön lieb bist, bekommst du auch eine Kopie."

„Arschloch!", brüllte Finn und knallte die Tür zu. „Verdammte Scheiße!", sagte er danach kleinlaut. „Absolut verdammte Scheiße!" Ausgerechnet dieses Ekelpaket hatte jetzt einen Privatporno von ihm. Es war doch klar gewesen, dass es so weit kommen musste! Und natürlich war es auch so gekommen. Rick würde den Film jedenfalls nicht einfach so herausgeben ... Plötzlich stand Finn das blanke Entsetzen im Gesicht. Was war, wenn seine Mutter den Film zu sehen bekam, irgendwie? Oder wenn Rick ihn veröffentlichte und alle Welt plötzlich wusste, dass er es mit Jungen trieb?

Irritiert registrierte Finn das Piepsen seines Handys.

Kapitel 21

Volker hielt die Stille nicht mehr aus. Eigentlich hatte er damit gerechnet – oder es zumindest gehofft –, dass Finn sich aufgrund der SMS sofort bei ihm melden würde. Mittlerweile glaubte er eher, dass Finn überhaupt nichts mehr von sich hören lassen würde. Zumindest würde das eher zu einem Jungen in seinem Alter passen.

Wieder schoss Volker die Hitze ins Gesicht. Der Gedanke an Finns Alter schockte ihn noch immer. Er hatte sich doch tatsächlich von einem 16jährigen verführen lassen! Niemals hatte er gedacht, dass es so weit kommen würde. Und nun war es passiert, ohne dass er überhaupt einen Einfluss darauf gehabt hatte.

Entschlossen erhob er sich von der Couch. Ein Stapel Schulaufsätze rutschte auf den Boden und brachte sich so wieder in Erinnerung.

„Oh bitte ...", murmelte Volker und stieg über seine Arbeit hinweg. Niemals würde er bis morgen damit fertig werden. Nicht, wenn er sich nicht sofort zusammenreißen konnte.

Einen Augenblick blieb Volker mitten im Raum stehen und zögerte. Verdammt, er war ein erwachsener Mann! Er hatte Pflichten! Er war ein Vorbild! Doch das alles half überhaupt nichts, wenn andauernd Finns Gesicht in seinen Gedanken auftauchte. Dieses hübsche Gesicht, dieses unglaubliche Lächeln, ja, dieser Körper ...

Sollte er dem Jungen noch eine Nachricht schicken? Vielleicht eine, die ein wenig versöhnlicher klang? Er wusste es nicht. Auf der einen Seite hatte er die SMS natürlich geschrieben, um klarzustellen, dass aus dieser Verbindung nichts werden konnte. Auf der anderen Seite ... Volker schüttelte den Kopf. Es durfte gar keine andere Seite geben. Die Sache war ihm außer Kontrolle geraten. Aber wenn er sich jetzt, da er über die Umstände Bescheid wusste, nicht auf eine vernünftige Bahn bringen konnte, dann ... Ja, was dann? Es war doch nicht verboten, Gefühle zu haben. Und solange Finn nicht sein Schüler war, ja noch nicht mal auf die Schule ging, an welcher er unterrichtete ... Schwachsinn! Die Arbeit ging vor! Er hatte Verantwortung! Das konnte er nicht aufs Spiel setzen, nur weil sich ein 16jähriger in den Kopf gesetzt hatte, er müsse unbedingt von ihm entjungfert werden. So war das doch mit der Jugend. Sie hielt ihre eigenen Ängste und Probleme immer für wichtiger als die der anderen. Dabei stand für Finn höchstens sein Outing auf dem Spiel. Sein Leben würde danach aber weitergehen. Seine Eltern würden mit seiner Homosexualität klarkommen und auch seine Freunde würden ihn sicher mehrheitlich akzeptieren. Damit wäre es für ihn gegessen. Für Volker allerdings stand nicht nur der Respekt gegenüber seinen Schülern auf dem Spiel, sondern womöglich auch seine Anstellung. Wenn er Pech hatte, würde er sich ein komplett neues Leben zusammenschustern müssen. Und das war garantiert kein noch so knackiger Hintern wert.

Entschlossen setzte sich Volker an den Computer. Gefühle hin, Gefühle her, er durfte nicht zulassen, dass Finn die Sache nicht ernst nahm oder ihn durch irgendeine Dummheit gefährdete. Wenn er also nicht auf die SMS reagierte, dann ließ er sich vielleicht im Chat blicken. Also loggte Volker sich ein und durchsuchte die Anwesenden. Aber der entsprechende Nick war nicht zu sehen. Mit einem tiefen Seufzer wollte sich Volker schon wieder ausklinken, als ihm einfiel, dass ja nicht nur Finn öfter in diesem Chat zugange war, sondern auch seine beste Freundin.

VollKerL: Hallo zusammen.
froschking: HI!
Mr69xxx: tach auch
mucksi88: hi vollkerl

Die meisten der Anwesenden antworteten natürlich nicht auf Volkers Begrüßung. Sicher waren sie jetzt gerade mit ganz anderen Dingen beschäftigt.

VollKerL: Von euch kennt nicht zufällig einer LittleGaylien?
mucksi88: der is ab und zu hier, warum?
froschking: wer will das denn wissen?
VollKerL: Also kennst du ihn, Froschking?
froschking: nope *lol*
Mr69xxx: der frosch hat wieder zugeschlagen ;)
VollKerL: Trotzdem danke.

Volker konnte es den Typen nicht mal verübeln, dass sie sich über ihn lustig machten. Natürlich kannten sich die meisten im Chat nicht und es wäre auch ein großer Zufall gewesen, wenn ausgerechnet jetzt Finns beste Freundin den öffentlichen Chat mitlesen sollte. Das machte alles ziemlich wenig Sinn und bewies ihm selbst lediglich, wie verzweifelt er eigentlich war.

Doch gerade als Volker den Chat kommentarlos schließen wollte, öffnete sich ein weiteres Fenster.

SüßeSchnitte16: hi, du bist der lehrer, oder?
VollKerL: So kann man es sagen. Und du bist Finns Freundin?
SüßeSchnitte16: kann man auch so sagen *lol*
VollKerL: Weißt du, wie ich Finn erreichen kann? Er hat sein Portemonnaie hier bei mir vergessen und irgendwie glaube ich, dass er es nicht persönlich abholen will.
SüßeSchnitte16: WAS??? wieso das denn???

Volker überlegte einen Moment. Es war ihm ohnehin schon ziemlich unangenehm, mit einer 16-jährigen per Chat Problemsachen zu besprechen.

VollKerL: Ich habe herausgefunden, dass er mich bezüglich seines Alters belogen hat. Ich glaube, dass ihm das jetzt vielleicht unangenehm ist – na ja, und mir auch ...
SüßeSchnitte16: OOH!!!
VollKerL: Er antwortet nicht auf meine Handynachricht.

SüßeSchnitte16: AAACH, ich glaub, das hat nix zu bedeuten. Auf meine SMS antwortet er nämlich auch nicht

VollKerL: Also weißt du nicht, wo er gerade ist?

SüßeSchnitte16: nee, warte hier auch auf antworten, hehe

VollKerL: Gut, dann bleibt mir wohl nichts anderes übrig, als ebenfalls auf seine Antwort zu warten.

SüßeSchnitte16: warum ists denn so wichtig?

VollKerL: Ich will, dass er seine Geldbörse abholt. Und natürlich will ich auch wissen, warum er mich angelogen hat.

SüßeSchnitte16: klingt echt nicht so schön

VollKerL: Ich fühle mich auch alles andere als schön bei der ganzen Geschichte. Hätte ich das gewusst ...

SüßeSchnitte16: finn ist aber echt verknallt in dich *überzeug*

SüßeSchnitte16: in SIE!!! sorry

Wie gebannt starrte Volker auf den Monitor. Natürlich war ihm klar, dass Finn seiner besten Freundin alles brühwarm berichtet hatte. Aber die verbesserte Anrede machte ihm noch mal deutlich, welch Unterschied zwischen ihnen bestand. Selbstverständlich hatte er ihr auch berichtet, dass er Lehrer war. Und für 16jährige galt eben, dass sie ihre Lehrer siezen mussten.

SüßeSchnitte16: noch da????

VollKerL: Ja, ich bin noch da.

SüßeSchnitte16: also heißt das, dass sie nix von finn wollen?

VollKerL: Von meiner Seite war das niemals beabsichtigt. Erst recht nicht jetzt, da ich die Wahrheit kenne.

SüßeSchnitte16: ich kanns ja verstehen. is aber trotzdem ziemlich schade, na ja :-(

VollKerL: Selbst wenn er wirklich dreiundzwanzig wäre oder zwanzig ... Trotzdem hätte es nicht funktioniert.

VollKerL: Ich bin zu alt, er ist zu jung. Daraus kann einfach nichts werden.

SüßeSchnitte16: aber wünschen würden sie es sich schon?

Volker starrte wieder auf den Monitor. Er las noch mal seine letzten Zeilen. Ja, genau so konnte man das lesen, als ob er die ganze Geschichte bedauerte. Und wenn er ehrlich zu sich selbst war, dann tat er ja genau das. Er wünschte sich, es wäre nicht so gekommen. Nur war nun mal das Alter eine Sache, die sich nicht einfach verändern ließ. Finn war nicht 23 oder 20, sondern 16. Und wenn er diesen 16-jährigen anziehend fand, dann hatte er ein Problem.

VollKerL: Da gibt es nichts zu wünschen. Es ist einfach unmöglich. Finn ist ein netter Junge und vielleicht hätte es eine Möglichkeit gegeben ... Aber so nicht.

SüßeSchnitte16: verstehe *schnief*

VollKerL: Ich denke einfach, dass es das Beste ist, wenn Finn und ich uns nicht mehr sehen.

Einige Zeit ließ Volker diesen Satz auf sich wirken. Damit hatte er noch immer keinen endgültigen Schritt getan, aber trotzdem fühlte es sich seltsam an. Wie konnte dieser Junge nur so schnell in sein Leben kommen? Und ihn jetzt gewaltsam wieder hinauszubefördern, fühlte sich an, als ob er auf eine jahrelange Angewohnheit verzichten müsste. Dabei kannte er Finn überhaupt nicht. Er hatte ja nicht mal sein wahres Alter gewusst ...

SüßeSchnitte16: oh :-(

Ja, dachte Volker, dieses *oh* traf es wohl ziemlich genau.

Aber so sehr er sich innerlich wünschte, dass diese Sache ein Happy End haben durfte, so sicher war er sich, dass es keines geben würde. Und Finns bester Freundin dies nun so klar mitzuteilen, war vielleicht der beste Weg, um an Finn heranzukommen. Eine SMS konnte man ignorieren, wenn sie einem nicht gefielen, aber seiner Freundin würde er über kurz oder lang zuhören müssen..

VollKerL: Ja, so ist es.

SüßeSchnitte16: willst du nicht doch noch mal mit ihm reden?

VollKerL: Natürlich kann ich gern mit ihm reden, aber es wird nichts ändern. Ich kann mit einem 16jährigen einfach keine Beziehung haben oder Affäre oder was er sich da ausgemalt hat.

SüßeSchnitte16: ich versuche mal, ihn zu erreichen, ok???

VollKerL: In Ordnung. Aber mache ihm bitte keine Hoffnungen.

Volker wartete eine Weile auf die Antwort. Doch es schien länger zu dauern. Er zwang sich dazu, eines der Schulhefte zu holen und mit seinen Korrekturen fortzufahren, während er darauf wartete, dass sich am Monitor etwas tat.

Kapitel 22

Finn kramte das Handy aus seiner Jeans heraus, bevor er sie sich anzog. Jetzt im Moment gab es eigentlich nur eines: Er wollte hier weg, er wollte nichts mehr von Rick wissen und auch nicht von Bo, der ja wohl von allem gewusst hatte. Finn fühlte sich hundeelend. Um so erleichterter war er, als er sah, dass die SMS nicht von Volker, sondern von Samara stammte.

VERDAMMT WO STECKST DU??? MELDE DICH!!! IST WICHTIG!!!!!!

Der Inhalt allerdings ließ nicht unbedingt was Erfreuliches erwarten. Aber andererseits konnte er immer auf Samara zählen, wenn es Probleme gab. Und davon hatte er jetzt gerade ja mehr als genug.

Finn hielt einen Moment inne und lauschte. Es verwunderte ihn etwas, dass Rick noch nicht zu ihm hineingestürmt war. Hastig zog er sich das T-Shirt über und öffnete die Tür vorsichtig einen Spalt. Bo lag noch immer auf der Matratze und holte sich einen runter, während Rick mit der Kamera um ihn herumlief und ab und zu Anweisungen gab. Finn schluckte. Für Rick ging es tatsächlich um nichts anderes, als um Pornos. Alles, was sich heute abgespielt hatte, lief geradewegs auf dieses Ergebnis hinaus. Er wollte Finn beim Sex filmen, mehr nicht. Und dann fiel Finn plötzlich noch ein Grund ein: Wahrscheinlich wollte Rick damit auch Volker eins auswischen. Daran hatte er bislang noch gar nicht gedacht. Aber was gab es Demütigenderes für den Ex, als ihm einen Film mit dem neuen Freund beim Fremdficken vorzuspielen?

Vorsichtig schloss Finn wieder die Tür und tippte Samara eine Antwort:

KOMME GLEICH ZU DIR!!!

Sie würde wie immer wissen, was zu tun war. Darauf konnte man sich bei Samara verlassen. Und was Gemeinheiten anging, war sie immer auf Zack. Rick jedenfalls hatte ganz sicher Rache verdient.

Finn nahm seine Tasche und wollte gerade schon das Zimmer verlassen, als ihn ein Gedanke zurückhielt: Was würde Samara jetzt tun? Wenn er erst mal hier raus war, dann würde es viel schwieriger sein, etwas gegen Rick in die Hand zu bekommen. Samara würde schon jetzt mit ihrem Rachefeldzug beginnen, indem sie für eine günstige Ausgangsposition sorgte.

Eilig ging Finn zu den Regalen und betrachtete ein paar der Ordner. Rechnungen, Papierkrams halt. An Büchern war meist Fachliteratur zu filmtechnischen Dingen vorhanden. Die Pornos interessierten Finn eigentlich gar nicht. Trotzdem zog er einen heraus. Das Cover sah billig aus und ... Finn stockte der Atem. Er hatte ein paar Jungs wie Bo erwartet, doch auf dem Cover waren zwei Frauen zu sehen, die sich links und rechts neben einem Mann niedergelassen hatten. Überrascht sah sich Finn auch ein paar der anderen Cover an. Entweder waren es Heteropornos oder Filme für Bisexuelle. Irgendwie hatte Finn ganz fest damit gerechnet, dass Rick Schwulenpornos produzierte. Aber offenbar kamen lediglich mal schwule Episoden vor ... Erst am Ende des Regals fand er zwei Filme, die Bo auf dem Cover zeigten und wohl ausschließlich schwulen Sex beinhalteten.

Die beiden Bo-Filme steckte Finn in seinen Rucksack. Abgezogen, dachte er sich und grinste. Doch als er sich umdrehte und direkt hinter Ricks Schreibtisch stand, wusste er, dass diese Filme keinen Schaden verursachen würden. Sicherlich hatte Rick noch etliche weitere Kopien irgendwo auf Lager. Finn musste also noch etwas anderes mitnehmen.

Wahllos zog er die Schubladen des Schreibtisches auf. Bürokram, Briefpapier, ein Wust von Notizzetteln. Im untersten Fach fand Finn Hängemappen vor, die mit Namen beschriftet waren. Gesa, Gogo, Greg ... Finns Finger flog zum Anfang, bis er Bo gefunden hatte. Hastig zog er die Mappe heraus und sah hinein. Fotos von Bo lächelten ihn an, dann einige Datenblätter und mehrere DVD-Rohlinge – *Session 1*, *Session 5*, *Cast 2* ... Das sah doch schon mal wichtiger aus. Finn stopfte die komplette Mappe ebenfalls in seinen Rucksack.

Jetzt hatte er ja, was er wollte. Wenn er sich noch länger hier aufhielt, würde Rick sicher irgendwann misstrauisch machen. Finn ließ den Hängeregister leise wieder zugleiten. Doch bevor er flüchten konnte, fiel sein Blick noch auf den Wust auf dem Schreibtisch. Allerhand Rechnungen und Notizen. Aber unter einem Blatt lugte ein Rohling hervor. Finn zog ihn heraus: *Fun* und gleich darunter *Bettina.*

Finn betrachtete den Rohling wie hypnotisiert. Auf *Session* und *Cast* konnte er sich ja noch einen Reim machen, aber was hieß *Fun*? Und noch viel mehr irritierte ihn der Name seiner Mutter. Ein mulmiges Gefühl kam in ihm auf, als er sich wieder das komische Verhalten der beiden von vorhin ins Gedächtnis rief. Sie hatten sich offensichtlich gekannt und es war zumindest seiner Mutter äußerst unangenehm gewesen. Und es gab noch einen Unterschied zu den DVDs von Bo: Es war nur ein einziger Name vermerkt, *Bettina.* Auf den Rohlingen von Bo hatte neben dem *Cast* noch *solo* gestanden und auf den *Session*-DVDs war neben *Bo* immer noch ein zweiter Name vermerkt.

Finn wurde schlecht. Aber wenn es so war, wie er dachte, dann hatte er soeben einen der wichtigsten Datenträger gefunden. Beinahe panisch stopfte er ihn zu den anderen Sachen in seine Tasche. Und jetzt nichts wie raus hier! Sein Kopf glühte vor Anspannung.

Bevor er die Tür öffnete, atmete er noch einmal tief durch. Egal, was Rick ihm auch für eine Frage stellen würde, er durfte sich auf keinen Fall etwas anmerken lassen.

Doch als er aus dem Zimmer trat, stellte er fest, dass seine Sorge, was Rick betraf, vollkommen unnötig gewesen war. Vor ihm zeigte sich ein groteskes Bild: Bo kniete in der Hündchenstellung auf der Matratze, der nackte Rick hing breitbeinig über ihm, während er mit verdrehtem Oberkörper darauf achtete, dass die Kamera, die auf einem kleinen Stativ geradewegs zwischen ihre Beine gerichtet war, auch alles draufbekam. Wie Bo es vorhin schon gesagt hatte, es sah bei weitem viel zu anstrengend aus, um noch wirklich geil zu sein.

In dem Moment piepste Finns Handy wieder.

„Verdammt!", rief Rick. „Muss das sein? Wir sind mitten in der Aufnahme!"

„Sorry", gab Finn lapidar zurück, „aber ich wollte eh gerade gehen."

Rick zog sich aus Bo zurück und stellte sich auf. Sein Gesicht perlte von Schweiß. Er wischte sich über die Stirn und kam auf Finn zu. Finns Beine wurden weich. Jetzt würde er sicherlich einen Blick in den Rucksack werfen wollen ...

„Damit wir uns verstehen: Kein Wort zu irgendwem, okay?", sagte Rick und zum ersten Mal funkelten seine Augen nicht mehr. Sie sahen ihn einfach nur kalt an.

„Ich – ich hatte nicht vor ..."

„Gut", sagte Rick.

„Ähm", machte Finn.

„Ja?"

„Kann ich meinen Film haben?"

Rick lachte auf. „Wenn du geil bist und dich selbst beim Ficken sehen willst, kommst du einfach her und wir gucken uns den Streifen zusammen an."

„Aber ..."

„Glaub mir, deine Mutter dürfte nicht gerade begeistert sein, wenn sie das Ding zu Gesicht bekommt." Rick grinste. Aber diesmal war es ein anderes Grinsen. Nicht mehr dieses Neckische. Irgendwie – krankhaft.

„Und jetzt lass uns arbeiten!", sagte Rick und wies auf die Tür. Damit ließ er Finn stehen und stieg wieder auf Bo auf. Finn sah, wie der Junge zusammenzuckte, als Rick ihm seinen Schwanz reinschob. Dann wurde ihm bewusst, dass er vor nicht mal zwei Stunden selbst so gezuckt hatte.

Mit dem ekelhaften Gefühl, benutzt worden zu sein, verließ er Ricks Firma. Erst draußen nahm er sein Handy und las Samaras Nachricht:

WANN BIST DU DENN DA?

„Gleich", murmelte Finn vor sich hin. Dann entschied er sich aber, Samara doch eine SMS zu schicken:

15 MINUTEN

Und sie würden eine Menge zu bereden haben. Eigentlich hatte Finn ja gedacht, dass die Sache mit Volker für sie die größere Sensation sein würde. Aber nun hatte sich das Blatt gewendet und es gab noch viel wichtigere Probleme. Die Lüge über sein Alter war dagegen wirklich ein Witz. Mit Magenschmerzen dachte er an die *Fun*-DVD in seinem Rucksack. *Bettina.* Das konnte wirklich jeder sein. Es gab zahllose Bettinas auf der Welt, aber nur eine Einzige, die gleichzeitig seine Mutter war. Sicher war es einfach nur ein dummer Zufall ... Es musste ein dummer Zufall sein!

Kapitel 23

Es war Volker wie eine halbe Ewigkeit vorgekommen, bis endlich wieder eine neue Zeile im Chatfenster erschien:

SüßeSchnitte16: er ist auf dem weg zu mir

VollKerL: Gut.

SüßeSchnitte16: soll ich ihm dann sagen, dass wir gechattet haben???

SüßeSchnitte16: oder willst du mit ihm selbst chatten?

VollKerL: Wir müssen da kein Geheimnis draus machen. Wenn er mit mir reden will, ist es gut, wenn nicht, dann auch. Hauptsache, er holt seine Geldbörse hier ab.

VollKerL: Oder lässt sie abholen, wie auch immer.

SüßeSchnitte16: ich hoff ja irgendwie, dass ihr das doch noch hinbekommt ...

VollKerL: Warum?

SüßeSchnitte16: ihr passt einfach zusammen

Volker starrte wie elektrisiert auf den Monitor. Der letzte Satz brannte sich regelrecht in seine Augen, bedeutete er doch nichts anderes, als dass sich dieses Mädchen ein Urteil erlauben konnte. Und das konnte sie nicht, wenn sie Volker nicht kannte, oder?

Er schluckte.

VollKerL: Wie meinst du das?

Es dauerte verdächtig lang, bis die Antwort erschien.

SüßeSchnitte16: weiß auch nicht

SüßeSchnitte16: hab ich so im gefühl

SüßeSchnitte16: du glaubst doch nicht, finn hätte mir nicht gleich alles erzählt, oder? *rofl*

VollKerL: Nein, das glaube ich nicht.

SüßeSchnitte16: sind halt beste freunde. schlimm???

VollKerL: Nein, natürlich nicht. Es ist gut, wenn man enge Vertraute hat, mit denen man über alles reden kann.

Es klang logisch, aber irgendwie fühlte es sich nicht so an, als ob SüßeSchnitte ihm da die Wahrheit schrieb. Volker rieb sich über das Gesicht. Andererseits konnte man in Schrift ja immer recht viel hineindeuten – vornehmlich seine eigenen Gefühle. Und Volker fühlte sich momentan alles andere als sicher. In den letzten 24 Stunden war seine Welt gleich mehrfach aus den Fugen geraten. Er hatte sich mit seinem Ex-Freund zu einem unverhofften Stelldichein getroffen, war dann zum ersten Mal in kommunikativen Welten des Internets abgetaucht und hatte sich schließlich von einem Schüler verführen lassen, der sich natürlich zu allem Überfluss noch als minderjährig herausstellen musste. Ein Verstoß gegen seine Prinzipien nach dem anderen. Und nun chattete er tatsächlich mit der besten Freundin seines unrühmlichen One-Night-Stands ...

SüßeSchnitte16: du hast aber nicht wirklich jemanden zum reden, oder?

Natürlich musste zu all dem auch noch eine altkluge 16jährige kommen, die ihm einerseits ihren besten Freund anpries, und sich andererseits anschickte, in seinem Leben herumzustochern, obwohl er sie noch nie gesehen hatte.

VollKerL: Aber selbstverständlich habe auch ich Menschen, mit denen ich reden kann.

SüßeSchnitte16: aber nicht darüber, oder???

VollKerL: Doch, natürlich.

SüßeSchnitte16: dann ist ja gut

SüßeSchnitte16: meinte ja nur, weil ich nicht auf finns und auf deiner seite gleichzeitig sein kann. ich mein, ich fänd es gut, wenn ihr zusammenkommt *fg*

VollKerL: Mach dir mal keine Sorgen um mich.

Volker schluckte, als er die letzte Antwort schrieb. Ein paar billige Zeilen in einem vergänglichen Chat und schon fühlte er sich wie der letzte Mensch auf der Welt. Das Mädchen hatte ja so was von recht! Mit wem sollte er denn bitte über seinen Fehltritt reden? Gegenüber seinen Freunden hatte er sich stets als Moralwächter ausgegeben, da konnte er wohl kaum auf Verständnis für seine Situation hoffen. Seine eigene beste Freundin würde sofort hysterisch werden, um ihm dann den Kopf abzureißen. Verdient hätte er es auf jeden Fall, aber trotzdem wollte Volker darauf lieber verzichten. Und Rick – der würde ihn vielleicht noch am ehesten verstehen – war so unerreichbar wie jeder andere in seinem Leben. Dabei hatte sich Volker mittlerweile sogar mit der Möglichkeit abgefunden, dass ihm Rick sicher nicht immer treu gewesen war. Trotzdem, Rick schied aus.

SüßeSchnitte16: ich mach mir keine sorgen *lol*
SüßeSchnitte16: will nur, dass alles ok is ;-P
VollKerL: Das möchte ich auch.
SüßeSchnitte16: warte, ich glaub finn kommt!!!

Volker atmete tief durch. Wurde aber auch Zeit.

Kapitel 24

Finn stürmte die Treppe hinauf. Hoffentlich war Samara allein, damit sie ungestört reden konnten.

„Ich habe deinen Lover im Chat", sagte Samara, lässig an den Türrahmen gelehnt.

„Ach du Scheiße ..."

„Ja, so kann man es in etwa sagen." Samara grinste. „Ich glaube, der ist nicht wirklich begeistert von der Aktion."

Finn drängte sich an ihr vorbei in die Wohnung. „Ist deine Mutter da?", fragte er im Flüsterton.

„Nein, wir haben die Bude für uns."

„Gut." Finn drehte sich um und sah seine beste Freundin beinahe panisch an. „Volker ist nämlich nicht mein einziges Problem!"

Samara verdrehte die Augen und warf die Wohnungstür ins Schloss. „Komm zu Mama", sagte sie und schlenderte an ihm vorbei in ihr Zimmer.

„Ich weiß gar nicht, wo ich anfangen soll", fing Finn an. „Irgendwie ist alles vollkommen – ach, ich weiß auch nicht. Katastrophe eben!"

„Wie wäre es, wenn wir der Reihe nach alles durchgehen?"

„Ja gut", sagte Finn und schnappte nach Luft: „Also, da war doch dieser Rick gestern im Café und heute habe ich den plötzlich ..."

„Moment!" Samara setzte sich an ihren Rechner. „Ich hab doch gesagt, eins nach dem anderen!"

Erst jetzt spürte Finn, dass er vollkommen aufgekratzt war. Das ganze Theater wollte nur so aus ihm heraussprudeln. Aber er wusste, dass sich Samara einfach sperren würde, wenn er sich nicht auf ihre Geschwindigkeit einließ. Sie brauchte immer Zeit zum Denken, wie sie es nannte. Und damit lag sie ja auch nie falsch.

„Also, wo willst du anfangen?", fragte Finn schließlich und ließ sich auf Samaras Bett fallen.

„Zuerst müssen wir uns um deinen Volker kümmern. Hab doch gesagt, dass ich ihn im Chat habe!"

SüßeSchnitte16: er ist jetzt da, mombi

„Was schreibt er denn?" Finn sprang sofort wieder auf und eilte zum Computer, um Samara über die Schulter zu schauen.

„Ich glaube, er wartet einfach nur auf eine Antwort von dir."

Und plötzlich fiel Finn ein, dass er die SMS ja quasi ignoriert hatte. Hektisch kramte er sein Handy hervor und suchte die Nachricht heraus.

ICH WEIß JETZT ÜBER DEIN ALTER BESCHEID. VOLKER

„Was soll ich denn hierauf auch schon groß antworten?" Finn

hielt Samara das Display vor die Nase.

„Hmm", machte Samara, „keine Ahnung. Vielleicht: Lass uns drüber reden?"

Mit einem Mal kam sich Finn wie ein dummer kleiner Junge vor. Dabei war ihm diese Möglichkeit doch im Grunde die ganze Zeit über durch den Kopf geschwirrt: Mit Volker reden, alles in Ordnung bringen, sich wie ein erwachsener Mann verhalten. Aber dann war Rick dazwischengekommen und hatte alles noch viel schlimmer gemacht und irgendwie war alles schiefgegangen. Eigentlich hatte er Volker ja die Wahrheit erzählen wollen, bevor dieser selbst darauf stoßen konnte. Dann hätte er wirklich wie ein Erwachsener gehandelt. So aber war er lediglich der Blödmann, den man beim Lügen erwischt hatte. Nein, um Volker konnte und wollte er sich heute nicht mehr kümmern. Es gab wichtigere Dinge, die besprochen werden mussten.

„Ich wollte Volker ja die Wahrheit sagen, aber dann tauchte plötzlich Rick auf und ..."

„Verdammte Scheiße, wer ist denn jetzt dieser Rick?" Samara warf unwirsch den Kopf zurück. „Können wir nicht erst mal die Sache mit Volker klären?"

„Nein", sagte Finn, „ich muss dir ein paar Sachen sagen, die – na ja, irgendwie alles ändern ..."

„Irgendwie machst du mir Angst."

„Laber keinen Scheiß!" Finn lachte. „Du und Angst! Für dich ist das doch alles ein Mordsspaß!"

„So kann man es natürlich auch sehen", antwortete Samara verschmitzt. „Aber noch mal zu Volker: Was soll ich ihm denn jetzt schreiben? Er wartet doch auf eine Antwort."

„Keine Ahnung. Schreib, dass ich Stress hab und mich irgendwann melde."

SüßeSchnitte16: duhu??? *liebschau*

VollKerL: Ja?

SüßeSchnitte16: finn hat gerade voll stress und meldet sich irgendwann

SüßeSchnitte16: bald!!!

VollKerL: Wenn er so lange auf sein Portemonnaie verzichten kann ... Wäre mir zwar lieber, er holt es schnellstmöglich ab, aber ich will ihn auch nicht zwingen.

„Scheiße!", fluchte Finn, als er Volkers Zeilen auf dem Bildschirm mitlas.

„Ja, da war ja noch was ...", sagte Samara und grinste. „Da werdet ihr euch auf jeden Fall noch mal sehen müssen."

„Verdammt, Samara!"

„Was denn?" Sie fuhr herum.

„Ich hab heute mit seinem Ex geschlafen! Wenn der das erfährt, bin ich im Arsch."

„Könntest du bitte auf deine Bildsprache achten?"

„Jetzt hör auf, dich über mich lustig zu machen!"

„Sorry! Bin jetzt brav!"

„Außerdem brauche ich mein Portemonnaie morgen! Und ich habe meiner Mutter gesagt, dass ich es bei dir vergessen hätte. Sieht irgendwie komisch aus, wenn ich dann nachher ohne zurückkomme."

„Kontrolliert deine Mutter etwa immer deine Tasche?" Samara konnte sich kaum einen belustigten Gesichtsausdruck verkneifen.

„Nein", sagte Finn, ohne auf die Spitze einzugehen, „aber – ich werde heute sicher noch ein Gespräch mit ihr führen müssen, weil sie – na ja, sie kam nach Hause, während ich unter der Dusche stand und Rick sich in meinem Zimmer versteckt hielt ..."

„Nein!", schrie Samara. „Sie hat euch erwischt?"

„Nix erwischt, Rick hat doch in meinem Zimmer gewartet."

„Ja und? Darfste etwa niemanden mit nach Hause bringen?"

„Doch, aber – Rick und meine Mutter kannten sich schon. Das war voll komisch irgendwie."

„Ja, total seltsam. Menschen kennen einander, huuu, die Welt ist so klein und ..."

„Bitte", sagte Finn ruhig.

„Bin schon still!"

„Irgendwas war komisch mit meiner Mutter. Ich glaub – die hatten was miteinander oder so ..." Finn fühlte sich wie ein Verräter. Natürlich hatte er schon oft mit Samara über die Macken seiner Mutter gesprochen, doch das war jetzt etwas anderes. Wenn er an die DVD in seiner Tasche dachte, wurde ihm ganz schlecht.

„Öhm, ich glaube, du musst mir gleich mal ein wenig mehr von diesem Rick erzählen." Samara sah trotz ihrer allgemein taffen Art ziemlich schockiert aus.

„Und vorher?"

„Vorher sorgen wir natürlich dafür, dass du dein Portemonnaie zurückbekommst. Es sei denn, du willst, dass er es dir in die Schule mitbringt.” Sie kicherte.

„Hör bloß damit auf!” Bis jetzt hatte Finn den Gedanken an ein mögliches Zusammentreffen mit Volker in der Schule gar nicht mehr auf dem Plan gehabt.

„Gut, wann willst du bei ihm vorbeigehen?”

„Gar nicht!” Finn sprach es so spontan aus, wie er es fühlte. Scheiß aufs Erwachsensein, er konnte sich jetzt einfach nicht um Volker kümmern.

„Ist nicht dein Ernst!”

„Doch!”

„Und das soll ich ihm jetzt schreiben?”

„Was weiß ich. Irgendwas müssen wir ihm schon erzählen.”

Samara stöhnte.

SüßeSchnitte16: ich hoffe, das kommt jetzt nicht komisch rüber oder so *zweifel*

VollKerL: Ich bin schon groß.

SüßeSchnitte16: momentan ist es wirklich schlecht, finn hat ein paar probleme und er kann sein portmoneee (???) nicht persönlich abholen *duck*

VollKerL: Wenn er nicht reden will, dann ist es nicht schlimm. Da besteht von meiner Seite keinerlei Verpflichtung.

SüßeSchnitte16: na, ich glaub so ist es nicht

SüßeSchnitte16: ist nur momentan ziemlich schlecht

VollKerL: In Ordnung. Also kommst du dann, um seine Geldbörse abzuholen?

SüßeSchnitte16: keine ahnung, mombi

Samara drehte sich wieder zu Finn um. „Muss ich jetzt hingehen um deine Geldbörse abzuholen?”

„Geht das?”, fragte Finn zweifelnd zurück.

Samara stöhnte theatralisch auf. „Wenn es denn sein muss!”

SüßeSchnitte16: ja, ich komme vorbei

VollKerL: Gut, ich bin den ganzen Tag zu Hause.

VollKerL: Finn kann dir ja sagen, wo du hin musst.

SüßeSchnitte16: denk schon

Finn nickte unbewusst.

SüßeSchnitte16: dann komme ich gleich irgendwann vorbei
VollKerL: Ist gut.
VollKerL hat den privaten Chat beendet

„Na, das ist sicher nicht so gut angekommen", sagte Samara und warf Finn einen tadelnden Blick zu.

„Sieht so aus, was?" Finn wusste nicht, was er sonst antworten sollte. „Ich weiß ja selbst, dass es Scheiße ist."

„Du kannst dich ja immer noch entscheiden, wenn wir erst bei ihm sind."

„Da gibt es nichts zu entscheiden", sagte Finn. „Ich kann das gerade einfach nicht. Weißt du, wie blöd ich mir vorkomme? Ich habe einen Lehrer unserer Schule belogen, um mit ihm ins Bett zu gehen, und wurde dabei erwischt. Und damit nicht genug, werde ich dann noch von dessen Exfreund überfallen und schlafe auch gleich noch mit dem und ..." Er kam nicht weiter. Die Aktion mit Bo und den Pornos konnte er nicht einfach so hinausposaunen. Er wusste ja nicht mal, wie er Samara darauf vorbereiten sollte.

„Den Rest kannst du mir ja unterwegs erzählen", sagte Samara knapp und stand auf.

„Unterwegs?"

„Deine Geldbörse, schon vergessen?"

„Aber ..."

„Kein Aber, wir gehen jetzt sofort, damit wir das schon mal hinter uns haben. Eine Sorge weniger macht den Kopf frei für die anderen Sorgen."

„Ha-ha."

„Na, wenn es so heiter ist, dann bin ich echt auf die anderen Storys gespannt."

„Aber die kann ich dir auf keinen Fall unterwegs ..."

„Jetzt trödel nicht so, los, los!"

Finn trottete hilflos hinter Samara her. Er wusste, dass es zwecklos sein würde, sie von ihrem plötzlichen Tatendrang abzubringen.

Kapitel 25

Volker wollte gerade den Browser schließen, als plötzlich wieder das private Chatfenster aufsprang. Im ersten Moment dachte er, dass es SüßeSchnitte war, die ihm noch irgendwas sagen wollte. Vielleicht, dass Finn doch persönlich vorbeikam ... Aber dann fiel Volker der fremde Username auf.

GayloMate79: du im chat, ich glaubs nich ^^

Ein Runzeln zog sich über Volkers Stirn. Schon wieder hatte er so ein seltsames Gefühl, als ob ihn plötzlich wildfremde Leute tatsächlich kannten. Einen Augenblick haderte er mit sich, ob er den Computer nicht doch einfach runterfahren sollte. Die Aufsätze korrigierten sich nicht von allein.

GayloMate79: keine angst, dein geheimnis ist bei mir sicher *lol* absolut!

Aber das seltsame Gefühl verstärkte sich noch. Wer außer Finn und seiner besten Freundin kannte denn seinen Chatnamen?

VollKerL: Kennen wir uns?
GayloMate79: na, das würde ich doch mal so sagen
VollKerL: Gut, dann hilf mir doch mal auf die Sprünge.
GayloMate79: sagen wir es so: bislang dachte ich nicht, dass du auf kinder stehst

Volker blieb die Spucke weg. Augenblicklich schoss ihm das Blut in den Kopf und sein Blick wurde schummrig. Wer auch immer da mit ihm chattete, wusste auf jeden Fall über die letzte Nacht Bescheid. Das konnte kein Zufall sein.

VollKerL: Bist du das Finn?
GayloMate79: äääh, falsch geraten, noch mal ^^

Auf einmal war es unglaublich heiß in der Wohnung. Volker begann zu schwitzen. Es konnte niemand anderes sein als Finn – oder eben seine beste Freundin. Vielleicht hatten sie sich ja mit einem anderen Namen eingeloggt, um ihn ein wenig zu ärgern. Allerdings war diese Möglichkeit nicht weniger beunruhigend. Wenn Finn ihm wirklich Schwierigkeiten machen wollte, dann hatte er leichtes Spiel. Volker dachte an die Mail, die er dem Jungen geschrieben hatte. Ein Kontakt würde sich auf keinen Fall leugnen lassen. Und natürlich würden sie sich auch den Chat irgendwie abgespeichert haben. Ihm wurde schwarz vor Augen.

VollKerL: Das ist wirklich nicht witzig!

GayloMate79: natürlich nicht, haha

GayloMate79: jetzt bist du aber schon eher der volker den ich kenne ^^

Die Andeutung auf eine längere Bekanntschaft irritierte Volker noch mehr. Welcher seiner Bekannten sollte denn bitte über die jüngsten Vorfälle unterrichtet sein? Er selbst hatte niemandem etwas gesagt – aus gutem Grund. Und Finn hatte wohl kaum Beziehungen zu ...

GayloMate79: groschen noch immer nich gefallen???

Volker kniff die Augen zusammen. 79. Er kannte nur einen einzigen Menschen, der 1979 geboren war: Rick. Aber wie sollte der von gestern Wind bekommen haben?

GayloMate79: und die uhr läuft und läuft

GayloMate79: brauchst du noch einen tipp?????

VollKerL: Rick?

GayloMate79: WOOOOW!!!

GayloMate79: hab echt schon gedacht, du hättest mich nach unserem fick gestern vergessen!!!

Volker versuchte tief und ruhig zu atmen. Irgendwie hatte Rick von Finn erfahren. Irgendwie ... Und plötzlich verstand Volker, wie es dazu gekommen sein musste: das Internet, der Chat!

VollKerL: Was willst du von mir?

GayloMate79: warum so unfreundlich plötzlich?

VollKerL: Lassen wir doch bitte das Theater beiseite. Finn hat dir offenbar von der letzten Nacht erzählt.

GayloMate79: kannst einem aber auch die ganze spannung kaputt machen!!!! ^^

VollKerL: Tut mir sehr leid, aber für mich ist das kein Spiel.

GayloMate79: die große liebe also??? *rofl*

VollKerL: Ein Ausrutscher.

GayloMate79: ach so, klar, das kenn ich. bin auch schon oft mit meinem schwanz zufällig in andere hinein ausgerutscht, ganz aus versehen natürlich ^^

VollKerL: Und noch mal: Was willst du von mir? Soweit ich mich erinnern kann, brauchtest du deine Freiheit.

GayloMate79: aber hallo!!! verklemmt wie eh und je

GayloMate79: wollte nur mal wissen, wie das so ist, wenn man sich mit kindern vergnügt.

Wieder überkam Volker eine Hitzewelle. Früher hätte er nie geglaubt, dass Rick ein solches Arschloch sein konnte, doch schon während der Trennung hatte es die ein oder andere Kostprobe gegeben. Und nun ergab sich für Rick eine wunderbare Konstellation: Er hatte belastende Informationen über seinen Ex. Das konnte man nicht einfach ungenutzt lassen.

Volker ahnte, dass das noch einige Probleme nach sich ziehen würde. Mit dieser neuen Wendung jedenfalls war klar, dass er die Korrekturen auf keinen Fall noch heute beenden konnte. Wie sollte er sich auch auf Schularbeiten konzentrieren, wenn sein Leben gerade ins Chaos stürzte?

GayloMate79: sprachlos?????

VollKerL: Neidisch?

GayloMate79: aber nein, ich weiß doch, wie sich dein junger freund von innen anfühlt ^^

Ein erneuter Schub stieg Volker in den Kopf. Der Monitor verschwamm wieder vor seinen Augen. Was sollte das alles? Was hatte das alles bloß zu bedeuten?

VollKerL: Natürlich!

GayloMate79: ah, du glaubst mir nicht *lol*

VollKerL: Ich weiß nicht, wo das hinführen soll.

GayloMate79: dann lad mich doch zu einem kaffee ein, dann werde ich es dir schon zeigen

VollKerL: Das halte ich momentan für keine gute Idee.

GayloMate79: warum? hältst du deinen lustsklaven wieder über nacht?

VollKerL: Wie gesagt, es war eine einmalige Sache.

GayloMate79: ach ja, AUSRUTSCHER *rofl*

VollKerL: Mensch, Rick, lass uns darüber reden wie vernünftige Menschen!

GayloMate79: also doch kaffee???

VollKerL: Wann du willst.

GayloMate79: dann komm ich später vorbei

GayloMate79 hat den privaten Chat beendet

Verzweifelt sah Volker auf den Monitor. Er konnte noch immer nicht recht glauben, was soeben passiert war. Rick wusste Bescheid! Und zumindest so viel war klar: Er schien alles andere als begeistert zu sein.

„Kann ja echt heiter werden", murmelte Volker und fuhr den Rechner herunter. Mit diesem bescheuerten Chat hatte alles angefangen! Hätte er doch niemals ...

In dem Moment klingelte es. Die nächste Hitzewelle überrollte ihn. Das konnte nur Finn sein – oder seine Stellvertreterin. Noch vor einer Viertelstunde war er froh gewesen, das Problem auf diese Weise aus der Welt schaffen zu können. Kein Portemonnaie, kein minderjähriger Finn, das Leben konnte in geordneten Bahnen weitergehen. Doch jetzt überlegte er, ob es nicht besser wäre, Finn von der neuen Situation zu unterrichten. Wenn Rick noch heute zu ihm kam, konnte es vielleicht nützlich sein, ein paar Dinge schon vorher zu wissen. Was hatte Finn ihm erzählt? Vielleicht könnte Finn ihm ja auch sagen, was Rick im Schilde führte ...

Es klingelte erneut. Volker schleppte sich zur Tür und betätigte den Öffner. Er ertappte sich dabei, wie er seine Hände zu harten Fäusten ballte und darauf hoffte, Finn würde gleich vor ihm stehen. Aber er glaubte nicht daran und sein Verstand sagte ihm zudem, dass es auch besser so war.

Also nahm er es mit Fassung, als kurz darauf ein junges Mädchen die Treppen hochkam und ihn unsicher anlächelte.

„Hi", sagte sie.

„Komm rein", antwortete Volker verlegen.

„Ich muss gleich wieder los."

„Natürlich." Volker ließ das Mädchen im Treppenhaus stehen, um Finns Portemonnaie zu holen. Dabei dachte er an Rick und die bevorstehende Auseinandersetzung. Irgendwas führte der Kerl im Schilde. Aber so wie es aussah, wollte Finn nicht mit ihm sprechen. Sicher hatte Rick ihn über die Umstände aufgeklärt und – Volker fiel wieder dieser Satz ein: *ich weiß doch, wie sich dein junger freund von innen anfühlt.* Im Chat hatte er diese Stichelei als genau solche aufgenommen. Doch was war, wenn Rick wirklich mit Finn geschlafen hatte? Würde das nicht Finns Zurückhaltung erklären?

Volker nahm die Geldbörse vom Tisch und zögerte. Es war noch immer nicht einfach zu akzeptieren, dass Finn erst 16 war. Er hatte reifer gewirkt. Nicht wie 23, aber vielleicht wie 20. Ein 16jähriger jedenfalls hatte natürlich keinen Bock auf Auseinandersetzungen. Erst recht nicht, wenn es um die eigenen Lügen ging. Da brauchte es gewiss keinen Rick. Und trotzdem blieb das ungute Gefühl. Immerhin hatte er Finn nicht unbedingt als dummen Jungen kennengelernt.

Dann gab sich Volker einen Ruck. Wenn Finn nicht mit ihm sprechen wollte, aus welchen Gründen auch immer, dann war das eben so. Er musste sein eigenes Leben wieder auf die Reihe bekommen. Und da würde sicherlich kein 16jähriger bei helfen können.

„Kannst du mir noch einen Gefallen tun?", fragte Volker das Mädchen, als er ihr endlich die Geldbörse überreichte.

„Was denn?"

„Kannst du Finn bitte ausrichten, dass er, wenn er reden will, zu mir kommen kann?" Volker räusperte sich. „Was immer auch passiert ist. Egal."

Plötzlich verschwand der schüchterne Ausdruck auf dem Gesicht des Mädchens und sie grinste frech: „Also gibt es doch noch Hoffnung?"

„So war das nicht ..." Volker stockte. Plötzlich hatte er das Gefühl, das Mädchen schon mal irgendwo gesehen zu haben. Irritiert schob er die Brauen zusammen.

„Ich – ich muss jetzt gehen", sagte sie schnell. Offenbar machte sie Volkers Gesichtsausdruck nervös. „Und danke!" Sie winkte mit dem Portemonnaie, während sie die Treppe hinunterstürmte.

„Warte!", rief Volker.

Sie blieb stehen und sah zu ihm hoch. Wieder ganz das verschüchterte Mädchen. Das war doch albern! Wollte er jetzt wirklich hinter allem etwas Mysteriöses sehen?

„Kenne ich dich irgendwoher?", fragte er trotzdem.

Das Mädchen schüttelte den Kopf. „Nee, woher denn?" Dann verschwand sie schnell.

Volker blieb noch einen Augenblick im Flur stehen. Er wurde das Gefühl nicht los, dass irgendwas Seltsames vor sich ging. Nur konnte er nicht sagen was.

Kapitel 26

„Und, was war?", fragte Finn sofort, als Samara wieder aus dem Haus kam. Es hatte ohnehin schon zu lange gedauert, aber das Gesicht seiner Freundin sprach zudem noch Bände.

„Das war knapp!", sagte sie und zog ihn unwirsch die Straße hinunter.

„Wieso knapp?" Finn war beunruhigt. „Wollte er dir etwa mein Portemonnaie nicht geben?"

„Quatsch!", schnaufte Samara. „Der hätte mich fast erkannt!"

Finn wurde heiß. „Aber hat er nicht, oder?"

„Ich weiß es nicht so genau."

„Was soll das heißen?"

„Dass ich mir nicht sicher bin!"

„Wie kannst du dir denn nicht sicher sein?"

„Na, er hat gefragt, ob er mich irgendwoher kennt und ich habe natürlich ›nein‹ gesagt und bin gegangen."

„Überhaupt nicht auffällig!"

„Ich war doch eh grad am Gehen!"

„Und jetzt weißt du nicht, ob er dich erkannt hat?"

„Ich glaube nicht."

„Du glaubst!"

„Ich bin mir halt nicht sicher, okay?" Samara wurde langsam wütend. „Wessen bescheuerte Idee war das eigentlich?"

Finn wusste nicht, was er darauf sagen sollte. Natürlich hatte Samara recht. Er selbst hätte daran denken müssen, dass Volker ... „Aber es ist nicht sicher, dass er dich erkannt hat, oder?"

„Nein", sagte Samara, „ich glaube, er kann sich keinen Reim drauf machen."

„Gut, dann müssen wir ihm jetzt nur schön aus dem Weg gehen."

„Ha-ha!"

„Was ist?"

„Na, ich weiß ja nicht, wie es bei dir aussieht, aber ich wollte schon ganz gern mein Abi machen."

„Und?"

„Na, soviel ich weiß, ist der Kerl Oberstufenlehrer. Und ich glaube nicht, dass wir dem die nächsten drei Jahre aus dem Weg gehen können."

Finn fühlte eine leichte Panik in sich aufkommen. „Dann – dann wechseln wir einfach die Schule."

„Super Vorschlag!"

„Ach, uns wird schon was einfallen."

„Mir ist jetzt schon was eingefallen."

„Echt?"

„Ja, du redest einfach schnellstmöglich mit ihm und klärst das."

„Ich ..." Finn brach ab. Er wusste, dass es keine andere Möglichkeit gab. Er musste sich der Sache stellen – aber nicht heute!

„Du hast uns die Scheiße eingebrockt, du ..."

„Schon gut!", fuhr Finn dazwischen. „Ich will ja auch mit ihm reden, aber jetzt nicht, okay?"

„Denk aber dran, es wird nicht besser, wenn du es immer aufschiebst."

„Ja, Mama!"

„Das ist nicht mehr witzig!"

„Aber du bist doch diejenige, die die ganze Zeit über Witzchen gemacht hat!"

„Das ist aber auch was anderes, wenn ich das mache. Ich weiß, wann Schluss ist."

„Ja, und ich fang dann gerade erst an." Finn kicherte.

„Wie wäre es, wenn du langsam mal mit deinem nächsten Problem um die Ecke kommst?"

Mit einem Schlag wurde Finn wieder ernst.

„Na? Hat es dir jetzt die Sprache verschlagen?"

„Wenn du so drauf bist, dann kann ich dir das nicht erzählen", sagte Finn und blieb stehen.

„Wie bin ich denn drauf?"

„Komisch."

„Quatsch! Und jetzt erzähl!"

Finn zögerte. „Ich hab dir doch erzählt, dass es da noch ein Problem mit Rick gibt."

„Ja, das ist der Ex von deinem Volker, richtig?"

„Nicht nur das."

„Was denn noch?"

„Er ist – Pornoproduzent." Finn ließ das erst mal wirken. Vielleicht kam Samara ja von selbst drauf, was das bedeutete. Konnte ja nicht so schwer sein.

„Ja und?"

„Wie, ja und?"

„Dann produziert er halt Pornos", sagte Samara. „Zuhälter hätte ich jetzt schlimmer gefunden, oder Menschenhändler oder so."

„Ich habe dir doch gesagt, dass ich mit ihm geschlafen habe."

„Ja, darüber müssen wir uns jetzt erst mal unterhalten: Was zur Hölle ist eigentlich gerade mit dir los?" Samara funkelte ihn böse an und tippte bei jeder Silbe mit ihrem Zeigefinger gegen seine Brust.

„Ich weiß auch nicht", antwortete Finn schwach.

„Das ist immer gut, wenn man selbst keine Ahnung hat."

„Ja, was soll ich denn sagen? Ich habe Rick im Chat kennengelernt und irgendwie habe ich ihm dann von meinem ersten Mal erzählt."

Samara lachte. „Und dann hat sich herausgestellt, dass du alles brühwarm dem Ex deines Lovers gebeichtet hast? Das glaub ich nicht!"

„Ist aber so."

Samara schüttelte den Kopf. „Na ja, davon wird man aber noch lange nicht schwanger."

„Er hat mir gedroht."

„Was?"

„Ja, irgendwie war er ziemlich komisch und ich wollte nicht, dass Volker mit ihm Ärger bekommt."

„Also hast du dich mit ihm getroffen ..." Samara verdrehte die Augen.

„Ja, und dann ist alles einfach so passiert. Es wurde immer schlimmer. Erst waren wir im Café und haben nur geredet, aber da ich ja mein Geld bei Volker vergessen hatte, musste er für mich bezahlen."

Samara lachte. „Und du hast als Gegenleistung mit ihm rumgemacht?"

„Nein! Natürlich nicht. Ich bin nach Hause gegangen, weil ich duschen wollte."

„Ja und?"

„Er ist mir heimlich gefolgt und stand dann plötzlich vor der Tür und ich nur im Handtuch."

„Oh mein Gott, wie im Billigporno."

„Ist nicht wirklich viel passiert, meine Mutter kam ja dann. Aber das machte alles noch viel schlimmer. Rick ist irgendwie das totale Arschloch und ich hatte Schiss, dass er meiner Mutter erzählt ..."

„... dass du auf Jungs stehst, verstehe."

„Ja. Aber irgendwie war meine Mutter auch komisch. Die kannten sich ja und ich hatte sofort das Gefühl, dass Rick auch etwas über meine Mutter weiß."

„Du hast ja schon gesagt, dass du glaubst, die hätten was miteinander gehabt. Aber ist dieser Rick nicht schwul?"

„Das habe ich ja auch gedacht. Als ich dann bei ihm war ..."

„Du warst auch noch bei ihm?" Samaras Stimme hallte schrill über die Straße.

„Verdammt, sei leise!"

„Sorry. Du warst bei ihm?"

„Ja, ich wollte doch nicht, dass er mich outet. Also habe ich ihm versprochen, dass wir – die Sache bei ihm beenden."

„Die Sache", wiederholte Samara mit verzogenem Gesicht.

„Das war die einzige Möglichkeit, den Blödmann aus der Wohnung zu kriegen!"

„Ist ja schon gut. Ihr seid also zu ihm nach Hause ..."

„Nein, nicht direkt. Rick hat doch eine Firma. Und da hat er mich mit hingenommen."

„Die Pornofirma?"

„Genau. Daher weiß ich auch, dass er nicht wirklich schwul ist, oder nicht nur."

„Bisexuell nennt man das auch."

„Ist doch egal."

„Gut, ihr habt es also miteinander getrieben."

Finn wurde rot und nickte.

„Schön. Gestern noch Jungfrau und heute schon ne Schlampe." Samara lachte.

„Das ist nicht lustig."

„War ja auch nicht so gemeint. Zwei Kerle sind noch kein Weltuntergang."

„Es waren ja nicht nur zwei", gab Finn beschämt zu.

„Was? Wer denn noch?"

„Na, Rick hat noch einen von seinen Darstellern herbestellt."

„Und mit dem hast du dann auch?"

„Ich wollte ja eigentlich nicht ..."

„Aber dann ist es so passiert." Wieder verdrehte Samara die Augen. „Typisch Mann, sag ich da nur."

Kurz überlegte Finn, ob er seine beste Freundin über die genaueren Details informieren sollte. Immerhin war es ja schon ein Unterschied, ob man sich nur zur Verfügung stellte oder selbst aktiv wurde. Dann entschied er sich aber dagegen. Das ging zu weit.

„Gut, du hast es also innerhalb kürzester Zeit mit drei Typen getrieben. Ist sicher nicht unbedingt das, was ich Anfängern empfehlen würde, aber das Ende ist es auch nicht."

„Danke für die Einschätzung."

„Immer wieder gern. Damit hätten wir aber noch nicht wirklich ein Problem. Du bist ja schließlich mit keinem der drei wirklich zusammen."

„Das Problem ist, dass Rick mich und Bo gefilmt hat."

Samara schwieg eine Weile, als müsste sie erst überlegen, was das nun genau zu bedeuten hatte. Dann schnappte sie nach Luft.

„Du hast einen Porno von dir drehen lassen?"

„Nicht bewusst. Ich habe es erst hinterher erfahren."

„Sag mal, darf man dich eigentlich gar nicht allein lassen?"

„Hallo? Gestern warst du noch von der Sache mit Volker ganz angetan!"

„Das ist aber wohl ein wenig was anderes, als gleich nen Porno zu drehen!"

„Geht's noch lauter?"

„Sorry, aber ... Wow, ich bin – ich weiß gar nicht ... Ich bin sprachlos!"

„Zumindest das hätte ich dann mal in meinem bisherigen Leben geschafft. Kriegt ja auch nicht jeder hin."

Samara sah ihn finster an, aber Finn erkannte, dass in diesem Blick vielmehr das pure Entsetzen lag. Und das erschreckte ihn selbst noch mehr.

„Es ist einfach passiert, okay?"

Samara nickte langsam.

Finn atmete tief durch. „Ich habe einfach nur Angst, dass dieses Arschloch den Film ins Internet stellt oder – meiner Mutter schickt oder was auch immer."

„Zumindest kann er ihn nicht auf normalem Weg veröffentlichen."

„Warum?"

„Na, du bist ja noch nicht volljährig, damit würde er sich strafbar machen. Und ins Internet stellen kann er den auch nicht so einfach, ohne mit den Konsequenzen zu rechnen."

„Aber meiner Mutter kann er den Scheiß schicken!"

„Und er kann den Film Volker zeigen, damit du bei ihm keine Chance mehr hast."

Finn nickte.

„Wenn du das verhindern willst, dann müssen wir etwas gegen ihn in der Hand haben", sagte Samara.

„Ich habe ein paar Sachen aus seinem Büro mitgehen lassen."

„Klasse!" Samara strahlte. „Bist ja doch nicht so dämlich, wie ich gedacht hab."

„Natürlich nicht."

„Und, was hast du geklaut?"

„Das kann ich dir erst zeigen, wenn wir bei dir sind."

Kapitel 27

Als es erneut klingelte, war es für Volker schon fast eine Erleichterung. Die letzte halbe Stunde hatte er mehr oder weniger immer und immer wieder den gleichen Satz eines recht untalentierten Schülers gelesen. Hatten seine Gedanken vorhin noch zu sehr um Finn gekreist, so war es nun Rick, der ihn von der Arbeit abhielt.

Volker öffnete die Tür und verschwand sofort in der Küche. Rick konnte den ganzen Tag über Kaffee trinken. Im Grunde hatte Volker die Maschine ausschließlich für ihn angeschafft. Nervös befüllte er den Filter und schaltete das Gerät ein.

Das Knallen der Wohnungstür verhieß nichts Gutes. Volker schloss die Augen und versuchte, ruhig zu atmen.

„Keiner da?", rief Rick und seine Stimme schwang zwischen übertriebener Freundlichkeit und Verärgerung.

„In der Küche!", gab Volker zurück. „Du wolltest doch Kaffee!"

„Nur keine Mühe", sagte Rick, als er hereinkam.

„Das macht keine Mühe."

„Mir ist aber nicht nach Kaffee!"

„Aber du wolltest ..."

„Kann man nicht mal die Meinung wechseln?"

Volker schaltete die Kaffeemaschine wieder aus. Dann blieb er hilflos stehen und wartete, was als nächstes kommen würde. Eines war ihm aber jetzt klar: Rick würde es ihm auf keinen Fall einfach machen, aus der Geschichte unversehrt herauszukommen.

„Hast du was Richtiges da?", fragte Rick nach einer Weile.

„Was Richtiges?"

„Mit Alkohol."

„Wein."

„Nichts Härteres?"

„Wie hast du es immer genannt? Spießerhaushalt?"

„Ja, so ungefähr", sagte Rick, und plötzlich konnte er sich wohl ein Lächeln nicht mehr verkneifen. „Ist es ja auch."

„Willst du Wein?"

„Nee, dann lieber doch Kaffee."

Wortlos schaltete Volker das Gerät wieder ein. Dann standen sie sich einen unangenehmen Augenblick schweigend gegenüber.

„Wollen wir uns ins Wohnzimmer setzen? Kaffee dauert noch", sagte Volker schließlich.

„Ich wollte eigentlich nicht lange bleiben ..."

Volker seufzte.

„Bin ich dir zu anstrengend?", fragte Rick lauernd.

„Nein, lass uns nur einfach rübergehen und ganz normal miteinander sprechen, okay?"

„Ich fürchte, das wird nicht so einfach möglich sein", gab Rick zurück, machte sich aber doch auf den Weg ins Wohnzimmer. Selbstgefällig ließ er sich in Volkers Lieblingssessel fallen.

„Wieso sollten wir denn nicht einfach miteinander reden können?", fragte Volker und versuchte, seinen Ärger und das Misstrauen zu verdrängen. Vor ihm saß doch immerhin sein Ex-Freund, niemand Fremdes.

„Weil ich einfach wahnsinnig enttäuscht bin", sagte Rick.

„Irgendwie siehst du gar nicht so aus", antwortete Volker sofort.

„Nun, du siehst auch nicht unbedingt so aus, als müsstest du mit Kindern ins Bett."

„Bitte", sagte Volker, „der Chat vorhin mit dir hat mir diesbezüglich schon gereicht. Wenn du nicht vernünftig mit mir ..."

„Was dann?", fragte Rick dazwischen. „Wirfst du mich dann raus?" Er lachte.

Volker atmete tief durch. Nur die Ruhe behalten! „Rick, ich kann verstehen, dass du verletzt bist ..."

„Wirklich?"

„Ja, wirklich", gab Volker unwirsch zurück, „denn zufällig war ich nach unserer Trennung nicht weniger verletzt bei dem Gedanken, dass du mich gegen einen anderen eintauschst."

„Habe ich das?"

„Das weiß ich nicht, aber letztlich war das doch der Grund, weshalb du mit mir Schluss gemacht hast, oder? Ich war dir zu spießig! Auch wenn ich es eher gelassen nehme, heißt das nicht, dass ich mir so was gern anhöre."

Rick grinste. „Du gehst ja plötzlich richtig aus dir heraus!"

„Ich fänd es schön, wenn wir beim Thema bleiben könnten."

„Was ist denn das Thema?"

Volker biss die Zähne zusammen. Kurz sah er aus dem Fenster und hoffte, dass er stark genug war, die Sache nicht eskalieren zu lassen. Aber wie sollte man mit jemandem reden, der nicht reden wollte?

„Das was zwischen mir und Finn geschehen ist, war weder von mir beabsichtigt, noch wird es sich wiederholen."

„Gut für dich. Zumindest bist du nicht blöd genug, den gleichen

Fehler zweimal zu machen."

Volker verkniff sich jeglichen Kommentar. Er durfte Rick auf keinen Fall provozieren.

„Hast du dich eigentlich nicht gewundert, was so ein junger Hüpfer überhaupt von dir will?"

Volker schwieg eisern.

„Weißt du, ich habe dir dein Spießertum nie wirklich abgenommen. All dieses Heile-Welt-Getue."

„Du willst mir jetzt nich wirklich sagen, ich hätte dir etwas vorgespielt, oder?"

„Hast du das etwa nicht?"

„Der Part würde doch wohl eher auf dich zutreffen, immerhin hast du unsere Beziehung doch aufgrund von akuter Langeweile beendet. Und das, nachdem es dir vorher so gut gefallen hat. Da frage ich mich, wer hier wem was vorgespielt hat!"

„Wow, beruhig dich wieder!" Rick machte eine betont gönnerhafte Geste. „Du hast wohl immer noch nicht verstanden, dass Finn kein Zufall war, was?"

„Was willst du mir jetzt damit sagen?"

„Dass ich dir den Jungen geschickt habe, oder dachtest du, die Boys fliegen dir freiwillig zu?"

Volker biss wieder die Zähne zusammen. Natürlich wollte sich Rick nur rächen – für was auch immer. Er war verletzt und musste seiner Wut jetzt freien Lauf lassen.

„Gott, ich kann geradezu sehen, was jetzt in deinem Kopf vorgeht. Du glaubst wirklich, dass ich nur neidisch bin, weil du vor mir jemanden gefunden hast, was?"

„Ich habe niemanden gefunden", gab Volker säuerlich zurück. „Es war ein Ausrutscher, verdammt noch mal!"

Plötzlich änderte Rick die Taktik: „Ich hatte wirklich gehofft, dass wir noch mal eine Chance bekommen ..."

„Ja, Schlussmachen ist immer eine gute Methode, um eine Beziehung zu retten." Volker konnte sich den Seitenhieb nicht verkneifen.

„Du verstehst es immer noch nicht, was? Ich hab mit dir Schluss gemacht, damit du siehst, wie es ohne mich ist. Und irgendwie wurde ich das Gefühl nicht los, dass du es genießt. Darum habe ich dich getestet, deshalb habe ich dir Finn geschickt!"

„Okay, ich denke, das Gespräch ist an dieser Stelle nicht mehr zu retten. Es tut mir wirklich leid, aber ich kann so einfach nicht mit dir reden."

„Woran zweifelst du denn? Doch nicht etwa daran, dass dein Goldjunge nicht dein Goldjunge sein könnte?" Rick lachte spöttisch und warf einen DVD-Rohling auf den Tisch. „Wenn du es nicht glaubst, dann schau dir das hier an. Dein kleiner Finn ist nämlich ein Pornodarsteller."

„Rick, ich glaube, das hier hat wirklich keinen Zweck mehr." Volker fühlte sich, als ob er einen Besessenen vor sich hätte.

„Ich an deiner Stelle würde lieber mal einen Blick riskieren", sagte Rick eisig und deutete auf die DVD.

Volker seufzte. Widerwillig nahm er den Rohling und legte ihn in den Player ein. Finn war 16! Er konnte kein Pornodarsteller sein! Rick wollte ihn lediglich verletzen, das war alles.

Die Scheibe surrte im Gerät und Volker suchte das entsprechende Programm des Fernsehers. Ohne Menü lief der Film sofort los. Zwei blonde Jungen waren zu sehen. Der eine lag auf dem Rücken und fingerte sich, während er seinen Fuß gegen die Brust des anderen stemmte. Und der andere ... Volker schluckte hart. Der Junge sah tatsächlich aus wie Finn.

„Na? Was hab ich dir gesagt?" Ricks Stimme quoll über vor Selbstgefälligkeit.

Volker stand wortlos vor dem Fernseher. Noch immer weigerte er sich, das zu akzeptieren, was er da sah. Finn leckte gerade den Fuß des anderen Jungen ab. Allein diese Aktion erinnerte viel zu sehr an einen Pornofilm, als dass Volker sich noch ernsthaft an seine alberne Hoffnung halten konnte. Finn hatte ihm erzählt, er sei noch Jungfrau! Volker betätigte den Vorlauf. Die einzige Erklärung, die er noch für möglich hielt, war die Tatsache, dass der Darsteller schlichtweg nicht Finn war, sondern diesem nur sehr ähnlich sah. Immerhin hatte Volker ihn in dem gesehenen Ausschnitt nicht frontal zu Gesicht bekommen. Vor seinen Augen zuckten die Bilder vorwärts, immer wieder wechselte das Bild auf das Gesicht des Jungen, den Volker nicht kannte. Seltsam, dass Finn kein einziges Mal in Großaufnahme gezeigt wurde. Dafür gab es Großaufnahmen vom Akt selbst.

Volker stoppte das Bild.

„Geiler Arsch, was?", fragte Rick dazwischen.

Volker antwortete nicht. Er versuchte nur zu erkennen, ob ... Er hielt inne. Die Qualität der Nahaufnahmen war eine andere als die der Totalen von zuvor. Aber das konnte auch an den unterschiedlichen Lichtverhältnissen liegen. Pornofilme wurden ja aus verschiedenen Einstellungen zusammengeschnitten. Volker ließ den Porno vorlaufen. Und dann endlich bekam er die gewünschte Einstellung. Finn lag auf dem Jungen und die Kamera hing geradewegs vor seinem Gesicht. Einen Zweifel gab es nicht mehr. Das war Finn! Finn beim Orgasmus. Der Film endete in dem Moment, als Finn die Augen öffnete. Kein Zweifel mehr. Volker spürte die Wahrheit wie einen Schlag in die Magengrube.

„Na? Beweis genug?" Rick zog eine mitleidige Miene.

„Fein, du hast gewonnen."

„Soll ich dir eine Liste der Produktionen geben, bei denen er mitgefickt hat?"

Volker schüttelte den Kopf. Finn interessierte ihn nicht mehr. Jetzt ging es nur noch um Rick.

„Was willst du von mir?"

„Na, ich wollte von dir eigentlich nur Aufrichtigkeit und Treue", sagte Rick, „aber was ich jetzt von dir will, das weiß ich noch nicht so genau."

„Warum bist du gestern hier gewesen?"

„Ach, du meinst den Quickie?" Rick setzte ein trauriges Gesicht auf. „Leider kann ich meine Gefühle nicht einfach so von heute auf morgen abstellen wie du."

„Das kann ich auch nicht", sagte Volker, aber er wusste, dass Rick nicht darauf eingehen würde.

„Na ja, sagen wir es so", fing Rick an, „dafür, dass du mich so verletzt hast, steht mir doch sicher eine Wiedergutmachung zu, oder nicht?"

„Nur weil ich mit dem Jungen ins Bett gegangen bin, den du auf mich angesetzt hast?" Volker lachte. „Ich hoffe, er hat dir gesagt, dass ich mich eigentlich gar nicht für ihn interessiert habe."

„Ach, wirklich? Finn sieht das aber anders!"

Volker seufzte. „Dann musst du wohl zur Abwechslung mal mir glauben. Ich bleibe dabei: Es war ein einmaliger Ausrutscher! Verdammt, du kennst mich doch!"

„Das dachte ich auch mal."

„In Ordnung", sagte Volker matt, „egal wie es nun gelaufen ist, es tut mir auf jeden Fall leid und es wird auch nicht mehr vorkommen."

Rick lachte laut auf. „Du glaubst aber jetzt nicht wirklich, dass für uns noch eine Chance besteht, oder?"

Volker runzelte die Stirn. „Was willst du damit sagen?"

„Dass eine Entschuldigung vielleicht für verheiratete Heten klargeht, die ihren fünf Kindern eine Trennung nicht zumuten wollen."

„Und für Schwule gilt was?"

„Ich dachte eher an eine finanzielle Wiedergutmachung."

Volker räusperte sich. Er konnte nicht glauben, was er da gerade von seinem Ex-Freund gehört hatte. Finanzielle Wiedergutmachung!

„Wenn ich ehrlich bin", sagte er, „kommt mir das eher wie ein Vorschlag für geschiedene Heten vor. Was hast du dir vorgestellt? Unterhalt?"

„Na, das wär doch schon mal nicht schlecht", antwortete Rick und nickte bekräftigend. „So kann man das auch sehen. Und wenn ich an dein Gehalt denke, müssten 500 im Monat doch passen."

Volker riss die Augen auf. Das wurde ja immer besser. „Du willst mich verarschen, oder?"

„Warum? Findest du dein Fremdgehen tatsächlich so lächerlich?"

„Ich würde sagen, dass man es nicht als Fremdgehen bezeichnen kann, da wir ohnehin nicht mehr zusammen waren, weil du die Beziehung beendet hast. Damit dürfte sich auch die Frage nach einer finanziellen Wiedergutmachung erübrigen."

„Wow, ich hätte nicht gedacht, dass du so sehr hinter deinem Ausrutscher stehst."

Volker lachte. „Tja, was soll ich machen? Ich habe den Fehler begangen und damit muss ich nun leben. Die Zeit zurückdrehen kann ich jedenfalls nicht."

„Was du dir aber sicherlich noch wünschen wirst." Rick grinste breit. „Denn trotz der Pornofilme bleibt Finn minderjährig."

„Ja, das ist eine interessante Sache", sagte Volker. „Was hat denn die Produktionsfirma zu diesem Umstand gesagt?"

„Das Label gibt es nicht mehr, die Filme wurden vom Markt genommen, der Betreiber sitzt im Knast. Wenn du an die Filme rankommen willst, musst du dich ziemlich anstrengen."

Volker spürte seine Sicherheit schwinden.

„Brauchst du dafür etwa auch Beweise?"

„Nein, ich ..." Volkers Stimme versagte.

„Vielleicht verstehst du jetzt die möglichen Auswirkungen deines kleinen Ausrutschers?" Rick schüttelte besserwisserisch den Kopf. „Ich meine, ich bin doch nicht blöd. Wenn ich dir schon einen Boy ins Bett schicke, dann muss ich doch auch davon ausgehen, dass der Test nach hinten losgeht. Und in dem Fall soll er doch nicht für mich nach hinten losgehen, sondern für dich, oder?"

„Rick ..."

„Hör mir zu!", unterbrach Rick sofort. „Wenn die Sache ans Tageslicht kommt, dann kannst du deinen Job an den Nagel hängen. Du hast nicht nur zufällig mit einem Minderjährigen geschlafen, sondern mit einem minderjährigen Pornodarsteller. Egal von welcher Seite man es betrachten wird, aus der Schmuddelecke kommst du nicht mehr raus. Und der Fall wird aufgrund Finns Vorgeschichte auch nicht so schnell vom Tisch sein."

„Rick ..."

„Verstehst du jetzt, weshalb das nicht nur ein kleiner Ausrutscher war?" Rick setzte wieder sein ekelhaftes Grinsen auf.

Volker fühlte sich, als sei soeben ein Laster über ihn hinweggefegt.

„Aber du wolltest noch etwas sagen", fügte Rick gelassen an.

„Ich – also – das ist nicht dein Ernst, oder?"

„Würde ich sonst hier sitzen?"

„Rick, 500 im Monat?"

„Ja, und das für, sagen wir mal, die nächsten 20 Jahre."

„Wann bist du eigentlich so geworden?"

„Was, Schätzchen?"

„Du weißt genau, dass ich das alles nicht gewollt habe."

„Aber es ist passiert."

„Ja, es ist passiert", sagte Volker.

„Also sind wir uns einig", schloss Rick das Gespräch und sprang auf. „Du bist mir aber nicht böse, wenn ich das Filmchen wieder mitnehmen? Wir wollen ja nicht, dass man bei einer möglichen Untersuchung noch belastendes Material bei dir findet, oder?"

Volker wurde schlecht. Als Rick kurz darauf die Wohnung verließ, bekam er das nicht mal richtig mit.

Kapitel 28

„Also ich kann das alles ja immer noch nicht glauben", sage Samara. Kopfschüttelnd sah sie zu, wie Finn nach und nach seine Mitbringsel auspackte.

„Echt unglaublich", wiederholte sie sicher zum zehnten Mal und nahm sich die zweite DVD-Hülle. „Aber schlecht sieht er ja nicht aus, dein Bo."

„Das ist nicht mein Bo", entgegnete Finn. „Wenn ich gewusst hätte, was Rick vorhat, hätte ich ..."

„Ja, natürlich, aber jetzt sei doch mal ehrlich: Hätte doch schlimmer kommen können, oder?"

„Bitte?"

„Ich meine den Typ, nicht den ganzen Scheiß, den du verzapft hast."

„Hallo? Woher hätte ich denn wissen sollen, dass mir das Arschloch eine Kamera vor die Nase hält?"

„Intuition?"

„Jetzt fang mir bloß nicht wieder damit an!"

„Schon gut", gab Samara nach, „ändert aber trotzdem nichts daran, dass der Typ heiß ist."

„Wegen diesem Kerl ..." Finn brach ab und warf Bos Akte auf den Tisch. Nur den Rohling, auf dem der Name seiner Mutter stand, enthielt er Samara vor. Noch war er sich nicht sicher, was er überhaupt damit machen wollte. Und Samara würde nur eine Möglichkeit kennen: Reinschauen! Aber das wollte Finn nicht, auf keinen Fall. Die Furcht, etwas sehen zu müssen, das er nicht sehen wollte, war einfach zu groß. Und irgendwie konnte er auch nicht zulassen, dass Samara womöglich seine Mutter ...

„Sag mal, träumst du?", riss Samara ihn wieder in die Realität zurück. „Was ist wegen diesem Kerl?"

„Na, der hat mich doch schließlich reingerissen!", sagte Finn.

„Vielleicht hat er ja nichts davon gewusst?"

„Ach, hör auf! Der arbeitet für Rick! Ich bin mir sicher, dass er von dem Scheiß gewusst hat."

Samara sah plötzlich ein wenig verlegen aus. „Sollen wir mal reinschauen?"

„Du willst dir jetzt nicht wirklich einen Schwulenporno angucken!"

„Warum nicht? Oder wirst du sonst geil?"

„Nein!"

„Stimmt, du bist ja sextechnisch neuerdings gut ausgelastet."

„Ha-ha! Ich will einfach nicht, okay? Ich finde es komisch, mit dir so was anzugucken."

„Na gut. Aber du kannst ja vielleicht einen Film hierlassen."

„Von mir aus kannst du sie beide haben."

„Echt?"

„Wenn's dich glücklich macht."

„Ich bin nur neugierig. Das wird ja wohl erlaubt sein. Und was ist das?" Samara zog die braune Mappe mit Bos Daten zu sich und öffnete sie.

„Ich dachte, dass es ja albern ist, einfach nur fertige Pornos zu klauen. Bestimmt hat Rick davon eh genug. Diesen Kram da wird er schon eher vermissen, denke ich mal."

„Na ja", machte Samara, während sie den Inhalt studierte. „Scheinen halt irgendwelche Probedinger zu sein oder Rohfassungen oder was." Sie legte die DVD-Rohlinge beiseite. Dann zog sie den Papierkram heraus. „Okay, hier haben wir die Verträge für die beiden Filme und – ist doch mal interessant ..." Sie hielt Bos Mitarbeiterstammblatt hoch. „Zumindest haben wir jetzt ein paar Daten zu diesem" – sie las den Namen ab – „Boris."

„Boris?"

„Vorname: Boris. Nachname: Kettler. Künstlername: Bo. Alles klar?"

Finn riss ihr das Blatt aus der Hand. „Ja, schon klar! Guck mal, der wohnt nur zwei Häuserblocks weiter!"

„Was?" Samara riss die Augen auf. „Boah, wenn ich das meinem Vater erzähle!" Sie kicherte.

„Warum? Was ist denn mit deinem Vater?"

„Der ist immer so stolz auf unsere tolle Wohngegend. Ich glaub, der fällt aus allen Wolken, wenn ich dem erzähle, dass einer unserer Nachbarn ein schwuler Pornodarsteller ist."

„Klar, und dann erzählst du ihm am besten auch, dass du das von mir weißt, weil ich mit ihm einen Film gedreht habe."

„Wenn du unbedingt drauf bestehst ..."

„Sam!"

„Jaahaa, ich bin ja schon lieb." Samara setzte einen gespielt ernsten Gesichtsausdruck auf. „Und was haben wir jetzt davon, dass er in der Nähe wohnt? Willst du dich mit ihm verabreden oder so?"

Finn schnaubte. „Mensch, überleg doch mal! Durch ihn kommen wir an meinen Film!"

„Oh, das ist in der Tat eine gute Überlegung." Dann huschte aber wieder ein Schmunzeln über Samaras Gesicht. „Du hast gesagt, dass dieser Rick eigentlich Hetero- oder Bi-Filme macht?"

„Soweit ich das sehen konnte. Ich glaube, das hier waren die einzigen Schwulenpornos."

„Hmm, spielt dieser Bo auch in den anderen Filmen mit?"

„Keine Ahnung! Was willst du denn?"

„Nix, ich dachte nur, wenn er uns hilft, dann bekommt er eine Belohnung und darf mit uns beiden schlafen." Samara grinste breit. „Natürlich getrennt voneinander!"

„Träum weiter! Wenn ich den Kerl sehe, dann hau ich ihm eher eins auf die Fresse", sagte Finn.

„Ich glaub, die ganze Sache macht dich richtig männlich."

„Wenn du so weitermachst, bekommst du auch eins drauf!"

„Okay, war ja nur so ne Idee."

Finn runzelte die Stirn. „Im Prinzip ist der Gedanke mit der Bestechung ja nicht schlecht. Wir müssen diesen Boris halt irgendwie dazu kriegen, dass er uns hilft."

„Oder wir haben was gegen deinen Rick, dann können wir Boris aus dem Spiel lassen."

„Sag mal, du bist jetzt nicht wirklich in den Kerl verknallt, oder?"

„Lass mich doch mal ein wenig schwärmen." Samara grinste breit. „Verdammt, der sieht sogar auf seinem Perso einfach nur geil aus." Sie hielt eine Kopie des Ausweises hoch.

„Was ist denn noch so da drin?"

„Kopien von Rechnungen." Dann kramte sie endlich die Fotos hervor. „Wow, die sind ja mal geil!"

„Rechnungen?"

Samara legte die Fotos beiseite. „Ja, Boris hat an Ricks Firma ..." Sie stockte. „Das glaub ich jetzt nicht!"

„Was?", rief Finn alarmiert.

„Der hat pro Dreh wohl nur 200,- Euro bekommen!"

„Nur?"

„Na, findest du das nicht wenig?"

„Also ich hätt gern 200,- Tacken."

„Aber dafür, dass dich dann jeder – in Action sehen kann?"

„Mmh, okay, ist wirklich nicht so viel."

„Nicht so viel? Also ich würde mich für so wenig Knete bestimmt nicht ausziehen!"

„Toll, ich hab es heute für lau gemacht!"

„Aber dein Film kann ja nicht veröffentlicht werden."

„Kann man Rick nicht daraus irgendwie einen Strick drehen?"

„Wie gesagt, ich hab keine Ahnung, ob private Filme auch strafbar sind. Und wenn wir das herausbekommen wollen, müssen wir uns wohl Hilfe suchen."

„Nee, lass mal."

Samara betrachtete wieder die Fotos. „Also, wenn der nicht schwul wäre, dann würde ich ihn glatt nehmen."

„Schön für ihn."

Samara schnaubte. Dann nahm sie sich noch mal die Ausweiskopie vor. „Hey! Guck mal!", rief sie plötzlich und schnippte mit den Fingern. Ein Zeichen, das untrüglich darauf hindeutete, dass sie etwas Wichtiges entdeckt hatte.

„Was ist?"

„Guck mal, sieht das nicht irgendwie komisch aus?"

Finn betrachtete die Personalausweiskopie. „Nö, was denn?"

„Das Geburtsdatum!"

14.10.1988. Finn konnte nichts ungewöhnliches sehen. Außer, dass Boris in gut drei Monaten 20 wurde.

„Schau auf die Jahreszahl!"

„Wenn du mir jetzt sagen willst, dass der Kerl zu jung ist, dann hast du dich verrechnet."

„Guck genau hin!"

„Jetzt sag mir doch schon ..." Finn brach den Satz ab. Plötzlich wusste er, was Samara meinte. Die beiden Achten saßen ein ganz kleines Stück tiefer als die restlichen Zahlen.

„Scheiße kopiert, würd ich sagen", schloss Finn.

„Das hab ich auch sofort gedacht, aber dann ist mir aufgefallen, dass der Rest nicht verschoben ist – die dünnen Linien. Und irgendwie sieht die 88 auch heller aus als der Rest."

„Du meinst, die Kopie ist gefälscht?" Finn spürte mit einem Mal ein Kribbeln durch seinen Körper ziehen.

„Könnte doch sein, oder?"

„Und wie finden wir jetzt heraus, ob es wirklich so ist?"

„Wir brauchen das Original."

„Oh Gott, wenn das so ist ..." Eine Woge von Gefühlen schlug über Finn zusammen. Was sollte dieser komische Unterschied beim Geburtsdatum sonst bedeuten? Bo hatte sich älter gemacht. Zwischen all den Befürchtungen und Ängsten und der Wut zog sich nun völlig unerwartet ein immer stärker werdendes Band von Hoffnung – und, vielleicht ein wenig verfrüht, Erleichterung.

„Du heulst aber jetzt nicht los, oder?", fragte Samara unwirsch.

„Nein, verdammt", antwortete Finn und kämpfte darum, seine Tränen zurückzuhalten. Der heutige Tag hatte bislang eine Katastrophe nach der anderen gebracht. Und nun kam Samara daher und bog mit ihrem scharfen Blick alles wieder hin. Wie immer.

„Darf ich dich daran erinnern, dass wir im Grunde noch nichts erreicht haben? Kein Grund also, jetzt sentimental zu werden."

„Ach, halt doch einfach die Fresse", sagte Finn und schlang seine Arme um Samara.

Samara seufzte. „Sag Bescheid, wenn du fertig bist, damit wir dann fortfahren können, deinen Arsch zu retten."

„Nur einen Moment noch."

Kapitel 29

Immer wieder sah Volker Finns Gesicht, vom Orgasmus verzerrt der Kamera entgegengereckt. Hätte er sich den Film doch bloß nicht angeguckt ... Aber auch ohne dieses Bild könnte die derzeitige Situation nicht schlechter sein.

Volker hatte sich nicht mal mehr die Mühe gemacht, eines der Schulhefte in Angriff zu nehmen. Er wusste, dass es vergebens sein würde. Immer und immer wieder spulte sich die Geschichte von neuem in seinem Kopf ab. Rick, der sich von ihm trennte, ihm einen Minderjährigen zum Treuetest schickte. Er, der schließlich auf dieses

Spiel hereinfiel und dadurch seinen Job gefährdete, ja quasi sein ganzes Leben an den Rand des Abgrundes brachte. Seine Freunde waren ja die eine Sache. Sie würden sich sicherlich von ihm abwenden. Aber was würde erst seine Familie dazu sagen? Ganz zu schweigen von dem möglichen Medienrummel, den es geben würde. Und zumindest so weit hatte er seinen Ex-Freund durchschaut: Rick würde alles tun, um möglichst viel Schaden zu verursachen. Im Grunde konnte sich Volker nicht mal sicher sein, dass Rick überhaupt Wort hielt. Wer garantierte denn, dass die monatlichen Zahlungen ausreichten? Es hieß doch so schön, *klein fängt es an* ... In diesem Fall fing es aber nicht mal wirklich klein an. 500 waren bei Volkers Gehalt schon ein ordentlicher Brocken, darauf würde er sich erst mal einstellen müssen. Und wenn er das dann geschafft hatte, würde sicher der nächste Schlag kommen. Hier und da kleine Gefälligkeiten, vielleicht Extrazahlungen ... Die Liste ließ sich endlos fortführen – und Rick würde sicherlich noch einfallsreicher sein.

Stöhnend ließ sich Volker endlich aufs Sofa fallen. Er wollte diesen Tag nur vergessen. Alles ungeschehen machen. Aber das waren verzweifelte Wünsche. Die Realität sah hart aus: Er war entweder der Wahrheit ausgeliefert oder seinem Ex-Freund. Beide Möglichkeiten mündeten unweigerlich in einer Katastrophe. Wenn er die Sache selbst ins Reine bringen wollte, dann musste er sich wohl oder übel von seinem bisherigen Leben trennen. Rick dagegen ermöglichte ihm sein Leben zumindest halbwegs weiterzuführen, dafür würde Volker aber seiner Willkür ausgeliefert sein.

Im Grunde gab es nur eine Möglichkeit, die tatsächlich akzeptabel war: Volker musste zuerst mitspielen, Rick würde sein Geld bekommen, damit er schwieg, bis es einen günstigen Zeitpunkt zum Ausstieg gab. Als Ausstieg fiel Volker hier bislang nur ein radikaler Neuanfang ein. Er würde seine Arbeit aufgeben müssen und seine Wohnung, um woanders wieder einzusteigen und sich ein neues Leben aufzubauen. Hauptsache, Rick erfuhr nichts davon. Wenn die Zahlungen aufhörten, wäre Volker längst über alle Berge.

Mit einem weiteren gequälten Stöhnen fiel Volker ein, dass Rick sich aber sicherlich nicht so einfach abschütteln ließ. Wahrscheinlich würde er Volkers Eltern aufsuchen und erst Ruhe geben, wenn er wusste, wie er an Volker herankommen konnte. Damit blieb eigentlich nur eine Lösung, wenn er Rick nicht nachgeben wollte: Er musste zu seinem Fehler stehen und die Konsequenzen tragen.

Irgendwie fühlte sich Volker, als hätte er einen Dauerlauf hinter sich, dabei hatte er sich heute kaum bewegt. Schlapp erhob er sich wieder. Er musste seine Gedanken abschalten, damit er ein wenig Abstand von der Sache bekam. Vielleicht sollte er einfach eine kalte Dusche nehmen und sich danach ins Bett legen. In seinem Arzneischrank hatte er noch Schlaftabletten. Die würden ihm vielleicht helfen, sich eine Auszeit zuzuführen. Morgen dann sähe schon alles anders aus – vielleicht ...

Kapitel 30

„Natürlich musst du anrufen", sagte Samara empört, „wie sollen wir denn sonst an den Ausweis kommen?"

„Aber was soll ich ihm denn sagen?"

„Na, was weiß ich? Dass du mit ihm noch mal ne Nummer schieben willst?"

„Jetzt hör doch mal auf damit!"

„Aber irgendwie musst du ihn schon dazu kriegen, dass er sich mit uns trifft. Und besser, du rufst sofort an, damit wir vorankommen."

„Und was dann? Soll ich ihn fragen, ob er mir seinen Ausweis gibt?"

„Klar, und wenn er das nicht macht, musst du ihn niederschlagen und sein Portemonnaie klauen. So einfach."

„Es ist nicht lustig!"

Samara wurde plötzlich ernst. „Wir brauchen diesen Beweis. Wenn wir nix in der Hand haben, dann können wir auch nix machen, logisch, oder?"

„Du hast ja recht." Finn sträubte sich gegen die Vorstellung, noch heute wieder auf Bo – oder Boris – zu treffen. Was sollte er bloß sagen? Im Grunde blieb doch nichts anderes, als tatsächlich Samaras Möglichkeit in Betracht zu ziehen. Es würde ja ohnehin so aussehen, als ob Finn nun ernsthaft etwas von dem Jungen wollte.

„Wie wäre es, wenn wir ihn einfach zu Hause überraschen?", fragte Samara. „So wie Rick dich überrascht hat. Wer dreist ist, kommt zum Ziel."

„Aha", machte Finn. „Und was, wenn er gar nicht da ist?"

„Dann können wir immer noch anrufen und uns mit ihm verabreden."

„Und was, wenn seine Eltern da sind?"

„Mensch, dann erzählen wir denen halt was. Freunde, Bekannte, irgendwas halt."

„Oh Gott, das wird superpeinlich."

„Peinlicher, als wenn deine Mutter von Rick ein Filmchen zugespielt bekommt?"

Finn dachte wieder an den DVD-Rohling, der noch in seiner Tasche steckte. Genauso wenig, wie er seine eigene Mutter bei irgendwas sehen wollte, wollte er natürlich auch, dass er selbst von seiner Mutter bei eindeutigen Aktivitäten gesehen wurde. Das wäre nun wirklich die Katastrophe schlechthin.

„Gut, dann lass uns los, mir wird schon was einfallen", sagte Finn schließlich.

„Na endlich. Einfach drauflos, so wie du auch in die Scheiße reingekommen bist." Samara lachte.

Finn grummelte nur vor sich hin. Er hatte keine Zeit, jetzt noch auf Samara einzugehen. Er musste sich etwas zurechtlegen, damit er nicht ganz so blöd vor diesem Boris stehen würde.

„Du bist ja total angespannt", sagte Samara, als sie das Haus verließen.

„Durch dein Gelaber wird es nicht besser."

„Komisch, ihr habt doch schon miteinander – gepoppt." Samara kicherte. „Da sollte doch ein wenig Konversation weniger kompliziert sein, oder?"

„Aber doch nicht in so einer Situation!"

Samara ging eine Weile schweigend neben ihm her. „Vielleicht kannst du ihn ja mit der Wahrheit überzeugen, wenn du erst mal bei ihm drin bist?"

„Bei ihm drin?"

„Na, in seinem Zimmer natürlich. Aber das andere ist vielleicht auch keine schlechte Idee." Samara kicherte.

„Ha-ha", machte Finn. „Jetzt sag mal ernsthaft, hältst du es wirklich für klug, die Wahrheit zu sagen?"

„Wär vielleicht besser, als ihm das Portemonnaie zu klauen, oder?"

„Entschuldige, wir haben gerade zusammen gefickt, jetzt will ich den Film haben und brauche deinen Ausweis, damit ich ein Druckmittel habe, hilfst du mir?"

Samara lachte. „Na gut, da musst du wohl noch ein wenig dran feilen. Versuch es auf jeden Fall mit deinem Hundeblick."

„Ich versuch es lieber doch mit Diebstahl", sagte Finn matt. Was Besseres fiel ihm nämlich nicht ein. Die Wahrheit jedenfalls würde sicher nicht gut ankommen. Immerhin wollte Finn ja Bos Lüge entlarven, um sich selbst aus der Patsche zu ziehen.

„So, da sind wir", sagte Samara fröhlich. „Jetzt kannst du mal zeigen, was du drauf hast."

„Irgendwie hasse ich dich manchmal."

„Das hat sich vorhin aber noch anders angehört ..."

„Warum musst du mich eigentlich so wahnsinnig nerven?"

„Jetzt im Moment?" Samara kicherte. „Weil ich will, dass du endlich deinen Arsch da reinbewegst."

„Super, danke, bist echt ne Hilfe."

„Ja, nicht?"

„Doch, schon", lenkte Finn ein, „aber das geht auch anders."

„Laber nich! Wenn du lieber da reingehst und den Ausweis besorgst, anstatt mir zuzuhören, dann habe ich meine Sache gut gemacht."

„Glaub mir, das hast du", sagte Finn mürrisch und ging auf den Hauseingang zu. Die Idee, dass Bo tatsächlich ein minderjähriger Pornodarsteller sein könnte, kam ihm plötzlich mehr als dämlich vor. Der letzte Grashalm. Aber Finn musste es versuchen. Entschlossen drückte er den Klingelknopf neben *Kettler*. Samara zeigte ihm beide Daumen hoch und grinste wie ein Tier.

Finn zuckte zusammen, als der Türöffner losbrummte. Er hatte keine Wahl. Samara wedelte schon mit den Händen, dass er endlich hineingehen sollte. Finn betrat das Treppenhaus. Dem Klingelschild nach musste sich die Wohnung der Kettlers im ersten Stock befinden. Also dann mal los, dachte er sich und stürmte die Treppe hinauf.

Die Wohnungstür war halb offen. Niemand erwartete ihn. Ein wenig unsicher lungerte Finn vor der Tür herum, bis er sich schließlich zu einem Klopfen durchringen konnte.

„Komm rein!", hörte er Bos Stimme. „Bin noch nicht so weit."

Offenbar erwartete Boris jemanden. Aber bestimmt nicht Finn.

Unsicher betrat Finn den Flur und schloss die Tür hinter sich. Er lauschte. Badezimmergeräusche.

„Geh in mein Zimmer, ist keiner da!", rief Bo.

In sein Zimmer? Finn überlegte, ob er sich zu erkennen geben sollte. Er kannte sich doch nicht aus in dieser fremden Wohnung. Aber zum Glück war Bo ja allein. Keine Eltern. Also schaute Finn schnell in die Zimmer, bis er schließlich eines gefunden hatte, das ganz nach Bo aussah. Drei verschiedene Boards standen an die Wand gelehnt, neue Rollen und Kugellager lagen herum, überall Klamotten und Müll. Es sah aus wie Bombe! Vor dem Fenster stand ein Schreibtisch, zumindest vermutete Finn das, denn außer einem Monitor sah man nur Durcheinander. Leere Verpackungen, Papierstapel, Schulzeug. Finn trat näher und sah sich ein paar der Zettel an. Offenbar malte Bo – mit Kugelschreiber auf Karopapier. Sah ziemlich cool aus.

„Kommt Felix jetzt eigentlich mit?", rief Bo aus dem Bad.

Finn erstarrte. Im gleichen Moment sah er den Rucksack, den Bo schon vorhin dabeigehabt hatte. Er lag mit allerlei Klamotten auf dem Bett. Finn schluckte. Er musste etwas antworten, oder nicht? Aber so oder so würde Bo jeden Moment hereinkommen und ihn womöglich rauswerfen. Das war seine einzige Chance!

„Meik?", rief Bo.

Finn hastete zum Bett und schnappte sich den Rucksack. Aufgeregt kramte er darin herum. Irgendwo musste doch Bos Portemonnaie sein!

„Meikilein!", trällerte Bo. „Wenn du mir nicht antwortest, nenne ich dich den ganzen Abend so!"

Finn spürte seinen Hals enger werden. Offenbar dachte Bo, dass sein Kumpel aus einem Scherz heraus nicht antwortete. Trotzdem würde es nicht mehr lange dauern, bis Bo die Sache komisch vorkam. Und was würde das dann erst für einen Eindruck machen, wenn Finn hier herumwühlte?

Da! Finn hatte etwas gefunden! Tatsächlich zog er eine Geldbörse aus dem Rucksack.

„Meikilein, du kleines Schwein, ich steck dir gleich nen Dildo rein." Bo lachte. Noch war er im Bad.

Panisch klappte Finn das Portemonnaie auf. Wo war nur dieser verdammte Ausweis? Es gab nur ein Fach, das groß genug wäre, aber da befand sich allerlei anderer Kram drin – Fotos, Papierfetzen mit

Telefonnummern, Kondome ... Finn wollte schon fast aufgeben, als der Personalausweis schließlich unerwartet aus der Lasche für die Scheine herausrutschte. Wie in Zeitlupe sah Finn das Dokument zu Boden fallen.

„Was machst du denn?", rief Bo aus dem Badezimmer. Jetzt hörte er sich nicht mehr so spaßig an, sondern eher genervt.

Finn warf das Portemonnaie in den Rucksack zurück und bückte sich nach dem Ausweis.

„Ich bin jetzt fertig." Auf dem Flur schlug eine Tür zu.

Finn riss seine Beute an sich und richtete sich schnell auf. Im nächsten Moment erschien auch schon Bo im Zimmer.

„Was ...", fing er an, hielt aber sofort überrascht inne.

„Entschuldige, aber ..." Finn wusste nicht, was er sagen sollte. Genau vor dieser Situation hatte er sich gefürchtet. Aber wenigstens hatte er seine Mission schon erfüllt. Heimlich schob er Bos Ausweis in seine Arschtasche.

„Ähm, schon gut, war mein Fehler", sagte Bo und näher. „Hätte ja nachschauen können, wen ich da reinlasse."

„Na ja, ich wusste nicht, was ich sagen soll."

„Kein Problem." Bo lächelte. „Was willst du denn?"

„Ich – also ..." Finn fehlten wieder die Worte. Das, was er wollte, hatte er ja bereits. Und auf die Schnelle wollte ihm keine passende Ausrede einfallen. Dafür tauchten immer wieder Samaras Anspielungen in seinem Kopf auf.

„Woher weißt du überhaupt, dass ich hier wohne?", fragte Bo nun ein wenig verwirrt.

Schon wieder so eine Frage! Finn konnte ja jetzt wohl schlecht sagen, dass er Bos Daten geklaut hatte ...

Aber Bo half ihm schon weiter: „Rick hat damit nicht zufällig was zu tun?"

„Doch", sagte Finn schnell. „Woher sollte ich sonst wissen – also ... Klar, Rick!"

„Wusst ich's doch! Er hat schon so komische Andeutungen gemacht, als du weg warst, von wegen, dass wir gut – na ja, zusammenpassen würden."

„Echt?" Finn wurde rot.

„Er meinte, du willst wohl gerade etwas von einem Älteren und ich sollte dich mal ordentlich wachrütteln oder so."

„Rick ist ein Arschloch!", platzte es aus Finn hervor.

Bo lachte laut auf. „Ich hab doch sofort gemerkt, dass zwischen euch was nicht stimmt." Plötzlich wurde Bo ernst. „Hör mal, das mit dem Filmen, ich dachte, das sei abgesprochen. Rick meinte, du wolltest unbedingt einen Film und – also das ist nicht das erste Mal, dass ich so was für ihn mache. Hab mir einfach nix dabei gedacht ..."

„Ähm, ja, schon okay", presste Finn hervor. In seinem Kopf hörte er nur immer wieder Samara, die Bo von Anfang an in Schutz genommen hatte.

„Rick kann manchmal wirklich ein Arschloch sein", gab Bo zu. „Wenn ich keine Kohle dafür kriegen würde, hätte ich bestimmt auch nichts mit ihm zu tun."

„Warum gehst du nicht woanders hin?", fragte Finn spontan.

„Tja, das ist so eine Sache", antwortete Bo ein wenig verlegen. „Ist halt nicht so einfach."

„Ach so." Finn hatte noch keine Zeit gehabt, das Datum auf Bos Personalausweis zu prüfen, aber spätestens jetzt war er sich ziemlich sicher, dass Bo sich gegenüber Rick älter gemacht hatte.

„Warum bist du eigentlich hergekommen?" Bo sah ihn erwartungsvoll an.

„Ich – na ja ..." Finn fiel immer noch nichts Gescheites ein. Wieder schoss ihm Hitze ins Gesicht und er fühlte sich wie der allerletzte Blödmann.

„Okay", sagte Bo, „also hat es Rick geschafft, dich auf mich anzusetzen." Bo legte seine Hände auf Finns Schultern. „Ich weiß echt nicht, was er sich dabei denkt, aber ich habe ihm schon ein paar Mal gesagt, dass ich es nur für Geld mache und eigentlich keinen Bock auf eine Beziehung habe – schon gar nicht mit einem Boy."

„Was?" Finn trat einen Schritt zurück. „Was soll das denn heißen?"

„Hey, jetzt nur keinen Schock bekommen, okay?"

„Nee, ich bekomm keinen Schock", sagte Finn schnell, fühlte sich aber nicht wirklich so. Wenn Samara jetzt auch bei dieser Sache recht behalten sollte, dann ging das wirklich nicht mit rechten Dingen zu.

„Ich habe nichts dagegen, mit Jungs rumzumachen", erklärte Bo, „aber daraus wird einfach nicht mehr, okay? Für mich ist das einfach nur Sex."

Finn nickte.

„Tut mir leid, wenn ich dich jetzt irgendwie enttäuscht habe", sagte Bo. „Du bist wirklich nett und geil und so, aber mehr ist da nicht."

„Heißt das, du hast von Rick auch Kohle bekommen, damit du mit mir rummachst?", fragte Finn schließlich.

Bo nickte. „Ich hoffe, es kränkt dich jetzt nicht. Mit dir hätte ich es auch so gemacht, aber ich wusste ja nicht, was da auf mich zukommt. Und Rick lässt eigentlich immer was springen."

„Schön", sagte Finn ein wenig steif. „Dann werde ich jetzt mal gehen."

„Hey, hast du vielleicht Lust mitzukommen?"

„Ähm, nee, lass mal."

„Wir wollen uns in den Schlosspark setzen und was trinken. Wird bestimmt lustig. Und vielleicht gefällt dir ja auch einer meiner Kumpel."

„Bestimmt", sagte Finn und tastete sich zur Tür vor. „Ein andermal vielleicht, okay?"

„Okay."

„Ciao dann."

„Ach, eine Sache noch."

„Ja?"

„Es wäre nett, wenn du meinen Eltern nichts erzählst, geht das?"

„Klar, kein Problem."

„Danke." Bo räusperte sich. „Und wenn du irgendwann mal mitkommen willst, ich würde mich freuen."

„Okay." Finn drehte sich um und ging aus dem Zimmer. Er wurde das Gefühl nicht los, dass Bo jeden Moment sehen würde, dass er den Ausweis gestohlen hatte. Der Flur wurde immer länger und Finn musste dem Drang widerstehen, einfach loszulaufen. Erst als er im Treppenhaus war und die Wohnungstür hinter sich zugezogen hatte, spürte er eine gewisse Erleichterung. Trotzdem rannte er wie irre die Treppe hinunter und floh geradezu aus dem Haus.

„Was ist los?", fragte Samara aufgeregt.

„Nichts, lass uns gehen – schnell", sagte Finn und zog seine Freundin mit.

„Nach nichts sieht das aber nicht gerade aus."

„Verdammt, ich hab ihm den Ausweis geklaut!"

„Echt? Geil!"

„War verdammt knapp."

„Was habt ihr getrieben?", fragte Samara.

„Nichts natürlich! Die Wohnungstür war auf und ich bin rein. Er dachte, ich sei jemand anderes. Als er dann in sein Zimmer kam, hatte ich den Ausweis schon in der Tasche. War eigentlich total easy."

„Und was dann?"

„Nix dann. Er hat mir gesagt, dass er keine Beziehung zu Jungs will und ich bin dann gegangen." Finn lachte. Die ganze Anspannung der letzten Minuten entlud sich in diesem Lachen.

„Jetzt krieg dich wieder ein! Zeig mir lieber den Perso!"

Finn zog das Dokument aus seiner Jeans und warf nun den ersten Blick drauf: *Boris Kettler, geb. 14.10.1991*

„Ja!", schrie Samara. „Ich hab's gewusst!"

„Und jetzt?"

„Jetzt gibst du das Ding mir und ich mach Kopien. Damit haben wir dann einen Beweis."

„Was machen wir dann mit dem Perso?"

„Den kann ich ja persönlich zurückbringen." Samaras Augen leuchteten. „Vielleicht kann er sich ja mit mir eine Beziehung vorstellen, wenn er dich schon nicht will."

„Sicher!"

Samara verdrehte die Augen. „Dann schicken wir ihm den halt per Post zu. Zufrieden?"

Finn strahlte. „Und wie!"

„Was machst du jetzt?"

„Ich glaub, ich muss nach Hause." Finn dachte wieder an den Rohling in seinem Rucksack. Noch waren nicht alle Überraschungen des Tages überstanden.

Kapitel 31

Volker lag im Bett und wartete auf den Schlaf. Die Tabletten mussten bald zu wirken anfangen. Dann würde er zumindest für heute dem Tumult entkommen. Was morgen war, das sollte ihn auch erst morgen interessieren.

Von draußen drangen noch die frühabendlichen Sonnenstrahlen an den Seiten des Rollos vorbei. Volker konnte sich nicht erinnern, in den letzten Jahren schon mal so früh ins Bett gegangen zu sein – nicht in gesunder Verfassung zumindest. Wieder tauchte der verlockende Gedanke auf, sich vielleicht noch einen gehörigen Schluck aus der Weinflasche zu gönnen. Doch das wäre in Kombination mit den Tabletten sicherlich weniger ratsam. Und wenn er trotz allem Theater eines überhaupt nicht wollte, dann war es die Erfüllung des Klischees vom saufenden Lehrer, dem die Probleme über den Kopf gewachsen waren und der daher Erlösung im Fusel suchte. Die Vorstellung von einem Schwulen, der sich angesichts seiner Liebesprobleme mit Tabletten und Alkohol das Leben nehmen wollte, gefiel ihm natürlich genauso wenig. Daher blieb er einfach liegen und wartete darauf, dass die Bilder in seinem Kopf, das Durcheinander allgemein, allmählich schwächer wurden.

Bis zum Schluss konnte er sich allerdings nicht dagegen wehren, dass ein Bild immer häufiger auftauchte: Finns Gesicht in Großaufnahme, wie er nach dem Orgasmus die Augen öffnete. Irgendwas stimmte an dem Bild nicht, etwas passte nicht. Der Ausdruck in den Augen, das war kein Blick der Befreiung, eher der Erkenntnis. Aber was sollte Finn schon nach dem Höhepunkt Erkenntnisreiches entdecken? Volker würde es jedenfalls nicht erfahren, denn der Film hatte an dieser Stelle geendet. Und es änderte ja letztlich auch nichts an der Tatsache, dass Finn eben nicht der Junge war, als der er sich ausgegeben hatte.

Dann übermannte ihn endlich die Müdigkeit.

Kapitel 32

Finn stand nervös in der Bahn. Am liebsten wäre er doch mit zu Samara gegangen. Mit ihr konnte er wenigstens über alles reden – zumindest fast alles. Er wippte hin und her. Je nachdem, was auf dem DVD-Rohling zu sehen sein würde, konnte er ja noch immer zu Samara flüchten. Es wäre nicht das erste Mal, dass er bei ihr schlief, wenn sie am nächsten Tag zur Schule mussten. Aber noch hatte er

Hoffnung, dass es nicht so weit kommen würde. Der Name auf der DVD, das konnte nur ein Zufall sein, mehr steckte da sicherlich nicht hinter.

Die Bahn hielt und Finn sprang heraus. Angespannt lief er nach Hause. Schon im Treppenhaus hatte er das Gefühl, nicht mehr von Luft umgeben zu sein, sondern von einer zähen Masse. Ganz vorsichtig schob er seinen Schlüssel in das Schloss der Wohnungstür. Wenn er Glück hatte, würde seine Mutter gar nicht merken, dass er wieder da war.

Finn schob die Tür behutsam auf und schlich herein.

„Da bist du ja wieder", sagte seine Mutter im Vorbeigehen.

Finn zuckte zusammen. „Ja." Fast erwartete er, dass nun die Fragen kommen würden, dass er sich nun nicht mehr so einfach davonstehlen konnte wie noch vorhin. Aber nichts. Seine Mutter ging einfach weiter ins Wohnzimmer. Der Fernseher lief.

„Alles in Ordnung?", fragte Finn irritiert. Seine Mutter sah höchst selten fern. Meist saß sie mit einem Buch auf der Couch, aber viel öfter hatte sie irgendwelche Hausarbeiten zu tun.

„Und bei dir?", fragte sie zurück.

„Ich habe zuerst gefragt!" Auf die Masche mit der Gegenfrage fiel Finn schon lange nicht mehr rein. Trotzdem wirkte es jetzt irgendwie unpassend. Warum sagte sie nicht einfach, dass alles in Ordnung war? Und noch ungewöhnlicher: Warum hakte sie jetzt nicht noch mal nach? So einfach ließ sie sich doch sonst nicht abwimmeln.

Einen Moment wartete Finn noch. Dann entschied er sich aber, die Schweigsamkeit seiner Mutter zu nutzen und einfach in sein Zimmer zu verschwinden. Erschöpft ließ er sich aufs Bett fallen. Die Welt war doch nicht mehr normal, oder?

Es verging sicherlich eine Viertelstunde, in der nichts passierte. Weder Fragen, noch irgendwelche Geräusche, nur das monotone Blubbern des Fernsehers nebenan. Seine Mutter schien tatsächlich auf äußerste Zurückhaltung zu setzen.

Vorsichtig nahm Finn seinen Rucksack und kramte die DVD hervor. *Bettina – Fun*, stand da drauf. Ob Rick die Scheibe mit Finns Film ebenfalls nur mit *Fun* beschriften würde? Vielleicht noch die Namen *Bo & Finn* davor ...

Er drehte den Rohling in der Hand hin und her, beobachtete das gebrochene Licht, das auf seine Finger reflektiert wurde und fragte sich, ob er wirklich wissen wollte, was für Daten auf diesem Medium gespeichert waren. Was wäre denn, wenn Rick tatsächlich auch einen Film von seiner Mutter gemacht hätte? Was brachte Finn dieses Wissen? Außer schlechten Träumen konnte er sich nichts vorstellen. Zumindest würde er seiner Mutter niemals davon erzählen können. Und den Rohling würde er auch ganz bestimmt nicht Rick zurückgeben – das musste er ja nun auch gar nicht mehr, schließlich gab es ein anderes Druckmittel, ein viel wirksameres. Also blieb nur, die DVD zu zerstören. Ungesehen. Was seine Mutter privat machte, ging ihn doch auch gar nichts an, oder?

„Finn?" Zaghaft klopfte es an der Tür.

Finn schreckte auf. Schnell warf er den Rohling in seine Tasche zurück. „Ja? Was ist?"

„Ich glaube, wir müssen miteinander reden", sagte Bettina, als sie ins Zimmer kam. Glücklich sah sie dabei aber nicht aus.

„Worüber?"

„Über uns."

„Oh", machte Finn. „Okay."

„Ich will nicht, dass irgendwas zwischen uns steht. Darf ich mich zu dir setzen?"

Finn nickte. Bettina setzte sich aufs Bett und schwieg. Offenbar wusste sie nicht, wie sie anfangen sollte. Finn schwieg ebenfalls. Es war eine bedrückende Stille. Fast schon empfand er Erleichterung, als seine Mutter endlich weitersprach.

„Es ist in Ordnung, wenn wir unsere Geheimnisse haben", sagte sie leise. „Ich denke, das ist auch vollkommen normal. Jedenfalls habe ich mich damit abgefunden, dass du mir nicht mehr alles erzählst."

Finn wurde rot. Er wartete auf das Aber ...

„Ich habe auch meine Geheimnisse, Finn." Sie räusperte sich. „Seit dein Vater uns verlassen hat, hielt ich es einfach für das Beste, wenn wir – zu zweit bleiben."

„Ich weiß", sagte Finn. Die Familienverhältnisse hatten sie immer mal wieder besprochen. Vornehmlich, wenn eine von Bettinas Schwestern mal wieder gesagt hatte, sie solle sich doch einen neuen Kerl suchen.

„Du kannst dir sicherlich denken, dass es nicht immer ganz einfach für mich ist, oder?"

Finn schluckte. „Worauf willst du eigentlich hinaus?" Das alles hörte sich nun doch zu sehr an, als wollte seine Mutter ihm einen Liebhaber schmackhaft machen. Lediglich ihr gequälter Gesichtsausdruck passte nicht dazu.

„Ich will darauf hinaus, dass wir uns auf keinen Fall aufgrund irgendwelcher Geheimnisse auseinanderbringen lassen sollten. Du bist und bleibst mein Sohn und ich deine Mutter."

„Gut", sagte Finn. Er wartete auf den Hammer, der ihn gleich am Kopf treffen würde.

Bettina seufzte.

Finn nestelte an seinem Shirt herum.

„Ich habe Scheiße gebaut!", platzte Bettina plötzlich heraus.

Finn schwieg. Die Wortwahl erschütterte ihn.

„Ich habe mich auf den falschen Kerl eingelassen", sie sah Finn nun direkt an. „Und ich fürchte, dass es Ärger geben wird."

Finn spürte, wie sich sein Magen zu drehen begann. Also war es doch wahr. Der Name seiner Mutter stand nicht nur zufällig auf dem Rohling, sondern ...

Bettina räusperte sich wieder. „Es geht um diesen Rick, der heute hier war."

Finn sog geräuschvoll Luft ein.

„Woher kennst du ihn wirklich?", fragte Bettina. „Ich will nicht seine Lügengeschichte hören, sondern die Wahrheit."

„Was für eine Lügengeschichte?", fragte Finn nervös zurück. „Das war doch nicht gelogen!"

„Finn, mir ist es egal, was du für ein Geheimnis hast, es ist nur wichtig, dass dieser Kerl es nicht dazu benutzen kann, dir zu schaden, hörst du?"

Finn biss die Zähne zusammen. Er konnte sich nicht erinnern, dass seine Mutter schon jemals so ernst gewesen war. Das beunruhigte ihn zusätzlich. Und er wusste, dass seine Mutter recht hatte. Rick suchte Schwachpunkte anderer, die er dann für sich selbst nutzen konnte.

Bettina fuhr fort: „Ich kann dich nicht zwingen, mir dein Geheimnis zu verraten. Ich will es auch gar nicht. Ich kann nur hoffen, dass du dir eher von mir helfen lässt, als dich auf irgendwas Dummes einzulassen."

Finn nickte. „Okay."

„Ich kenne Rick schon ein wenig länger. Wir hatten eine – Affäre, wenn man das so sagen kann. Und gestern auf dem CSD ..." Bettina stockte. Offensichtlich fiel es ihr nicht leicht, darüber zu sprechen. „Er war mit einem Kerl zusammen. Ich wusste gar nicht, dass ... Jedenfalls, als ich ihn zur Rede gestellt habe, bin ich doch wieder schwach geworden ..."

„Ma?" Finn musste seine Mutter unterbrechen. Er wollte auf keinen Fall weiter zuhören.

„Ja?"

„Ich – ich weiß nicht, ob ich das hören will."

Bettina schwieg. Dann stand sie schließlich auf. „Gut. Ich will dich auch nicht zwingen, mein Geheimnis anzuhören, aber ..."

„Du hast recht", unterbrach Finn seine Mutter wieder. „Ich habe auch ein Geheimnis, oder mehrere, aber ich will nicht mit dir drüber reden, okay?"

Bettina nickte. Sie räusperte sich erneut. „Ich will aber, dass du dich von diesem Rick fernhältst."

„Kein Problem", sagte Finn. „Ich weiß, dass er ein Arschloch ist."

„Lass dich nicht von ihm ausnutzen – oder erpressen."

„Er erpresst dich?", platzte es aus Finn heraus.

„Ja, das tut er. Ich habe gestern einen Fehler gemacht und nun versucht er, daraus Profit zu schlagen."

Finn spürte einen seltsamen Zwiespalt in sich kämpfen. Auf der einen Seite wollte er dieses Gespräch am liebsten jetzt und sofort beenden und nie wieder davon reden. Andererseits fühlte er sich in der Pflicht, seine Mutter zu schützen. Und das ging nur, wenn er sich ihr zumindest ein wenig öffnete.

„Ich weiß, was Rick macht", presste er also hervor. Sein Herz schien ihm geradewegs in den Hals gewandert zu sein und pochte nun dort wild vor sich hin.

„Ich ..." Bettina brach ab. Hilflos drehte sie sich um und ging zur Tür. Da blieb sie einen Augenblick stehen. Dann drehte sie sich wieder um und kam zurück. „Was hat er mit dir gemacht?"

Finn saß wie erstarrt auf seinem Bett. Plötzlich war ihm furchtbar kalt. Die Stimme seiner Mutter klang, als wollte sie Rick – oder doch ihn? – auf der Stelle umbringen.

„Nichts", sagte Finn schnell. „Ich – ich ..."

„Das geht mich vielleicht auch nichts an", entgegnete Bettina ein wenig sanfter. „Ich bin nur – ich weiß nicht, was ich sagen soll. Ich dreh diesem Arschloch den Hals um!"

„Es ist nichts passiert!", sagte Finn schnell und suchte nach einer Ausflüchte. „Ich war nur bei ihm – also, er hat versucht, mich zu erpressen ..."

Bettinas Wangenknochen arbeiteten. Finn konnte ihre Fragen geradezu sehen. Und plötzlich hatte er das Gefühl, dass es wohl keinen besseren Zeitpunkt gab, um seiner Mutter die Wahrheit zu sagen – über sich. Den Rest wollte er aber lieber verschweigen.

„Ich bin schwul", sagte er einfach, kleinlaut, an einem Stück, wie ein ganz normaler Satz kam es aus ihm heraus.

Bettina setzte sich wieder zu ihm aufs Bett. Dann legte sie irgendwie mit alberner Kumpelhaftigkeit einen Arm um ihn. „Ich weiß", sagte sie nur. „Ich weiß. Und ich will nicht, dass dir irgendwas passiert."

Finn spürte Tränen in sich aufsteigen. Wie oft hatte er sich genau diesen Moment in tausend verschiedenen Versionen vorgestellt – und keine entsprach diesem Augenblick jetzt auch nur entfernt. Krampfhaft versuchte er, seine Gefühle unter Kontrolle zu halten.

„Es ist dein Geheimnis", sagte Bettina sanft. „Meines ist, dass ich mich ebenfalls nach einem Mann sehne."

„Ma?" Finn schluckte. „Ich will nicht weiter mit dir über diese Sache reden, okay?"

Bettina nickte und erhob sich wieder. „Gut, ich weiß jetzt, was mir Rick über dich erzählen will ..."

„Was?" Finn riss die Augen auf. Mit einem Mal war sein Gefühlschaos wie weggewischt.

„Na, er hat mich vorhin angerufen und gesagt, dass er mir etwas über dich erzählen müsse."

„Dieses Arschloch!"

„Wenn ich nicht hingehe, wird er ..." Bettina brach ab.

Finn biss sich auf die Unterlippe. „Wirst du hingehen?"

„Ich fürchte, ich habe keine andere Wahl."

Finn dachte an den Rohling in seiner Tasche. „Doch, die hast du", sagte er fest. Entschlossen holte er die DVD hervor und gab sie seiner Mutter.

„Was ..." Bettina wurde rot.

„Sie lag bei Rick auf dem Schreibtisch."

„Hast du ..."

„Nein", unterbrach Finn seine Mutter. „Können wir uns jetzt darauf einigen, dass wir nie wieder hierüber reden?"

Bettina sah immer noch geschockt aus.

„Ma?"

„Ja?"

„Ich will nie wieder über den heutigen Tag reden, okay?" Finns Stimme zitterte. „Wir tun einfach wieder so, als hätten wir jeder unser Geheimnis und wir vergessen Rick."

Bettinas Gesicht zeigte deutlich die zahllosen Fragen, die gerade durch ihren Kopf schossen. Aber sie sagte nichts. Stillschweigend zerbrach sie den Rohling in den Händen und versuchte ein Lächeln.

„Samara und ich haben etwas gegen Rick in der Hand", sagte Finn schließlich. „Ich denke nicht, dass er noch mal auf die Idee kommen wird, irgendwas von uns zu fordern."

„Seid nur vorsichtig, ja?" So ganz geheuer schien Bettina die Sache nicht zu sein. Trotzdem beließ sie es dabei und ging aus dem Zimmer.

Finn atmete durch. Was für ein Tag!

Nach einer Weile stand er auf und setzte sich an den Computer. Nun, da er wusste, dass alles wieder in Ordnung kommen würde, fühlte er sich unglaublich leicht und happy. Das Schlimmste hätte er immerhin überstanden.

Erwartungsvoll loggte er sich in den Chat ein und sah auf Anhieb Samaras Nicknamen.

LittleGaylien: OMG!!!!!!!!!!!!!!!!!!!
SüßeSchnitte16: WAS IST LOS??????????
LittleGaylien: meine mutter weiß es!!! *jaul*
SüßeSchnitte16: OMG!!!!! *augen aufreiß*
SüßeSchnitte16: wie ist das passiert?????
LittleGaylien: war einfach so die situation
SüßeSchnitte16: ALLES????????
LittleGaylien: natürlich NICHT alles *lol*
LittleGaylien: aber das wichtigste
SüßeSchnitte16: und was hat sie gesagt? *neugier*
LittleGaylien: dass es ok ist :-D
SüßeSchnitte16: hab ich dir doch gesagt!!!!
SüßeSchnitte16: ich wusste, dass deine mutter einfach nur saucool

ist *gg*

LittleGaylien: war trotzdem nicht so einfach

SüßeSchnitte16: aber nu isses geschafft

LittleGaylien: JAAAAAAAAAAAAA!!!!!

SüßeSchnitte16: hab die kopien übrigens gemacht, hehe. kann also morgen losgehen *fg*

LittleGaylien: am liebsten würde ich das arschloch in den knast bringen. was meinst du?

SüßeSchnitte16: und was ist mit booooris?????

LittleGaylien: was soll mit dem sein?

SüßeSchnitte16: na, ich will doch nicht, dass er ärger kriegt

LittleGaylien: hätt ich mir ja denken können

LittleGaylien: aber überleg doch mal!!!

SüßeSchnitte16: lass uns morgen drüber reden, OK? meine eltern machen gerade theater. außerdem muss ich auch noch hausaufgaben machen.

LittleGaylien: kannste morgen von mir abschreiben

SüßeSchnitte16: DU MACHST HAUSAUFGABEN??????

LittleGaylien: würde ich extra für dich machen

SüßeSchnitte16: aber mach die ordentlich!!!!!!!!!!!!!

SüßeSchnitte16: so, ich muss ausmachen

SüßeSchnitte16: schöööö

LittleGaylien: bis morgen

SüßeSchnitte16 hat den privaten Chat beendet

Finn sah einen Moment lang dem allgemeinen Chat zu.

66er_fickhengst: jemand da der gefickt werden will

OnkelSam: hab ich noch nie ausprobiert @ beule

SUPERGAY1984: HI ALL TOGETHER!!!

Dicke_Beule: musste unbedignt mal voll giel ist das

66er_fickhengst: jemand da der gefickt werden will

zickerella: PONYHOOOOOOF

OnkelSam: wird ich machen

SUPERGAY1984: JEMAND DA???

Dicke_Beule: aber shcön tief riensteckn

66er_fickhengst: jemand da der gefickt werden will

zickerella: PONY WALLENSTEIN!!!!!

Obermeister: HÖRT MIT DEM SPAMMEN AUF
zickerella wurde von Obermeister des Chats verwiesen
OnkelSam: aber ohne gleitmittel, was
66er_fickhengst: jemand da der gefickt werden will
66er_fickhengst wurde von Obermeister des Chats verwiesen
terrorzickerella: PONY PONY PONY PONY PONY PONY PONY PONY PONY PONY PONY PONY PONY PONY PONY PONY PONY PONY
terrorzickerella wurde von Obermeister des Chats verwiesen

Finn schüttelte den Kopf. Mein Gott, was für Idioten! Aber diese Zickerella fand er lustig. Plötzlich hatte er Lust, selbst mal etwas übermütig zu werden.

Dicke_Beule: es muß ehct we tun
sweetyboy: sind heute nur irre hier?
Obermeister: scheint mir auch so @ sweety
superterrorzickerella: PONY PONY PONY PONY PONY PONY PONY PONY PONY PONY PONY PONY PONY PONY PONY PONY PONY PONY
LittleGaylien: PONY PONY PONY PONY PONY PONY PONY PONY PONY PONY PONY PONY PONY PONY PONY PONY PONY PONY
superterrorzickerella: PONY PONY PONY PONY PONY PONY PONY PONY PONY PONY PONY PONY PONY PONY PONY PONY PONY PONY
superterrorzickerella: PONY PONY PONY PONY PONY PONY PONY PONY PONY PONY PONY PONY PONY PONY PONY PONY PONY PONY
superterrorzickerella wurde von Obermeister des Chats verwiesen
LittleGaylien: PONY PONY PONY PONY PONY PONY PONY PONY PONY PONY PONY PONY PONY PONY PONY PONY PONY PONY
LittleGaylien: PONY PONY PONY PONY PONY PONY PONY PONY PONY PONY PONY PONY PONY PONY PONY PONY PONY PONY
Obermeister: mein gott, werden immer mehr!!!
LittleGaylien: PONY PONY PONY PONY PONY PONY

PONY PONY PONY PONY PONY PONY PONY PONY PONY PONY PONY PONY

OnkelSam: immer schön rein in den arsch

LittleGaylien wurde von Obermeister des Chats verwiesen

Finn musste laut lachen. Dieser Pony-Spam war ja mal wirklich abgedreht. Kurz zog er in Erwägung, sich ebenfalls wie Zickerella immer wieder mit neuem Namen einzuloggen, um weiterhin den Chat zu stören. Dann entschied er sich aber dagegen. Er hatte Samara versprochen, für morgen die Hausaufgaben zu machen.

Finn klickte das Warnfester weg, das ihm mitteilte, dass er soeben des Chats verwiesen wurde und sich doch bitte die Chattiquette durchlesen möchte, um zukünftige Verweise zu vermeiden.

„Scheiß Chat", murmelte er. Immerhin hatte der schlimmste Tag seines Lebens ja genau hier angefangen. Finn fuhr den Rechner herunter und nahm sich widerwillig die Hausaufgaben vor. Zu seinem Leidwesen war es auch noch eine ganze Menge. Sicher würde er bis spät in die Nacht dransitzen, nur damit Samara morgen abschreiben konnte. Finn seufzte. Aber das war er ihr schuldig. Immerhin hatte er sie in den letzten beiden Tagen ziemlich auf Trab gehalten.

Kapitel 33

Volker wachte mit Kopfschmerzen auf. Das waren sicherlich die Nebenwirkungen vom vielen Grübeln gestern. Der Wecker zeigte ihm an, dass er ungefähr noch anderthalb Stunden schlafen durfte. Unglaublich, fast zwölf Stunden Schlaf! Trotzdem fühlte er sich alles andere als ausgeruht. Irgendwie tat ihm alles weh.

Die Gedanken an gestern versuchte er mit übertriebener Aktivität zurückzudrängen. Schwungvoll sprang er aus dem Bett und stellte sich kurz darauf unter die Dusche. Gestern hatte er schon nicht seine Arbeit gemacht, er durfte auf keinen Fall zulassen, dass das nun zur Regel wurde. Bis 16 Uhr würde der heutige Tag ganz der Schule gehören, keine Ausnahme!

Mit dieser Vorgabe machte Volker sich fertig. Auf ein Frühstück verzichtete er und holte sich unterwegs vom Bäcker zwei belegte Brötchen. Das war eigentlich nicht seine Art, aber er wollte schnell Menschen um sich haben. Im Lehrerzimmer würde er sicher genügend Ablenkung finden. Und da er die erste Stunde frei hatte, konnte er sich dann vor den Augen seiner Kollegen fleißig an die Korrektur der Schulhefte machen.

„Was bist du denn heute so früh? Aus dem Bett gefallen?", fragte Liane, die morgens grundsätzlich noch verschlafen und eher mürrisch aussah.

„Ich kann mich zu Hause gerade nicht konzentrieren und die hier wollen kontrolliert werden." Volker hielt die Tasche mit den Schulheften hoch.

„Ach Gott, du Ärmster." Liane versuchte ein Lächeln. „Wenn du willst, kannst du ja mit mir tauschen."

„Mathe?" Volker lachte auf. „Ich bitte dich!"

„Das bisschen Integralrechnung wirst du auch noch hinbekommen."

„Ich glaube, ich verzichte."

„Ach übrigens, Holger hat sich krankgemeldet. Seine Zehnte hätte jetzt eigentlich Englisch. Vielleicht willst du ja da einspringen?"

Volker zögerte. „Würde sicher Punkte beim Direx geben, was?"

„Und wir wissen ja alle, dass du die nötig hast. So, ich brauch jetzt meinen Kaffee, sonst bring ich meine Saubande gleich um."

Volker sah zu, wie sich Liane in die Küche schleppte. Eigentlich hatte sie recht, er konnte wirklich Pluspunkte beim Fassbinder gebrauchen – und Ablenkung noch viel mehr.

Kapitel 34

Finn traf Samara wie immer vor der Schule.

„Du siehst ja aus, als hättest du richtig Bock", sagte Samara belustigt.

„Und du erst!"

„Ich? Ich freu mich eigentlich."

„Worauf denn?"

„Auf die Hausaufgaben, die ich gleich abschreiben darf."

Finn machte einen erschrockenen Gesichtsausdruck.

„Sag bloß, du hast sie nicht gemacht!", schimpfte Samara auch sofort los.

Finn lachte. „Doch, doch, nur nicht ausrasten."

„Boah, das ist auch dein Glück. Wenn ich noch einmal meine Matheaufgaben nicht habe, muss ich nachsitzen."

„Da würdest du dann wenigstens was lernen."

„Mathe! Wer braucht denn den Scheiß?"

„Und wer braucht den Rest?"

„Na, Englisch jetzt ist aber besser als Mathe!"

„Auf keinen Fall", widersprach Finn.

„Tja, so ein Pech für dich, dass heute Montag ist. Gleich in der ersten Stunde lecker Englisch." Samara schob Finn zum Eingang. „Lass mal reingehen."

„Vielleicht fällt die erste Stunde ja heute aus."

„Träum weiter!"

Ein paar Minuten später saßen sie im Klassenraum. Das übliche Chaos herrschte. Alle unterhielten sich durcheinander.

„Willst du die Kopien schon haben?", fragte Samara.

Finn nickte. „Wie viel hast du denn gemacht?"

„Sicherheitshalber drei."

„Sicherheitshalber?"

„Na, für den Fall, dass dieser Rick die Kopie zerreißt. Wenn wir gleich den Ausweis in die Post werfen, stehen wir mit einer zerrissenen Kopie blöd da."

„Du denkst echt an alles, was?"

„Ich geb mir Mühe." Samara strahlte. „Die Hängemappe mit Bos Daten habe ich übrigens auch dabei." Umständlich zog sie die braune Pappmappe aus ihrem Rucksack. „Du hast ja nichts dagegen, wenn ich die Filme noch ein wenig behalte, oder?"

„Bist du dir sicher, dass du – noch ganz normal bist?", flüsterte Finn. „Ich mein ja nur, weil, du kannst doch eh nix mit den Filmen anfangen."

„Hast du ne Ahnung!" Samara lachte schelmisch. „Eine Kopie müssen wir uns übrigens aufheben, damit wir notfalls damit zur Polizei gehen können."

„Was wollen wir denen denn erzählen, wie wir von der Sache

erfahren haben?"

„Na, die Wahrheit?"

„Ich weiß nicht ..." Finn dachte daran, dass so auch sicherlich eine Menge Leute von seinem eigenen Fehltritt erfahren würden.

„Dann kommt er gleich noch wegen Erpressung dran!"

„Irgendwie find ich es aber nicht so toll, dass dann alle ..."

„Gestern hast du mich noch angemacht, dass ich selbstsüchtig bin, nur weil ich Boris in Schutz nehmen wollte."

„Ja, dann reg dich doch jetzt nicht auf!" Finn grinste. „Wenn mein Geheimnis geheim bleibt, ist dein Boris ja auch aus dem Schneider."

„Toll!" Samara verzog das Gesicht. „So schnell geht das also."

Plötzlich knallte die Klassentür zu und alles war ruhig.

„Guten Morgen, Herr Neuhaus ist leider krank ..."

Ein ohrenbetäubender Jubel brach aus. Nur Finn und Samara saßen still auf ihren Plätzen und starrten nach vorn. Dort stand Volker.

Gerade als Volker ansetzen wollte, die Meute wieder zu beruhigen und sie über den Vertretungsunterricht aufzuklären, fiel sein fassungsloser Blick auf die beiden ruhigen Schüler. Da saßen sie still im Chaos und sahen ebenso fassungslos zurück.

Als sich der Jubel gelegt hatte, riss sich Volker los. Er wollte Unterricht machen, er musste nach dem Stoff fragen und ... Nein, er konnte Finn doch nicht ignorieren! Seine Beine wurden weich.

„Was ist denn jetzt? Können wir gehen?", rief ein Schüler.

„Ja, wie gesagt, Herr Neuhaus ist krank, der Unterricht fällt aus", hörte Volker sich sagen.

Finn schluckte.

„Ach du Scheiße", flüsterte Samara.

Fieberhaft überlegte Finn, wie er am besten aus dem Klassenraum herauskam, ohne zu dicht am Lehrerpult vorbei zu müssen. Er versuchte einen direkten Blickkontakt zu Volker zu vermeiden. Aber den Gesichtsausdruck, als Volker ihn erkannt hatte, wurde er nicht mehr los. Dieses Entsetzen! Irgendwie erschreckend. Dabei wollte Finn Volker doch nicht enttäuschen, er wollte doch nicht der Grund für seinen Ärger sein. Das allerdings hatte er schon gestern vermasselt, und heute ging es offenbar weiter.

„Der wollte eigentlich Unterricht machen, oder?", flüsterte ihm Samara zu, während sie ihre Sachen wieder einpackte. Die ersten verließen schon das Klassenzimmer.

„Bestimmt", presste Finn hervor.

„Was ist, willst du etwa hierbleiben?"

Nein, das wollte Finn ganz bestimmt nicht. Trotzdem konnte er sich nicht bewegen. Er hatte viel zu sehr Angst, wieder in Volkers Gesicht zu sehen und diesmal Enttäuschung darin erkennen zu müssen.

„Finn!", zischte Samara.

„Finn?" Das war jetzt Volkers Stimme. „Könntest du bitte noch einen Moment bleiben?"

„Scheiße", murmelte Samara, „ich warte draußen, okay?"

Finn nickte nur, dann wagte er einen Blick nach vorn, aber Volker sah ihn nicht an. Er hatte sich ans Pult gesetzt und trug etwas ins Klassenbuch ein. Samara war die Letzte, die rausging.

„Bitte einmal die Tür schließen. Danke." Volker klang sehr beherrscht, beinahe geschäftsmäßig.

Finn versuchte, ruhig zu atmen. Er hatte ja gewusst, dass es irgendwann so kommen musste. Nur, dass es so schnell kam ... Jetzt musste er da durch. Er hatte Volker einen Erwachsenen vorgespielt, also sollte er besser versuchen auch einer zu sein. Und dazu gehörte nun mal, dass man auch für seine Fehler gerade stand.

Volker sagte nichts. Starr sah er auf das Klassenbuch. Er hatte das Gefühl, jeden Moment in Ohnmacht fallen zu müssen oder auszurasten. Ein völlig neuartiges Gefühl, das er bislang noch gar nicht kannte.

Finn stand auf. Sein Stuhl rutschte geräuschvoll nach hinten. Volker sah auf. Seine Augen verfolgten kalt jede Bewegung.

„Ich weiß, dass du sauer auf mich bist", fing Finn an.

„Sauer?" Volker schüttelte fassungslos den Kopf. „Das trifft es nicht mal annähernd."

Finns Beine wurden weich. Natürlich, was hatte er auch erwartet? Er selbst wäre doch auch sauer, oder nicht?

„Weißt du eigentlich, was das alles für mich bedeutet?"

„Verdammt, ich wollte das doch nicht", sagte Finn. „Ich konnte doch nicht ahnen, dass du ausgerechnet heute hier auftauchst, um den Neuhaus zu vertreten! Und das mit dem Alter – ja, das war einfach nur Scheiße."

Volker sah ihn verdutzt an. „Das ist aber nicht das Erste, was dir einfällt, oder?"

„Wieso? Was denn?"

„Ich habe den Film gesehen. Rick war gestern noch bei mir."

Finn fühlte sich, als wäre ihm etwas Schweres auf den Kopf gefallen. Aber er konnte nicht umkippen, weil die Luft um ihn herum zu einem dicken Gelee angeschwollen war und ihn aufrecht hielt.

„Ich – ich wusste nicht ...", fing Finn an.

„Natürlich, für dich sind ja auch keine Probleme entstanden."

„Was für Probleme?", fragte Finn irritiert.

„Du weißt ganz genau, dass diese Sache zwischen uns – ein Ausrutscher war. Verdammt, ich wollte nicht mal!"

„Ich weiß", sagte Finn kleinlaut.

Volker sah verwirrt auf. „Wie, du weißt?"

„Das mit Rick, das war irgendwie – ein Zufall", mühte sich Finn ab. „Als er im Chat erfahren hat, dass da was zwischen uns war und ich erst 16 bin, ist er irgendwie ausgetickt. Ich wollte doch eigentlich gar nicht ..."

„Moment!" Volker rieb sich über die Stirn. Das machte doch überhaupt keinen Sinn! Irgendwie passte Finns Verhalten auch so gar nicht zu der Geschichte, die ihm Rick gestern aufgetischt hatte. Vielmehr hatte Volker einen kaltschnäuzigen Kerl erwartet, dem alles egal war. Aber in Finns Gesicht stand ehrliches Bedauern. Und außerdem ergab die Geschichte mit dem Portemonnaie eigentlich keinen Sinn. Immerhin hatte Finn ja seine Freundin vorgeschickt, um es abzuholen. Und heute saßen beide in dieser Klasse – an der gleichen Schule wie er.

„Wann habt ihr euch denn kennengelernt?", fragte Volker schließlich.

„Gestern, im Chat", antwortete Finn. „Ehrlich, wenn ich gewusst hätte, dass er dein Ex-Freund ist, ich ..."

„Also hat er dich nicht zu mir geschickt?"

Finn hielt kopfschüttelnd inne. „Wieso zu dir geschickt?"

„Rick hat mir erzählt, dass er dich zu mir geschickt hätte, um meine Treue zu testen."

„Dieses Arschloch!", entfuhr es Finn.

„Das denke ich mir auch gerade", murmelte Volker. Trotzdem blieb die Tatsache, dass Rick einen Pornofilm mit Finn hatte vorlegen können. „Was hat das eigentlich mit dem Film auf sich?"

Finn wurde rot. Dann seufzte er und setzte sich an einen Tisch gegenüber vom Lehrerpult. „Das ist jetzt ein wenig – wild, okay?"

„Viel wilder als eh schon kann es nicht werden."

„Rick hat mich dazu gebracht, mit ihm – na, du weißt schon. Und dann hat er diesen Darsteller zu sich beordert ..."

„Warte mal, schön langsam. Du warst also bei Rick zu Hause ..."

„Nein, Rick ..." Finn brach ab. Klar, Volker wusste ja nichts von Ricks Pornolabel. „Also, er hat eine eigene Firma."

„Was?"

„Er produziert Pornofilme."

Volker schwieg. Irgendwie hatte er große Lust, einfach aufzustehen und zu gehen. Mit wem er auch sprach – Rick, Finn – es kam immer ein dämliches Lügenmärchen dabei heraus.

„Ich weiß", sagte Finn schnell, „das hört sich jetzt sicher komisch an für dich, aber – es ist so. Und irgendwie hat er mich rumgekriegt, dass ich mit einem seiner Darsteller rummache. Bitte frag mich nicht, wie es dazu gekommen ist ..."

„Das interessiert mich ehrlich gesagt auch gar nicht", warf Volker ein.

Finn schluckte. „Jedenfalls ist mir erst später aufgefallen, dass Rick uns filmt. Ich denke mal, dass er mich damit noch erpressen wollte, weil er meine Mutter kennt und irgendwie ..."

„Ich glaube, ich habe genug gehört", sagte Volker und stand auf. „Wenn es der Preis für meinen Fehltritt ist, dann zahle ich halt die 500 monatlich, aber ich habe keine Lust, mir noch mehr Geschichten anzuhören."

„Was?" Finn schrie beinahe. Aufgeregt sprang er auf. „Der will 500 Tacken von dir haben im Monat?"

Volker zitterte. Was sollte er noch glauben? Er wusste nur eins: Allein die Tatsache, dass er mit Finn – einem Schüler – mitten in der Schule über solche Sachen redete, war mehr, als er momentan ertragen konnte.

„Er sagt, du weißt von dem ganzen Spiel. Und wenn du mich fragst, sah der Film recht professionell aus."

„Ich wusste von gar nichts!", rief Finn. „Das Arschloch hat mich doch auch erpresst!"

Volker nickte nur. Dann drehte er sich um und ging zur Tür.

„Warte!" Finn lief hinter ihm her. „Ich habe etwas gegen ihn in der Hand!"

„Ach ja?"

Finn zog aufgeregt die Kopien hervor. „Dieser Darsteller aus dem Film, er ist minderjährig!"

Zögernd warf Volker einen Blick auf die Kopie. Noch immer konnte er dieses Durcheinander, das Finn ihm gerade serviert hatte, nicht im geringsten glauben. Aber immerhin erkannte er auf den Kopien diesen Darsteller. Und auch das Geburtsdatum entsprach Finns Aussage.

„Ich habe eine Akte aus Ricks Büro mitgehen lassen", sagte Finn. Sein ganzer Körper stand plötzlich unter Strom. „Damit haben wir etwas gegen ihn in der Hand!"

„Wir?"

„Ja, wir!" Finn wedelte aufgeregt mit den Kopien hin und her. „Womit will er uns erpressen, wenn wir beweisen können, dass er Pornos mit einem Minderjährigen rausgebracht hat?"

„Puuh", machte Volker. „Das ist mir irgendwie alles zu viel."

„Aber es ist die Lösung!"

„Ich werde mich jetzt krankmelden", sagte Volker ruhig. „Dann gehe ich nach Hause. Wenn an dieser Sache wirklich was dran ist, dann erwarte ich dich bei mir ..."

„Gleich? Soll ich schwänzen?"

„Ehrlich gesagt, ist mir das ziemlich egal." Volker öffnete die Tür und flüchtete über den Flur zum Lehrerzimmer. Er würde nicht mal lügen müssen, was seine Krankheit anging. Ihm war in der Tat speiübel.

Kapitel 35

„Was war denn?", fragte Samara aufgeregt, als Finn auf den Flur trat.

„Ich glaub, die Sache ist noch komplizierter, als ich vermutet hab", gab Finn matt zurück. „Rick hat irgendeine Scheiße über mich erzählt und Volker glaubt mir nicht."

„Hmm", machte Samara. „Und jetzt?"

„Ich werde ihm beweisen, dass ich die Wahrheit sage."

„Und wie?"

„Rick versucht auch Volker zu erpressen. Mit den Kopien", Finn klopfte auf seine Schultasche, „können wir das Arschloch auch in Volkers Namen zum Aufhören bewegen."

„Mein Gott, der Kerl kennt aber auch echt nix, oder?"

Finn grinste. „Zumindest rechnet er nicht mit unserem Gegenschlag." Er drehte sich um und ging den Flur hinunter.

„Hey! Wo willst du denn jetzt hin?", rief Samara überrascht.

„Ich muss zu Volker."

„Ins Lehrerzimmer?"

„Nach Hause!" Finn senkte die Stimme. „Er meldet sich krank und wir treffen uns bei ihm, damit ich ihm alles in Ruhe erklären kann."

„Und was ist mit mir?"

„Willst du mitkommen?"

„Nee, nicht unbedingt. Ich meine, du vermasselst es doch nicht, oder?"

Finn zögerte. Dann holte er eine der Kopien hervor und reichte sie Samara. „Zur Sicherheit."

„Ah, du lernst!"

„Ich hab ja auch eine gute Lehrerin."

„Kommst du dann nachher wieder zur Schule?"

„Bist du bekloppt?" Finn lachte. „Lass mal nachher chatten, okay?"

„Gut, bis nachher."

Finn winkte, dann drehte er sich um und lief los. So wie Volker drauf war, wollte er ihn nicht lange warten lassen. Zwar spürte Finn noch immer die Nervosität, aber es gab Hoffnung. Und auch Volker würde schon einsehen, dass keine von Ricks Lügen zutraf.

Kapitel 36

Volker ließ sich auf seine Couch fallen. Natürlich fühlte er sich schlecht, weil er seinen Dienst nich ordnungsgemäß abgeleistet hatte. Aber vielleicht war es auch einfach mal an der Zeit, sich einen freien Tag zu genehmigen. Manche seiner Kollegen nahmen das nämlich auch nicht allzu genau. Und in Volkers Leben war ja immerhin einiges durcheinandergeraten. Er hatte sich eine Auszeit verdient. Aber je öfter er sich das sagte und bekräftigend dazu mit dem Kopf nickte, desto schlechter fühlte er sich deswegen. Vielleicht war es einfach besser, alles hinzunehmen, wie es gerade geschah und sich nicht so viele Gedanken darüber zu machen.

Volker lachte bitter auf. Erwartungsvoll sah er auf die Uhr. An einem normalen Tag würde er erst jetzt in der Schule ankommen. Ein wenig mit den Kollegen schwatzen, ein paar Schülerfragen beantworten, bereitmachen für den Unterricht und dann in der Zwölften über Goethe oder Brecht oder Kafka reden. Danach Englisch mit Orwell und Shakespeare. Im Grunde waren seine Montage langweilig. Im Grunde waren seine Wochentage überhaupt langweilig. Es gab wenig Abwechslung. Und an den Wochenenden, da ruhte er sich von seinen langweiligen Tagen aus. Wenn man es recht betrachtete, dann konnte er Rick nicht mal verübeln, dass er geflüchtet war. Aber dass er gleich ein Doppelleben geführt hatte, das konnte sich Volker beim besten Willen nicht vorstellen. Eigentlich hatte es zwischen ihnen kaum Spannungen gegeben. Wohl hauptsächlich deshalb, weil Volker seinem Ex alle Freiheiten gelassen hatte. Wenn Rick ausgehen wollte, warum dann darauf verzichten, wenn Volker keine Lust hatte? Volker hatte nie etwas dagegen gehabt. Und nun bekam er dafür die Quittung. Er hatte sein Leben mit einem Fremden geteilt. Bei Volker war es nicht schwer, recht schnell bis auf den Grund seines Alltags vorzudringen. Er hatte keine Geheimnisse, nichts, was sich als außergewöhnlich bezeichnen ließ. Und damit war Volker eigentlich auch zufrieden. Er wusste gern, was er zu erwarten hatte. Ein Leben, wie es Rick wohl führte, kam ihm vor wie ...

Es klingelte. Volker schreckte hoch. Das musste Finn sein!

Kapitel 37

Zum wiederholten Male betrat Finn ziemlich angespannt ein Treppenhaus. Er konnte nur hoffen, dass er Volker mit seiner Geschichte wirklich überzeugen konnte. Allein schon wegen Rick. Dieser Blödmann durfte wirklich keine Chance bekommen, irgendwem zu schaden. Aber auch für sich selbst hoffte Finn das. Er mochte

Volker wirklich sehr und der Gedanke, ihn endgültig verärgert zu haben, schien ihm unerträglich. Natürlich spielten bei diesen Überlegungen auch praktische Dinge eine Rolle: Wie sollte er sich ihm gegenüber bloß in der Schule verhalten?

„Ich hätte nicht gedacht, dass du wirklich vorbeikommst", sagte Volker, als Finn an der Wohnungstür ankam.

„Tja", machte Finn, weil er nicht wusste, was er darauf sagen sollte. Aber es rührte ihn irgendwie, dass in Volkers Stimme auch ein wenig Erleichterung und vielleicht auch – Freude? – mitgeklungen hatte.

„Komm rein", sagte Volker. „Willst du was trinken?"

„Ja, egal was, Hauptsache viel", antwortete Finn und betrat die Wohnung. Irgendwie fühlte er sich sofort heimisch. Eigentlich albern, weil er doch erst vorgestern zum ersten Mal hier gewesen war.

„Gar nicht mehr schüchtern", stellte Volker fest. „Setz dich."

„Ich hab nur Durst, sorry."

Volker lächelte verhalten, dann lachte er aber doch.

„Du bist aber gut aufgelegt, dafür dass du angeblich krank bist und sauer auf mich."

Volker antwortete nicht. Etwas später stellte er eine Flasche Wasser und zwei Tüten mit Orangen- und Apfelsaft vor Finn auf den Tisch. „Kannst dich bedienen."

„Danke."

Als Finn getrunken hatte, seufzte er und begann, die ganze Geschichte von vorn zu erzählen. Volker stellte immer wieder ungläubig Fragen, die Finn so genau wie möglich beantwortete. Nur den Teil, der seine Mutter betraf, ließ er aus.

Kapitel 38

GayloMate79: WOW!!!
GayloMate79: was machst du denn um die uhrzeit im chat???
VollKerL: Ich will mich mit dir verabreden.
GayloMate79: tja, das wollen einige *rofl*
VollKerL: Aber keiner meint es so ernst wie ich, das kann ich dir

versprechen.

GayloMate79: aber du machst jetzt nicht plötzlich einen auf versöhnung, nur weil ich kohle von dir haben will, oder???

VollKerL: Ich habe die 500 € für diesen Monat gerade von der Bank abgeholt. Deshalb will ich mich mit dir treffen.

GayloMate79: das ist ja mal ne schnelle entscheidung gewesen, so spontan kenn ich dich gar nicht ^^

VollKerL: Wenn du vorbeikommst, darfst du noch eine Seite an mir kennenlernen, die du dir bislang nicht vorstellen konntest.

GayloMate79: HAHA!!! klingt ja wie ein ganz versautes angebot. aber wenn es das ist, muss ich dich enttäuschen, mein arsch ist für dich tabu!!!!!!!!!!

VollKerL: Für mich bist du Schnee von gestern. Ich will nur Finn.

Volker sah gebannt auf den Monitor. Aber es kam keine Antwort.

„Das war vielleicht doch ein wenig too much", sagte Finn, der ihm über die Schulter guckte.

„Abwarten", sagte Volker ruhig.

VollKerL: Was ist?

VollKerL: Du bist doch jetzt nicht etwa geschockt?

GayloMate79: ich musste mir auf deine armseligkeit nur mal schnell einen runterholen

VollKerL: Wann bist du eigentlich so witzig geworden?

GayloMate79: kannste mal sehen, hat deine untreue doch was gutes gehabt ^^

VollKerL: Komisch nur, dass du so viel dabei gewinnst. Wann kommst du vorbei? Nicht dass ich es mir noch mal anders überlege.

GayloMate79: dann mach ich mich mal besser aufn weg, was? will dich ja nicht ins unglück stürzen *lol*

VollKerL: Ich kann dir die Kohle natürlich auch gern mit dem Vermerk ERPRESSUNG überweisen ;-)

GayloMate79: da du offenbar so gute laune hast, werde ich mir wohl noch eine kleinigkeit für dich ausdenken müssen

VollKerL: Solange du nicht vergisst, was ich will ...

GayloMate79: was du willst?????

VollKerL: Ich will Finn!

GayloMate79: *LOL*

GayloMate79: VERGISS ES!!!!!!
GayloMate79: DEN BOY SIEHSTE NIE WIEDER!!!!!!!!!!!
GayloMate79 hat den privaten Chat beendet

„Keine Sorge", sagte Volker. „Wenn wir ihn erst mal bei den Eiern haben, wird er den Film schon rausrücken."

„Hoffen wir's. Ich hab keinen Bock, dass er den meiner Mutter zuschickt."

„Wir fahren einfach nachher mit zu ihm." Volker grinste. „Mit unserem Wissen haben wir ihn vollkommen unter Kontrolle." Dann wurde er ernst und schüttelte den Kopf. „Ich kann noch immer nicht glauben, dass er diesen ganzen Mist abzieht. Ein Pornolabel!"

„Wenn er eh gleich hier ist, kannst du ihn ja fragen, was er sich dabei gedacht hat", sagte Finn spitz.

„Ich glaube, das interessiert mich nicht mehr."

Kapitel 39

Eine halbe Stunde später kam Rick die Treppen hinaufgestürmt.

„Zahltag", sang er fröhlich, als er sich an Volker vorbei in die Wohnung schob. Im Wohnzimmer aber blieb er abrupt stehen. „Was machst du denn hier?"

Finn versuchte, ähnlich ekelhaft zu grinsen, wie Rick es immer tat. „Du hast es doch grade selbst gesagt: Zahltag."

„Nur, dass der anders aussieht, als du dir das vorgestellt hast", knurrte Volker. Mit einem ordentlichen Schwinger traf er Rick mitten ins Gesicht. Rick taumelte vor und fiel auf den Sessel.

„Was soll der Scheiß?", schrie er aufgebracht.

„Halt die Fresse und guck dir das mal an", sagte Finn gelassen.

Volker blieb wie ein Gefängnisaufseher im Türrahmen stehen.

„Was ist das?" Rick riss die Kopie an sich, die Finn ihm hinhielt. Dann wurde er plötzlich still. „Das ist manipuliert."

„Ganz bestimmt nicht", sagte Finn. „Nachdem ich die Hängemappe aus deinem Schreibtisch hab mitgehen lassen, hab ich Boris gestern noch besucht. Da ist mir aus Versehen sein Ausweis in meinen

Rucksack gerutscht, sodass ich ihn höchst selbst kopieren konnte." Finn zauberte die Hängemappe mit Bos Daten hervor und zog die gefälschte Personalausweiskopie heraus. „Wenn du willst, kannst du ja gern mal einen Blick draufwerfen. Solltest du dann immer noch der Meinung sein, dass deine Kopie einen gültigen Perso zeigt, wird sich die Polizei bestimmt dafür interessieren."

Rick sprang auf. „Du mieses, kleines ..." Weiter kam er nicht, weil Volkers Faust ihn wieder traf. Diesmal auf die andere Seite.

„Das gibt aber zwei schöne Veilchen", kicherte Finn.

„Dafür wirst du bezahlen!", fluchte Rick und sah mit schmerz- und hassverzerrtem Gesicht seinen Ex-Freund an.

„Das glaube ich kaum", entgegnete Volker gelassen. „Es sei denn natürlich, du willst unbedingt einen öffentlichen Skandal und danach in den Knast."

„Was wollt ihr von mir?"

„Ich will meinen Film!", sagte Finn sofort.

„Und ich will eigentlich gar nichts", stimmte Volker mit ein. „Aber wenn du mich schon so fragst: Du schließt noch heute dein komisches Pornolabel."

Rick lachte auf. „Bist du bescheuert? Weißt du, was es mich gekostet hat, den Laden überhaupt so weit zu bringen?"

„Offenbar so viel, dass du jetzt ehrliche Menschen erpressen musst", sagte Volker kalt. „Ich verlange, dass du den Laden aufgibst. Und ich will nicht nur dein Wort, sondern sämtliche Belege über etwaige Verkäufe sehen."

„Das ist nicht dein Ernst!", schrie Rick.

„Auf jeden Fall. Ansonsten landet dieses schöne Zettelchen, das du da in den Händen hältst, umgehend beim Anwalt. Selbstverständlich gibt es dann noch diverse Klagen wegen Erpressung. Ich bin mir sicher, dass ich da nicht allein bin."

„Wir könnten die Firma verkaufen!", sagte Rick beinahe panisch. „Und die Kohle teilen wir uns dann!"

„Ich möchte nicht, dass dieses Label weiterhin besteht", entgegnete Volker. „Ich hoffe, das war jetzt deutlich. Und was mögliche Erlöse angeht: Was hältst du von einer Spende?"

„Was?" Rick sprang wieder auf. „Du bist doch bekloppt!"

„Ich habe dich auch für bekloppt gehalten, als du mir mit Erpressung kamst, trotzdem musste ich mich damit abfinden. Leider liegt die Sachlage für dich aber nun so, dass du dich für immer damit abfinden musst, während ich lediglich eine kurze Zeit mit der Angst leben musste, dass mein Leben nun zu Ende sei. Ich denke, du wirst verstehen, dass ich mich auf keinen Deal einlassen werde, oder?"

Rick zitterte.

„Mir ist es egal, was du mit deinem Leben noch anfangen willst", sagte Volker geschäftsmäßig, „aber ich hoffe für dich, dass wir uns nicht mehr begegnen werden. Und wenn du das Gefühl hast, Scheiße bauen zu müssen, dann denk bitte vorher daran, dass es noch immer Kopien der Filme gibt und die Geburtsurkunden der darin agierenden Darsteller."

„Du machst echt nen Fehler, Volker", stammelte Rick. „Wir können doch noch mal über alles reden und dann ..."

„Ich habe keine Lust mehr, mit dir zu reden. Für heute wollen wir nur noch den Film. Und in den nächsten Tagen und Wochen bekomme ich unaufgefordert die Belege über die Firmenauflösung und die Verkäufe der Gerätschaften und natürlich die Spendenquittung einer größeren Hilfsorganisation deiner Wahl."

„Du ruinierst mich!"

„Sieh es so: Du hättest mit mir gespielt, mich über die Jahre ausgenommen. Ich mache es für dich kurz und schmerzlos."

„Lass mich durch! Ich gehe!"

„Aber warte bitte auf uns!", sagte Volker. „Wir wollen ja nicht, dass du Finns Film vergisst. Außerdem können wir nebenbei eine kurze Bestandsaufnahme machen, damit nicht zu wenig gespendet wird."

Kapitel 40

Rick war geschlagen. Er leistete keinerlei Widerstand mehr. Wahrscheinlich hatte er sich auf der Fahrt einen Plan ausgedacht, wie er sein zukünftiges Leben gestalten wollte. Immerhin kannte er genügend Leute, die ihm unter die Arme greifen würden. Die Rohlinge mit Finns Aufnahmen gab er jedenfalls anstandslos raus.

Finn konnte noch immer nicht glauben, wie hart und absolut cool Volker die Sache in die Hand genommen hatte. Niemals hätte er geglaubt, dass Volker jemanden schlagen könnte. Aber nun wusste er es besser.

„Meine Hand tut verdammt weh", sagte Volker, als sie wieder bei ihm waren. „Ich will nicht wissen, wie sich sein Gesicht anfühlt."

„Das will ich aber auch nicht!", sagte Finn und lachte.

„Bleibt nur zu hoffen, dass nun alles so läuft, wie ich mir das gedacht habe."

„Na ja, trauen kann man ihm jedenfalls nicht."

Volker gab ein paar Eiswürfel in einen Gefrierbeutel. Dann setzte er sich auf den Sessel und kühlte seine Rechte.

„Was machst du eigentlich schon wieder hier?", fragte Volker schließlich. „Den Film hast du doch jetzt."

„Ja", murmelte Finn, „aber ich weiß noch nicht, wie das mit uns jetzt weitergeht."

Volker schwieg.

„Ich meine, ich weiß, dass ich Scheiße gebaut habe, okay? Ich hab Riesenscheiße gebaut!"

„Wie das halt nun mal so ist bei 16jährigen", gab Volker zu bedenken.

„Aber das hab ich echt nicht gewollt."

„Das weiß ich ja jetzt" sagte Volker mürrisch, „trotzdem macht es das nicht gerade einfacher. Ich habe keine Ahnung, wie ich dir in der Schule begegnen soll. Und nach heute – ich habe wirklich Angst, dass du auch auf so Ideen wie Rick kommst, wenn ich dir mal Nachsitzen aufbrumme oder was auch immer."

„Wer sagt denn, dass du jemals mein Lehrer wirst?"

„Kann doch gut passieren."

„Ach was, ich wähl Englisch und Deutsch einfach ab!"

„Da wirst du dich aber nicht wirklich vor drücken können. Abgesehen davon, will ich das auch nicht."

„Dann gibt es immer noch die Chance, dass ich einen anderen Lehrer bekomme, der mir so viel Nachsitzen aufbrummen kann wie er will, ohne Angst haben zu müssen, dass ich ausraste." Finn näherte sich dem Sessel und legte seine Hand auf Volkers Schulter.

„Aber es geht trotzdem nicht", sagte Volker ein wenig grob und schüttelte Finn ab. „Und bitte keine Annäherungen."

Finn schluckte. Dann fasste er sich ein Herz und schwang sich blitzschnell auf Volkers Schoß. „Bitte wehr dich nicht!", sagte er schnell und schloss ängstlich die Augen. „Deine Hand ist doch eh schon kaputt und ..."

Volker lachte. „Du bist echt ein Aas, weißt du das?"

„Ich will nur mit dir reden."

„Während du auf meinem Schoß sitzt?"

„Ja, genau."

„Dann rede mal!"

„Wie wäre es denn, wenn wir einfach nur gute Freunde sind und abwarten, bis ich mein Abi habe?"

„Wer sagt denn, dass du dein Abi schaffen wirst, so ganz ohne Deutsch und Englisch?"

„Dazu braucht man doch weder Deutsch noch Englisch!"

„Na ja, Lesekompetenz, Schreibhandwerk, das wären schon mal zwei Dinge, die ich dir fürs Abi unbedingt mit auf den Weg geben würde. Und Englisch braucht man heutzutage so oder so immer."

„Wie wär's mit Privatunterricht?" Finn grinste breit.

Volker schwieg.

„Hey! Wir bleiben wirklich nur gute Freunde, bis ich mit der Schule fertig bin! Versprochen!"

„Das hältst du doch niemals so lange aus!", sagte Volker mit gespielter Empörung. „Du bist jung, da ist es ganz normal, dass man – na, du weißt schon …"

Finn spürte einen Stich. Er räusperte sich. „Ich – ich hatte nicht vor, mit Rick – und Bo ..."

„Finn!", fuhr Volker sofort dazwischen. „Das ist für mich doch vollkommen in Ordnung! Wir sind weder zusammen noch sonst was. Du bist jung, du musst deine Erfahrungen machen!"

„Genau das wollte ich eigentlich nicht hören", murmelte Finn.

„Aber genau so ist es! Das ist wahrscheinlich die einzige Sache, die Rick vollkommen richtig eingeschätzt hat: Ich bin zu alt für dich und du bist zu jung für mich. Da kann wohl keiner von uns beiden etwas für."

Finn schluckte. „Und was ist, wenn ich das nicht so sehe?"

„Dann wirst du dich wohl so lange damit abfinden müssen, bis du die nötige Reife hast, das zu erkennen."

„Und was ist, wenn ich die Zeit doch durchhalte?"

„Dann gibt es andere Probleme und keiner kann sagen, ob dann etwas draus wird."

„Und was ist, wenn du alles viel zu negativ siehst?"

„Und was ist, wenn du alles viel zu positiv siehst?"

„Und was ist, wenn ich dich einfach küsse?" Finn senkte sein Gesicht auf das von Volker. Er spürte seine Lippen, roch sein Aftershave. Es prickelte. Ein Schaudern ging durch Finns gesamten Körper. Volker war so anders. Was waren schon die paar Jahre bis zum Abitur?

„Hey!", sagte Volker und drückte Finn weg.

„Und was ist, wenn ich schon nach der Zehnten abgehe?"

„Bist du jetzt vollkommen durchgeknallt? Meinst du, ich will dich noch, wenn du deine Zukunft verschenkst?"

„Das heißt also, du willst mich!"

„Nein, das habe ich so nicht ..."

„Doch, das hast du!" Finn lachte.

„Finn, bitte geh jetzt von mir runter. Wir sind Lehrer und Schüler an der gleichen Schule. Es ist einfach nicht richtig!"

„Könntest du auf mich warten, wenn ich auf dich warten kann?"

„Was sollen eigentlich die ganzen Fragen?"

„Ich versuche herauszufinden, wo wir stehen."

„Das habe ich dir doch gerade gesagt!"

„Du hast gesagt, wir sind Lehrer und Schüler."

„Ja."

„Aber das sind wir nicht immer."

„Für die nächste Zeit aber schon."

„Freunde?"

Volker seufzte. „Gut, Freunde."

„Aber nicht nur locker. Ich darf dich besuchen kommen, wann immer ich will."

„Finn ..."

„Sag es!"

„Gut, du darfst mich besuchen."

„Wann immer ich will!"

„Wann immer du willst."

„Und danach schauen wir dann."

„Finn ..."

„Habe ich noch einen Wunsch frei?"

„Wieso einen Wunsch?"

„Na, zum Abschied! Wir sind doch gleich nur noch gute Freunde

– sehr gute zwar, aber ...”

„Kommt ganz darauf an, was du dir wünscht.”

„Küss mich!”

Eine Weile sahen sie sich schweigend an. Der letzte Satz schwebte noch im Raum. Dann schloss Finn die Augen und wartete.

Volkers Herz schlug viel schneller als es eigentlich dürfte. Die Situation war brenzlig. Genau so war er überhaupt erst ...

„Kiss me, Teacher”, flüsterte Finn bittend.

Und dann gab Volker sich einen Ruck und küsste Finn zurück.

Intermezzo

dreieinhalb Tage später

SüßeSchnitte16: hi, biste öfter hier?

Booo1988: ab und zu

SüßeSchnitte16: suchst du jemanden bestimmtes?

Booo1988: eigentlich schon

Booo1988: sagt dir der nick gaylomate79 was?

SüßeSchnitte16: nee, sorry :(

Booo1988: ist ja auch egal

SüßeSchnitte16: erzähl ruhig!

Booo1988: ich kann den kerl nicht erreichen und weiß, dass er oft hier chatten geht

SüßeSchnitte16: oh, dein freund?

Booo1988: nope

Booo1988: eher mein arbeitgeber

SüßeSchnitte16: aha ...

Booo1988: nicht so wichtig

SüßeSchnitte16: fänd ich aber schon interessant. was machst du denn? *neugier*

Booo1988: macht vielleicht nicht den besten eindruck, aber ich hab mit ihm pornos gedreht

SüßeSchnitte16: WOW

Booo1988: nix dolles

Booo1988: außerdem ist es wohl sowieso vorbei. ich erreich ihn ja nicht mehr und ein termin is schon geplatzt

SüßeSchnitte16: das ist aber doof :(

Booo1988: ziemlich. die kohle könnt ich gebrauchen

Booo1988: und? hast du einen freund?

SüßeSchnitte16: nein

Booo1988: aber du bist nicht hier auf der suche, oder?

SüßeSchnitte16: nicht wirklich

Booo1988: gut

SüßeSchnitte16: wieso gut?

Booo1988: weil die meisten immer mit mir in die kiste wollen, wenn sie wissen, dass ich in pornos mitgespielt hab

SüßeSchnitte16: ach ...

Booo1988: kann schon nervig sein, wenn man immer nur auf das eine reduziert wird ;)

SüßeSchnitte16: da kannste bei mir beruhigt sein, ich bin nämlich nicht schwul

Booo1988: jetzt verwirrst du mich

SüßeSchnitte16: ← weiblich!!!

Booo1988: *gg*

Booo1988: hast du lust, mit mir ne runde zu quatschen?

SüßeSchnitte16: tun wir das nicht gerade???

Booo1988: ich mein am tel

Booo1988: oder real, wenn du magst

SüßeSchnitte16: klar *gg*

Epilog

dreieinhalb Jahre später

Finns Herz klopfte hektisch in seiner Brust. Vor etwa drei Stunden hatte er sein Abiturzeugnis erhalten. Alles piekfein und offiziell. Tausend Eltern, gähnende Langeweile. Seine Mutter hatte vor Stolz geglüht und Samara war ihrem Boris nicht von der Seite gewichen. Nur einer war nicht dabei gewesen. Dabei hatte es sich Finn so sehr gewünscht. Aber irgendwie hatte das mit der Freundschaft zwischen ihm und Volker nicht wirklich was ergeben. Volker, immer beschäftigt, immer Lehrer, und Finn, schwer verliebt, aber ohne Chance, bei ihm zu landen. Die letzten Monate und Jahre waren sie sich immer fremder geworden. Aber Finn hatte sein Versprechen nicht vergessen! Er wusste noch ganz genau, wie sich diese Lippen anfühlten ...

Nervös klingelte er an der Haustür. Es dauerte ewig, bis endlich der Türöffner summte. Mit einem beklommenen Gefühl stieg Finn die Treppe hoch. Die Tür zu Volkers Wohnung war lediglich angelehnt. Niemand erwartete ihn.

„Hallo?" Finn ging hinein und schloss die Tür hinter sich. Es sah noch immer alles genauso aus wie früher. Das letzte Mal, dass er hier gewesen war, lag sicher zwei Jahre zurück.

Finns Hals pochte unangenehm. „Hallo?"

Dann tauchte Volker in der Badezimmertür auf. „Ich wusste nicht, dass du kommst."

„Hab ich doch versprochen", sagte Finn und bemühte sich, fröhlich zu klingen.

Volker stand im Bademantel vor ihm. Frisch geduscht, wie es schien. Plötzlich hatte Finn eine düstere Vision: War Volker vielleicht gar nicht mehr allein?

„Das letzte Mal, als du mich an dein Versprechen erinnert hast, ist doch schon Jahre her", sagte Volker und zuckte die Achseln.

„Was machst du denn?", fragte Finn vorsichtig.

„Was ich mache? Ich war gerade duschen, oder wonach sieht es aus?"

„Bist du – allein?"

„Nein", antwortete Volker sofort.

Finns Herz setzte aus. Er spürte fast augenblicklich den Kloß in seinem Hals. „Du bist also ..."

„Du bist doch da!" Volker grinste plötzlich breit. „Bis gerade war ich allein, wenn du das wissen möchtest."

Finn versuchte ein Lächeln.

„Willst du nicht reinkommen?" Volker ging an ihm vorbei aufs Schlafzimmer zu.

Finn stockte. Noch immer kam ihm das alles ziemlich seltsam vor. Aber seinen Blick konnte er dennoch nicht abwenden, als Volker den Bademantel fallen ließ und sich nackt aufs Bett legte.

„Was machst du da?", fragte Finn irritiert.

„Ich wusste nicht, dass du kommst", sagte Volker, „aber ich habe es gehofft."

Noch immer stand Finn im Türrahmen zum Schlafzimmer. Seine Hände zitterten leicht und seine Beine fühlten sich gummiartig an.

„Wenn du nicht gekommen wärst, hätte ich dir ja nicht dein Geschenk zum Abschluss geben können ..."

„Was ist denn mein Geschenk?"

„Ein Kuss", sagte Volker. „Und ich schlage vor, du ziehst dich ein wenig aus, bevor du ihn dir abholst."

„Das klingt aber gar nicht nach Lehrer."

„Stimmt."

Anmerkung des Autors
PONY PONY PONY

Sicherlich bist du, mein lieber Leser, über diese doch sehr extravagante Stelle gegen Ende gestolpert, in welcher eine Vielzahl von Ponys das Schriftbild beherrscht. Wie es zu diesem Ausbruch kam, erklärt vielleicht folgende Anekdote aus meinem Leben:

Vor gut zwei Jahren chattete ich in einem Gay-Chat und wartete auf meine beste Freundin, um mit ihr zu quatschen (da hatte ich noch keine Telefonflat). Während ich also wartete, las ich die mehr oder minder erotisch aufgeladenen Mitteilungen im offenen Chat. Bis mich irgendwann jemand anflüsterte, ob ich denn auch so einen großen Schwanz hätte wie ein Pferd. Natürlich bezog sich das auf meinen Nicknamen: Pony Wallenstein. Ich antwortete, dass ich als Pony generell einen kürzeren Schwanz hätte, was aber auch bei der geringeren Gesamtgröße ganz nützlich wäre. Daraufhin kam es zu dümmlichen Pöbeleien. Und ja, an dieser Stelle muss ich gestehen, dass ich mich dazu hab hinreißen lassen, den gesamten Chat zu spammen. Nicht nur, dass ich mir gleich mehrere Nicknamen (alles Ponys, selbstverständlich) zulegte, nein, ich brachte meine beste Freundin dazu, gleich mal mitzumachen. Jeder von uns hatte also mindestens drei Chatfenster mit unterschiedlichen Pony-Nicks offen. Und dann fingen wir an, den Chat mit unsinnigen Ponyunterhaltungen über Heu und Ställe und gutes Futter und so zu fluten. Natürlich haben sich auch gleich einige beschwert, was denn der ganze Ponyscheiß soll. Andere dafür folgten unserem Beispiel und legten sich auch Pony-Namen zu, um mitzumachen. Es endete in einem gigantischen Spam, indem wir schließlich nur noch PONY PONY PONY in den Chat schickten und so jegliche normale Unterhaltung lahm legten. Irgendwann kam natürlich ein Admin und schickte ein Pony nach dem anderen in die Ställe zurück. Spaß gemacht hat es trotzdem. Vor allem hat mich überrascht und gefreut, dass etliche fremde Chatter mitgemacht haben. Da haben einige mal für kurze Zeit nicht die Sau, aber das Pony rausgelassen. Und ein ebensolches Pony lässt Finn im Buch auch raus, macht ihn doch sympathisch, oder?

Also, wenn du demnächst noch mal in einem Gay-Chat unterwegs bist und auf ein Pony triffst, sei nett und gib ihm Zucker, es könnte sein, dass ich dahinter stecke!

Florian Höltgen

Mein bester Freund, sein Vater und ich

170 Seiten

ISBN
978-3-934825-88-8

Sven vermisst seinen besten Freund Niels – und sein geheimes Tagebuch. Die beiden sind in etwa zur gleichen Zeit verschwunden. Zufall? Oder gibt es da eine Verbindung? Nicht auszudenken, was geschehen würde, wenn Niels all die intimen Gedanken seines Freundes lesen könnte. Da wäre als erstes Svens Homosexualität, von der Niels natürlich nichts wissen darf. Und das gleich auf der ersten Seite! Danach kommt auch schon der Eintrag, in welchem Sven seine Liebe zu Niels beschreibt. Eine Katastrophe, wenn das jemand lesen würde. Und dann erst die sexuellen Phantasien, die Sven niedergeschrieben hat ... Geheimnis um Geheimnis und mit jeder Seite steigt die Brisanz.

Florian Höltgen

Ein Tag am See

180 Seiten

ISBN
978-3-934825-64-2

Timo ist 21 und hat gerade seinen Wehrdienst hinter sich. Fast ein Jahr hat er seine beste Freundin nicht mehr gesehen. Lediglich über das Telefon haben sie sich gegenseitig auf dem Laufenden gehalten. Und jetzt, da sie gemeinsam einen Tag am See verbringen wollen, dringen die Veränderungen langsam in Timos Bewusstsein: Silke ist hochschwanger. Doch damit nicht genug: Sie hat auch einen Freund, den sie bald heiraten will und eine Freundin, die an Dummheit kaum zu überbieten ist. Timo fühlt sich von der Realität überrannt. Am Telefon klang das alles so weit weg. Jetzt aber kann er die Augen vor der Wirklichkeit nicht mehr verschließen: Seine beste Freundin ist ihm fremd geworden. Irgendwie ist ihm die ganze Situation unangenehm. Und auch Silkes Freund Bernd scheint der Idylle gern entfliehen zu wollen. Schnell bemerkt Timo, dass er den jungen Mann äußerst attraktiv findet. Nun ist die Verwirrung komplett. Darf er den zukünftigen Mann seiner besten Freundin begehren? Die Antwort ist klar. Doch Bernd schickt seinerseits unmissverständliche Signale.
Als die beiden gemeinsam mit dem Boot auf den See hinausfahren, sieht Timo seine Loyalität gegenüber Silke auf eine harte Probe gestellt. Kann er widerstehen?

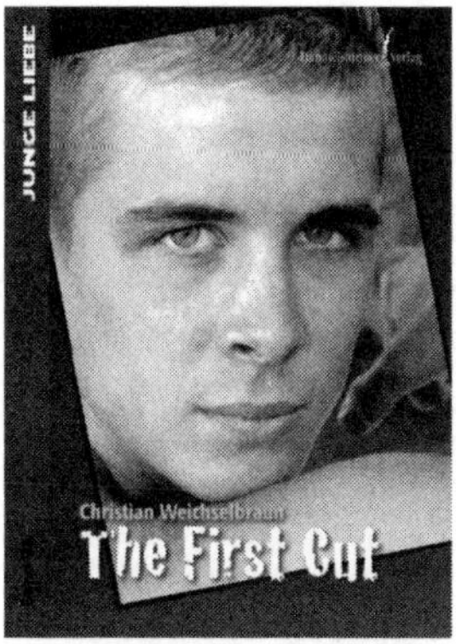

Christian Weichselbraun
The first cut
Jonar ist ein junger Schwuler, der unter seinem merkwürdigen Namen und zu geringem Selbstbewusstsein leidet. Da trifft er auf Tobias und es ist Liebe auf den ersten Blick. Doch Tobias beendet die Beziehung und hinterlässt einen am Boden zerstörten Jonar. In einem Taumel der Selbstzerstörung setzt Jonar sein ganzes bisheriges Leben aufs Spiel. Nicht einmal der hübsche und sensible Krankenpfleger David schafft es, Jonar auf andere Gedanken zu bringen. Es scheint kein Ende in Sicht.
Im Angesicht dieser Probleme erkennt Jonar endlich, dass es Wichtigeres gibt als Selbstmitleid. Denn das Leben nimmt keine Rücksicht auf innere Verletzungen. Es geht einfach weiter. Mit voller Wucht …
220 Seiten ISBN 978-3-940818-05-8

Benjamin B. Morgner
Wenn der Liebe Flügel wachsen
Sören (16) findet seine erste große Liebe in Rico (19), dem junge Italiener, der sich schon längst für ihn interessiert. Beide verbringe ein fantastisches Wochenende am Gardasee in Italien. Wie aber sc Sören es seinen Eltern beibringen, dass er schwul ist und nur auf Jung steht? Sein Bruder Maik, der gleichzeitig Ricos Freund ist, hilft ihı über die schwierigen Klippen hinweg. Ein überaus gefühlvoll Coming-Out-Roman, der einen Blick in die Gefühlswelt ein sympathischen Jungen gibt, der seine ersten Schritte in Sachen Lieb durchlebt.
136 Seiten ISBN 978-3-940818-06-5

Jan Tillmann
Gegen den Wind
Auf einer ausgelassenen Schüler-Party verliert Jannik seine Unschuld. Und er entdeckt, dass Jungs ihn mehr anziehen als Mädchen. Seine erste große Liebe heißt Benny, doch die Beziehung zerbricht. Amon, ein neuer Mitschüler, lässt die ungewöhnlichen Gefühle erneut aufkeimen. Während einer Klassenfahrt entwickelt sich zwischen den beiden Jungs eine zärtliche Liebe, die beiden scheinen endlich am Ziel ihrer Wünsche. Doch zu Hause entdecken sie schnell, dass sie plötzlich zu den Außenseitern der Gesellschaft zählen, Mitschüler und Erwachsene scheinen sich gegen die beiden zu verschwören. Doch sie geben nicht auf. Plötzlich erfährt ihr Leben eine unerwartete Wende.
148 Seiten ISBN 978-3-940818-07-2

Peter Nathschläger
Geheime Elemente

Seit einem Jahr trauert der junge Martin um den Tod seines Bruders. Beinahe jeden Tag besucht er den Waldsee, in dem er ertrunken ist, und wirft Steine ins Wasser – seine Art Abschied zu nehmen.
Darüber hinaus erschwert ihm der ständige Streit mit Hotelierssohn Kai das Leben. Doch eines Tages im Sommer taucht aus dem Wasser ein geheimnisvoller, elfenhafter Junge auf. Er zeigt ihm, wie man Trauer überwindet, wie aus Feinden Freunde, und aus Freunden Liebende werden können. Denn Kais Sticheleien sollten nur verbergen, dass er eigentlich in Martin verliebt ist.
Ein zutiefst bewegender Roman über den Umgang mit dem Tod, Freundschaft, Liebe und Wunder.

220 Seiten ISBN 978-3-940818-02-7

Matthias Elger
Der Traum von Hollywood

Es ist 1956 als der 20-jährige Justin aus seiner kleinen Heimatstadt in Idaho davonläuft, um seiner Familie zu entfliehen. Sein Ziel ist klar: Hollywood! Seit seiner Kindheit träumt er davon, einmal Schauspieler zu werden und genauso berühmt zu sein wie sein Idol, der erfolgreiche B-Filmstar Spencer Jackson. Er besitzt zwei Dinge, die ihm hilfreich sein sollen sich diesen Traum zu erfüllen: Talent und ein atemberaubend gutes Aussehen. Doch es gibt etwas, von dem Justin noch nicht ahnt, dass es sehr hinderlich für ihn werden könnte: er ist schwul. Und das ist etwas, dass man besser niemanden in Hollywood wissen lässt, wenn man von einer Karriere beim Film träumt!
sich diesen Traum zu erfüllen

320 Seiten ISBN 978-3-934825-93-2

Manuel Sandrino
Selbstverständlich schwul

Timmy ist ein verklemmter, schwuler 20jährigerer. Entschlossen seine Hemmungen in den Griff zu kriegen, besucht er eine Schule in San Francisco, die mit S*elbstverständlich schwul!* wirbt.
Dort entdeckt Timmy nicht nur das Geheimnis der Erotik, sondern vor allem einen ganz neuen Sinn im Leben. Der Süden Kaliforniens bietet so viel Neues und Aufregendes: als Statist in einem Film mitzumachen, eine spontane Show am Muscle Beach in Venice und als sich Timmy für eine Massage als Model zur Verfügung stellt, wird er unfreiwillig Lehrobjekt bei einem Tantra-Seminar. Timmy wird als schamloser Junge zum Symbol einer neuen Bewegung hochstilisiert. Andere sehen in Timmy ein Symbol des Zerfalls der Moral und es kommt im konservativen Amerika mit seiner Prüderie und Doppelmoral zu Protesten und seiner Entführung.

376 Seiten ISBN 978-3-940818-01-0

www.himmelstuermer.de

Leon Da Silva
Hiphop - Sommer
136 Seiten ISBN 978-3-934825-72-7 Euro 13,90

Schwulsein und Rappen - geht das auf?
Nico (18) will als Rapper Karriere machen und die deutsche Hiphop-Szene aufmischen. Das funktioniert, so lange niemand von seiner Neigung weiß. Aber da verliebt sich Nico Hals über Kopf in seinen Manager Manuel (26) – offiziell hetero, inoffiziell Nicos Bettgefährte. Für Nico ist klar: Er will sich vor Freunden und Familie outen und die Beziehung zu Manuel öffentlich machen.
Eine spannende Geschichte über einen schwulen Rapper, der mitten im rauen Hiphop-Business um Liebe, Freundschaft und Akzeptanz kämpft.

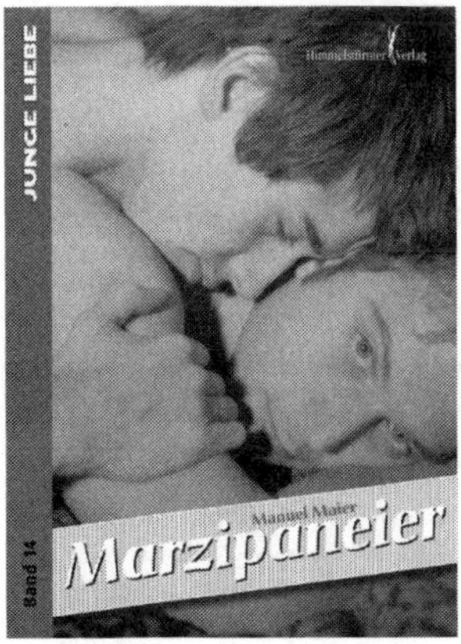

Manuel Maier
Marzipaneier
176 Seiten ISBN 978-3-934825-71-0 Euro 13,90

Dennis, Oberstufenschüler, muss wegen seiner schlechten Noten Nachhilfe bekommen – bei dem Bruder seines Vaters, Ben. Ben, das schwarze Schaf der Familie, war einige Jahre im Ausland und dessen Verhältnis zu Dennis' Vater ist recht gespannt – warum weiß Dennis allerdings noch nicht.
Dennis, der längst erkannt hat, dass er schwul ist, aber noch ungeoutet und auf der Suche nach „dem ersten Mal", verliebt sich in seinen sechs Jahre älteren Onkel. Es beginnt eine für Dennis recht turbulente Zeit, denn obwohl Ben verheiratet ist und Zwillinge unterwegs sind, spürt er, dass sein Verlangen nicht unbeantwortet bleibt. Marzipaneier, die sein Onkel ihm schon als kleines Kind mitgebracht hat, und die Dennis liebt, spielen beim Show-down eine ganz entscheidende Rolle.

Justin C. Skylark
Wir zwei zu dritt

176 Seiten ISBN 978-3-934825-75-8 Euro 13,90
Neal ist inzwischen 30 Jahre, lebt derzeit wieder in Deutschland in einer luxuriösen Villa. Nach jahrelanger Unsicherheit sehnt er sich endlich wieder nach einem festen Partner an seiner Seite. Eines Tages trifft er auf den 19jährigen Gero. Sie stoßen zufällig in einem Supermarkt aufeinander. Neal verliebt sich augenblicklich. Gero hingegen verhält sich abweisend und verärgert. Sie verlieren sich aus den Augen, doch Neal kann Gero nicht vergessen. Doch durch zahlreiche Tricks gelingt es Neal, Gero für sich zu gewinnen. Die junge Beziehung gerät in Gefahr, als Gero, der eigentlich mit seinem eigenen Coming-out schon genug zu tun hat, merkt, welche Rolle Francis, Neals Schwester, spielt.
Skylark schildert im folgenden die Hochs und Tiefs dieser Dreiecksbeziehung. Spannend und höchst emotional.

www.himmelstuermer.de

Svenson Björglund
Catwalk Dreams
240 Seiten ISBN 978-3-934825-76-5 Euro 14,90
Eigentlich wollte Sebastian sich mit seinem Freund Ulf bei einem Fotoshooting nur das Geld für eine Gitarre verdienen, bis er merkt, dass der Fotograf andere Aufnahmen von ihnen verlangt, als sie sich vorgestellt hatten. Überhaupt ist es merkwürdig in diesem Landhaus, in dem sich der Starfotograf Sievert Nordquist, der Maler Ilmar Isaksson und der Modemacher Felix Cousteau regelmäßig zu ihren Männerabenden treffen. Für Sebastian beginnt eine erstaunliche Karriere als Model, nachdem sich Felix des jungen Studenten besonders annimmt. Sie rechnen aber nicht mit Finn, der sich ihrer wachsenden Liebe in den Weg stellt.
Mit diesem einfühlsamen Roman von Svenson Björglund, der dem Leser gekonnt einen Blick in die Welt der Mode und der Männerliebe möglich macht, stellt sich der Autor erstmals der deutschsprachigen Leserschaft vor.

Alexandros Chakiris
Das Internat von Barrowhill
224 Seiten ISBN 978-3-934825-70-3 Euro 15,90
Napoleon ist geschlagen und England gerettet. Eine Neuigkeit, die sich in Windeseile verbreitet. Vor allem im Internat, das seit kurzen einen illustren Schüler beherbergt: Richard, Herzog von Billingham, Lord von Lancaster. Die Familie befindet sich in einer finanziellen Klemme und Richard ist gezwungen, im bescheideneren Barrowhill die Schule zu beenden. Schnell findet er Freunde: den leidenschaftlichen Waliser Evellynn und Allan, der aussieht wie ein Engel; die beiden sind ein unzertrennliches Liebespaar. Richard muss sich den strengen Regeln des Internats unterwerfen, wie jeder andere. Körperliche Züchtigungen und die Schikanen durch den Seniorschüler Mopping stehen auf der Tagesordnung. Trotzdem lassen es sich die Jungs nicht nehmen, nachts in die Zimmer ihrer Freunde zu schleichen, ausgelassen zu feiern und ihren verbotenen Spaß zu haben.

Benjamin B. Morgner
Sommer der Verführungen
152 Seiten ISBN 978-3-934825-79-6 Euro 14,90
Benjamin studiert an der Musikhochschule in Rostock, weit weg von den Eltern, die in München eine kleine Modefirma führen. In seinen letzten Semesterferien holt er all das nach, worauf er wegen der Klausuren und Abschlussarbeiten so lange hat verzichten müssen. Ob es der junge Sven ist, der als Ferienjob Zeitungen austrägt und dessen Anblick Benjamin zu strategischen Höchstleistungen herausfordert, oder der reife, lebenserfahrene Bernd, den er nach einem Open-Air-Konzert kennen lernt, oder auch sein Musikerkollege Olli, mit dem er während einer Konzerttournee Höhen und Tiefen einer Beziehung auslebt. Sie alle sind nur das Vorspiel für die große Liebe zu Adonis. Auf Lanzerote lernt er schließlich diesen netten Kunststudenten kennen und hofft, dass der sein Wort hält, und ihn in München, bei den Eltern, besuchen kommt.

www.himmelstuermer.de